CW00497962

La création de Willi

ou l'histoire du pont

Banques G. Linnaeus

Writat

Cette édition parue en 2023

ISBN : 9789359251233

Publié par
Writat
email : info@writat.com

Contenu

CHAPITRE I.
UN ORAGE.

Ce fut un triste jour pour Mme Edwards, d' Eglwysilan , [1] lorsque son mari bien-aimé, à son retour du marché de Llantrissant , un vendredi étouffant de l'automne 1721, en tentant de traverser la rivière Taff , ne parvint pas à observer son la montée des eaux, manqua le gué et fut emporté vers le bas du ruisseau, noyé.

Ce matin-là encore, il avait conduit en toute sécurité une chèvre et une vingtaine de moutons, les moutons suivant leur chef agile et au pied sûr, alors qu'il sautait de l'un à l'autre des masses rocheuses affleurantes qui, dispersées au milieu de ruisseau, servait à la fois de tremplin et d'indication lorsque la rivière était guéable, comme c'était généralement le cas lors d'un été sec.

Mais le Taff , né dans un marais et traversant une vallée profonde, est amené à s'élever aussi rapidement que le caractère traditionnel du Gallois. Nombreux sont ses nourrisseurs visibles et invisibles parmi les escarpements des montagnes ; et, bien qu'il n'y ait eu qu'une légère averse passagère ce jour-là sur le flanc de la colline abritée de Llantrissant , plus au nord, un violent orage avait éclaté en un déluge sur les tourbières et les collines ; et depuis d'innombrables ruisseaux et ruisseaux, les eaux étaient venues jaillir à pas de géant, pour gonfler le tribut que les ruisseaux et les rivières apportaient au Taff en tant que vassaux d'un souverain.

William Edwards était un homme aussi stable que n'importe quel agriculteur du Glamorganshire, mais chaque fois qu'un groupe d'entre eux se réunissait, à la foire ou au marché, de grands pichets de *cwrw da* [2] étaient sûrs d'être également présents, soit pour cimenter leur amitié, soit pour conclure un accord. bonne affaire, et la boisson était inhabituellement capiteuse.

Or, le marchandage était un processus long et exigeant, et, bien qu'il fût économe et que la bière fût chère, quand Edwards eut achevé la vente de chèvres et de moutons à sa satisfaction, il avait bu une bonne part de la boisson commune ; mais pas au point d'empêcher d'autres marchandages et marchandages au sujet de sa femme. Les bas tricotés à la ferme devaient être vendus ou troqués contre des aiguilles, des épingles, des rubans ou des attaches pour chaussures ; il a dû acheter un tamis, une réserve de savon et de bougies, une paire de chaussures du dimanche pour sa petite fille et quelques boîtes de conserve.

Au moment où ceux-ci furent mis dans ses sacoches, le tamis et la vaisselle fixés au pommeau de sa selle de manière à s'équilibrer au-dessus des sacs, et une dernière gorgée de vin avalée pour rafraîchir son voyage, l'après-midi était *terminé*. s'éloigna presque, et avec lui un ou deux voisins impatients dont il avait compté pour sa compagnie sur la route accidentée et détournée qui traversait la crête de la montagne jusqu'aux gués.

C'était en effet une route difficile, à peine meilleure qu'un sentier battu emprunté par des hommes et des bêtes contraints de passer par là ; une route que l'on ne cherche que par temps sec, une descente accidentée de Llantrissant au gué de la Rhonda, puis de haut en bas, avec des pierres et des racines d'arbres à l'affût pour trébucher les pieds imprudents ; car à cette époque, la pittoresque vallée de Taff était densément boisée et peu peuplée, et les routes n'étaient guère meilleures que de profonds ravins ou des escaliers naturels.

Son robuste poney gallois, cependant, était un pur alpiniste et, livré à lui-même, courait sans trébucher ni s'égarer, quelle que soit l'heure et la route. Il se mit à l'eau et traversa le gué de la Rhonda gonflée en toute sécurité, même si le crépuscule tombait ; mais les ombres du soir s'étaient approfondies à chaque kilomètre parcouru et devenaient plus lourdes à mesure qu'ils descendaient vers la plus grande rivière, avec des bois qui s'assombrissaient de chaque côté, car là ils traversaient un voile de brume aveuglante.

La brume s'était accumulée et l'eau montait rapidement, quand Owen Griffith, un de ses voisins , qui avait prudemment quitté le marché trois quarts d'heure plus tôt qu'Edwards, trouvant la rivière manifestement en montée, avait jugé sage de faites confiance à la sagacité de son poney pour trouver un gué digne de confiance plutôt que de compter sur sa propre vue.

C'était une question de conjectures après coup, mais on a toujours supposé que l'animal sagace qu'Edwards chevauchait était devenu rétif et avait refusé de prendre la traversée dangereuse, et que lui, un homme obstiné et sage dans sa propre vanité, incapable de discerner une raison pour la rébellion de sa fidèle bête, avait contraint de force l'animal réticent à tenter le gué malgré sa résistance, comme le montraient les marques de sabots martelées sur la berge.

Quoi qu'il en soit, le cheval sans cavalier a retrouvé le chemin de la maison vers la ferme boisée du mont Eglwysilan , mouillé, écumant et haletant ; la selle et les sacoches, trempées d' eau décolorée , révélaient trop sûrement que la femme qui la surveillait avec inquiétude était veuve et ses quatre enfants orphelins de père. Dans de tels moments, l'esprit s'empare toujours de la pire suggestion.

La femme distraite s'est précipitée en criant vers son voisin le plus proche . Ses garçons réveillés l'appelèrent, mais elle ne les entendit pas.

L'alarme s'est répandue. En un laps de temps incroyablement court, compte tenu de la distance qui séparait les fermes et du petit nombre de maisons de campagne, une vingtaine d'hommes à moitié habillés et de femmes pieds nus couraient ou chevauchaient à la rescousse, si cela était possible. Et partout où il y avait un chemin ou un point d'appui praticable, des lanternes clignotaient le long des rives escarpées et densément boisées de la rivière au courant rapide ; mais même si l'on voyait où le pauvre cheval avait réussi à gravir la berge, il n'y avait aucun signe de lui qu'ils cherchaient si anxieusement.

LE CHEVAL SANS COUREUR A TROUVÉ SON CHEMIN À LA MAISON.

La bête la plus chanceuse avait réussi à s'en sortir de peu.

Moins de quarante mètres plus loin, la Rhonda irritante s'avança en bondissant et en écumant vers l'étreinte mortelle du Taff , et dans le tourbillon des eaux confluentes, tout espoir était perdu.

Pourtant, la veuve désespérée pressait toujours les explorateurs fatigués ; et ému par ses pitoyables supplications, Owen Griffith, leur plus proche voisin

, déclara qu'il n'abandonnerait pas les recherches jusqu'à ce que le fermier soit retrouvé, mort ou vivant, s'il devait aller jusqu'à Cardiff pour le retrouver. L'homme était mal à l'aise, ayant l'impression qu'un peu plus d'urgence de sa part aurait pu éloigner Edwards du marché à temps pour se mettre en sécurité.

Sa détermination arrêta les pas de plusieurs autres qui étaient sur le point de rebrousser chemin, et ils le rejoignirent volontiers, mais seulement à la condition que Mme Edwards rentrerait chez elle avec le reste des femmes et leur laisserait la recherche . « Vous serez mieux à la maison, regardez-vous ! Les femmes n'ont rien à faire ici ! dirent-ils, troublés par son visage blanc et ses sanglots étouffés.

« Oui, oui, Jane », insistèrent les femmes. « Pensez à vos enfants, faites-le ; et reviens. Il pleure dans le noir, et ils seront tout seuls, oui, en effet !'

Et émue par l'image de ses enfants désolés, dans leur effroi et leur chagrin, la mère affligée et agitée fut attirée vers la maison, par les cordes fortes de l'affection maternelle, pour les serrer dans ses bras et étouffer sa propre angoisse dans une tentative de leur transmettre le réconfort. elle ne pouvait pas encore prendre soin de son propre cœur frappé.

C'était une femme religieuse, avec une foi simple et inconditionnelle en la sagesse et l'amour de son Père céleste ; et qui dira que l'effort ne lui a apporté aucun baume curatif ?

Si elle pleurait, elle priait aussi ; et bien que deux de ses enfants, William, un garçon de moins de trois ans, et Jonet , une fille de quatre ans, étaient trop jeunes pour entrer dans les profondeurs de son chagrin ou comprendre ses prières, David et Rhys, [3] respectivement neuf ans. et douze, étaient assez vieux pour comprendre et sentir à quel point une calamité désastreuse s'était abattue sur eux sans s'en apercevoir.

Avant minuit, les trois plus jeunes s'étaient endormis en pleurant. Seul Rhys restait, les bras autour du cou de sa mère, pour partager sa terrible garde nocturne et attendre ce que le jour pourrait lui apporter ; son jeune cœur débordant se gonflait de résolutions inexprimées d'être son bouclier et son protecteur quand il devrait devenir un homme.

Dans la grisaille du matin, Owen Griffith et ses assistants trouvèrent ce qu'ils cherchaient à quelques kilomètres en aval de Treforest, sur la rive est de la rivière, rejeté à terre comme une mauvaise herbe par le courant entrant de la Rhonda, et laissé là par l'affaissement rapide. de la crue temporaire. Sobrement et respectueusement , ils l'ont déposé sur une litière improvisée de branches et de roseaux, se couvrant le visage avec le manteau d'Owen, et ont lentement parcouru des kilomètres pour déposer le mort défiguré sur le lit d'où un homme chaleureux s'était levé le matin précédent.

Il n'existe pas d'antidote à un chagrin inconsolable comme un emploi actif, un travail qui exerce les mains et le cerveau et ne peut être mis de côté. Tel est le travail quotidien dans une ferme ; et bien que de gentils voisins aient pris soin du pauvre cheval et de son fardeau, aient habillé les plus jeunes enfants et se soient portés volontaires pour aider dans d'autres petites tâches ménagères, ni les vaches ni les chèvres n'ont voulu se laisser traire par des mains étrangères.

Mme Edwards n'eut heureusement pas le temps de s'adonner au chagrin. C'était une femme d'une énergie déterminée et d'une piété pratique ; et après la première explosion d'émotion naturelle, elle se tourna vers ses devoirs ordinaires comme si elle avait pris conscience que tous les soins et la responsabilité de la ferme et de la famille reposaient sur ses épaules individuelles.

Essuyant les larmes de ses yeux, elle attrapa un tabouret de traite et un seau et partit vers le flanc de la colline, Rhys se précipitant après elle avec un tabouret plus petit et un seau pour traire les chèvres, pas pour la première fois, mais pour la première fois volontairement. Ses cours d'initiation avaient été pris cet été-là, son père se tenant au-dessus de lui pour maintenir en ordre les réfractaires, qu'ils soient bipèdes ou quadrupèdes.

Il n'avait pas apprécié cette tâche à l'époque, ayant tout le penchant d'un garçon pour le jeu, et aurait préféré aller nidifier les oiseaux plutôt que traire les chèvres. Mais *maintenant* que son père était parti, si soudainement enlevé à eux, lui aussi semblait avoir le sentiment que de nouveaux devoirs lui incombaient et que, tout enfant qu'il fût, il devait viser le travail d'un homme et épargner son mère veuve tout ce qu'il pouvait.

L'idée n'était guère spontanée. Il avait entendu de nombreuses rumeurs déplorant que le fermier Edwards n'ait pas laissé un fils assez vieux pour prendre sa place à la ferme et aider sa mère à élever les plus jeunes comme il se doit. Et il avait aussitôt résolu de prouver que les commères avaient tort.

« Si je ne suis pas assez vieux pour prendre la place de mon père, je suis assez vieux pour faire mon devoir, et je vieillirai et je deviendrai plus fort chaque année. Ils verront ce que je peux faire pour aider maman ; et quant à mes frères et à ma sœur, ne suis-je pas l'aîné, et dix années entières de plus que William ? Bien sûr , je peux m'en occuper. Au moins, je peux essayer.

Si ce n'était pas tout à fait le colloque des garçons, il s'en rapproche assez de son esprit. Il y avait quelque chose de la maîtrise du père chez Rhys, et, orienté vers de nobles objectifs, cela pourrait être très utile à la veuve. Et un noble dessein peut se manifester dans les petites choses comme dans les grandes ; en effet, il est plus fort dans les petites choses, où il ne se montre pas, que dans les grandes actions, qui font parade et attirent les applaudissements. Le seul danger avec Rhys était que, gonflé à bloc, il puisse développer une volonté dominante et envahissante qui devrait prendre le pas sur ses meilleures qualités. À présent, son seul désir était de soulager sa mère surchargée et de protéger sa sœur et ses frères – un objectif digne et noble pour un garçon de son âge.

Mais un garçon élevé dans une petite ferme à cette époque primitive n'était pas la créature impuissante que le progrès et les mœurs modernes ont fabriquée entre eux. L'agriculture galloise du siècle dernier était en effet très primitive, primitive comme les fermes elles-mêmes. Mais aucun enfant de sept ou huit ans n'était trop jeune pour un travail quelconque, qu'il soit élevé dans la cabane sans fenêtre de l'ouvrier ou dans le grand foyer du fermier. Ne serait-ce que cueillir des pierres, désherber ou effrayer les tours, il y avait toujours quelque chose à faire, quelque chose pour garder les garçons et les filles actifs et agités à l'écart des bêtises avant qu'ils ne soient en âge de conduire les vaches au pâturage, ou d'aider le berger et le laboureur. .

Il y avait peu de scolarité ; même les écoles pour dames étaient aussi rares dans le pays de Galles sauvage que dans l'Angleterre rurale ; mais il y avait généralement un remplaçant au coin du feu, et l'homme qui ne savait pas lire était beaucoup moins courant dans la petite Principauté que dans le grand royaume.

Plus rares encore étaient les femmes ou les hommes qui ne savaient pas tricoter. Quand un enfant avait six ans, il était temps de mettre des épingles à tricoter dans les petits doigts pour apprendre le point simple. Et en vous promenant où bon vous semble, à travers les montagnes ou le long des routes accidentées, vous êtes sûr de rencontrer homme ou servante, à cheval ou à pied, tricotant des bas avec une précision mécanique.

Durant les longues soirées d'hiver, lorsque la seule illumination provenait du feu des chaumes, de la bougie solitaire ou de la lampe de jonc faite maison, le tricot et le filage remplissaient utilement les heures sombres. Et peut-être alors que la grande Bible galloise que le Dr Parry avait fournie à ses compatriotes un siècle auparavant serait sortie et posée sur la table près de la bougie solitaire, pour être lue à haute voix ou épelée par le garçon ou la fille en pleine croissance, sous l'instruction paternelle. . Le jour du sabbat, c'était sûrement le cas.

Grâce à une telle formation, il était clair que Rhys, à douze ans, serait plus capable et plus utile à sa mère qu'un fils d'agriculteur moderne, qui ne voit la ferme que pendant les vacances ou en dehors des heures de classe, qui manie une batte de tennis ou de cricket. au lieu d'une pelle et d'une fourche, et n'a jamais fait une journée de dur labeur dans sa jeune vie.

Lorsque Rhys a courageusement décidé de travailler comme un homme, il savait ce qu'il avait à faire et à apprendre. Cultiver sur une couche de sol mince et improductive en montagne n'est pas un jeu d'enfant.

NOTES DE BAS DE PAGE :

[1] Prononcé égloois-ilian .

[2] *Cwrw da* , bonne bière. Le *w* a le son de *oo* ; donc *cooroo* .

[3] Rhys, prononcé Rees.

CHAPITRE II.
CE QUI AURAIT PU ÊTRE.

Existe-t-il un récit d'une catastrophe si grande ou si épouvantable qu'elle n'aurait pas pu être pire ?

Dans les premières heures de son deuil soudain, Mme Edwards a eu l'impression qu'un flot accablant de désolation l'avait submergée et l'avait laissée, elle et ses orphelins, impuissantes et désespérées. Non pas que son mari ait été l'esprit le plus actif de la ferme, mais elle n'était pas en état de raisonner ou de peser les probabilités. Elle n'avait pas l'habitude de compter sur lui pour obtenir des conseils ou des actions, mais en le perdant, elle avait l'impression que tout était perdu.

Une affaire apparemment insignifiante lui fit prendre conscience qu'il y avait des profondeurs de misère dans lesquelles elle n'avait pas été plongée, et que même en dehors de son affliction, elle avait des raisons de remercier Dieu de lui avoir épargné un double coup.

Lorsque le noyé avait été découvert, il avait été meurtri et battu contre des rochers et des pierres jusqu'à ce que son manteau gris à frise soit déchiré en lambeaux et en lambeaux. Mais on découvrit ensuite que le vieux bas-pied qu'il portait comme sac d'argent était bien boutonné dans la poche de son pantalon, et que le produit de ses ventes au marché du vendredi était là intact, en monnaie sonnante et trébuchante.

Dans l'extrême chagrin de sa grande perte, elle avait négligé la probabilité d'une plus petite. Ce n'est que lorsque le sac saturé lui fut remis non ouvert qu'elle réalisa ce qui aurait pu se passer.

Alors qu'elle versait l'or et l'argent sur ses genoux, elle joignit les mains et remercia avec ferveur Dieu de ce que dans sa colère il s'était souvenu de la miséricorde.

« J'avais oublié que les moutons et les chèvres avaient été vendus pour compenser le loyer semestriel. Oui, en effet, je l'avais fait. Et que deviendraient la ferme et les enfants pauvres si le loyer ne pouvait être payé ? Pryse, l'agent, ferait de nous un meilleur locataire qu'une pauvre veuve, regardez-vous ! Mais il verra ce qu'une femme peut faire. Le bon Dieu ne nous a pas tout à fait abandonnés.

Elle pleura encore à cette pensée, et les petits William et Jonet s'étant rapprochés d'elle, l'interrogeant avec des yeux et des langues innocentes, elle les serra tous deux dans une étroite étreinte, et, sans se fier à elle-même pour répondre, se leva de son tabouret de bois et porta la pièce récupérée dans une cachette sûre dans le grand coffre, son cœur triste très allégé de son fardeau.

David, pieds nus et toujours en jupon (ses neuf ans ne lui conférant aucun droit à la dignité de chaussures ou de culottes de semaine), courut à toute vitesse à la recherche de Rhys pour lui annoncer qu'un sac d'argent avait été trouvé dans la maison de son père. poche, et que sa mère pleurait à cause de ça.

Rhys était justement en train de nourrir les cochons dans une auge en pierre, placée là où ils étaient murés comme des moutons dans un enclos. Il faillit laisser tomber le seau qu'il vidait, tant il se retourna brusquement.

'Pleurs? Pourquoi?'

"Deed, je pense qu'il s'agissait d'être expulsé de la ferme", répondit Davy, qui n'avait pas parfaitement saisi les mots, alors qu'il se précipitait vers la porte.

Rhys avait l'air consterné. Qu'est devenue sa résolution héroïque de travailler pour ses frères et sœurs s'ils quittaient la ferme ?

« Vous avez quitté la ferme ? » répéta-t-il, incrédule. Son père et son grand-père n'étaient-ils pas nés de là ? Ce serait comme arracher un chêne par les racines.

"C'est un acte, et elle l'a dit", répondit David, comme blessé par le doute.

Le seau vide tomba sur les pierres et Rhys entra dans la maison, alternativement rouge et blanc d'excitation.

Il avait du mal à prononcer les mots, ils semblaient l'étouffer. « Davy dit, commença-t-il en haletant, que nous devons quitter la ferme » – il ne pouvait se résoudre à dire « être expulsés ».

« Non, Rhys, pas maintenant, j'ai tout l'argent pour le loyer, Dieu merci ! Si cela avait été perdu dans la rivière, je ne peux pas dire ce qui aurait pu se passer. Il n'y aurait aucune chance de vendre des vaches, des porcs, de l'avoine ou quoi que ce soit avant le jour du loyer, et M. Pryse n'attendrait pas une heure. « Sortez ! » serait sa parole. "Il y a un homme qui donnera dix guinées de plus pour cela et maintiendra la terre en meilleur état." Oui, voyez-vous, il dit cela depuis trois ans, et maintenant c'est pour dire qu'une femme ne pourra pas garder les cent acres et payer à mon seigneur ses quarante livres. C'est une terre pauvre, avec tant de roches, de tourbières et de bois, et il le sait, tant de pentes arides, à peine propres au pâturage des quelques moutons et chèvres. Oui, il faudra travailler dur pour rentabiliser la ferme maintenant que le laboureur est parti. Ah, oui, oui ! Nous avons subi une perte terrible, Rhys, *ma chère* . [4]

Tandis qu'elle prononçait ces derniers mots, les larmes de la pauvre veuve jaillirent de nouveau et ne voulurent pas se retenir. Les fleurs qu'elle répandait sur le corps de son mort couvert de draps tombèrent à terre, et elle se laissa tomber à genoux près du lit, où c'était son triste devoir de veiller, et se cacha le visage avec ses mains comme pour cacher le une passion de chagrin qu'elle ne pouvait plus contrôler.

Rhys sanglotait aussi, même s'il s'efforçait de se montrer viril. Son bras passa autour de ses épaules lourdes avec un air de protection naturelle et d'une voix brisée, il la supplia de se calmer. Non pas qu'il fût lui-même calme, mais il ressentit très tôt le besoin de se retenir.

« Non, maman, non, murmura-t-il ; tu vas te rendre malade, et alors qui s'occupera de la ferme ou des enfants ? Je serai un bon garçon stable et je travaillerai aussi dur presque qu'un homme. Père ne te manquera pas plus que je ne peux t'aider, regarde-toi. Et bien sûr, nous avons une perte terrible ; mais, chère mère, ce serait peut-être pire si nous perdions la ferme et tout, comme Davy l'a dit. Vous êtes un bon fermier, comme le dit Owen Griffith, et c'est vous qui m'enseignerez.

« Oui, en effet, s'il vous plaît à Dieu, et vous serez aussi un bon fermier, Rhys », sanglotait-elle, essuyant ses yeux sur son long tablier à carreaux et lui lançant un regard de profonde confiance et de maternité aimante, tandis qu'il se redressait avec un sentiment renouvelé d'importance.

À ce moment-là, une silhouette obscurcit la porte de la chambre. entra une jeune femme à l'air frais, aux jambes et aux pieds nus, avec des jupons courts en flanelle rayée, un manteau de laine bleu foncé et un grand chapeau d'homme porté sur une casquette de lin unie, blanche comme un perce-neige, même si les mèches éparses en dessous pourraient aurait été plus ordonné si les lunettes avaient été plus courantes. Elle avait un paquet au bras gauche, un bas qu'elle tricotait dans sa main, tandis que le petit Willie la tenait par l'autre et que Jonet s'accrochait à son manteau.

« Ah, Ales, [5] c'est toi ? » éclata Mme Edwards avec un hoquet de soulagement évident. « On ne s'attendait pas à ce que vous reveniez si tôt. Aviez-vous entendu parler de notre perte ? Votre pauvre mère va-t-elle de nouveau bien ?

« Pas tout à fait bien, mais mieux, regarde-toi. Elle peut s'asseoir, et Mary parviendra peut-être à faire pour elle maintenant, peut-être. Il y avait un ton douteux dans le « peut-être », mais elle poursuivit : « Mère ne m'a pas laissé rester quand elle a entendu parler de votre grand problème, après que vous ayez eu la gentillesse de me laisser partir pour la soigner. Ce n'était pas bien que je reste à Caerphilly alors que tu étais laissé seul, sans personne pour te surveiller ou pour t'aider ; et elle passa dans la cuisine tout en parlant.

"Oui, *je suis* là, Ales", dit Rhys alors qu'il le suivait. «Je vais aider maman maintenant; oui en effet!'

'Toi?' s'écria Ales avec incrédulité, tout en se dépouillant de son paquet, de son manteau, etc. "Aide, c'est un petit mot et bientôt dit, mais ce n'est pas beaucoup plus que le dicton que nous allons recevoir de toi, Rhys. Tu n'as jamais aimé le travail, peu importe !

Rhys se releva comme s'il était insulté. «Vous verrez », dit-il d'un ton hautain, et il quitta la cuisine, où Mme Griffith préparait des navets pour le dîner, le menton en l'air. Et il ne dit pas un mot à la jeune femme, la servante de sa mère. Il aurait pu, à cause de ses manières, s'attendre à ce qu'elle comprenne intuitivement son changement de position et sa bonne résolution, mais elle ne le connaissait que comme un garçon aimant plus le jeu que le travail, et n'attendait pas plus du présent que du passé. Bien plus, peut-être moins, maintenant il n'y avait plus de père pour le conduire à ses tâches quotidiennes et le battre dans l'industrie.

C'était une période d'agitation et d'excitation inhabituellement douloureuses, mais les tâches quotidiennes ne présentaient aucune joie. A l'intérieur, le silence régnait même dans le récurage des bancs, des tables et des plats, presque dans le fracas de la baratte, car la veuve ne surveillait-elle pas encore les morts, ces morts qui ne pouvaient être enterrés le troisième jour ? mais faut-il attendre que le coroner et le jury puissent être convoqués pour vérifier la cause du veuvage de Mme Edwards ? Mme Griffith était là, tour à tour pour aider Ales dans son travail et pour soulager la personne en deuil – une femme gentille et maternelle, sur qui compter en cas d'urgence.

À l'extérieur, Rhys employait bien David, lui disant qu'il devrait apprendre à être un homme, lui ordonnant de faire ceci ou cela avec un air de propriété plutôt fraternel, mais pas méchanceté. Ales se demandait ce qui lui était arrivé, il travaillait à la ferme avec bien plus de connaissances sur la bonne chose à faire au bon moment qu'elle ne lui avait attribué le mérite de le posséder.

Quant aux pauvres petits Jonet et William, ils se retranchaient en chuchotant dans des coins à l'écart de tout le monde, ou se faufilaient dans le bout de terre qui servait de jardin, ou s'égaraient dans le verger, où ils se rendaient utiles en ramassant des pommes d'aubaine pour la famille. le poney et les cochons, et faisaient de leur mieux pour se rendre malades en mangeant en même temps les fruits non mûrs ; car bien que Jonet, âgée de quatre ans, ait fait preuve d'imitation en assumant un protectorat sur son frère de deux ans, elle n'avait pas elle-même survécu à un amour enfantin pour ce qui est brut et indigeste. Ils étaient heureusement trop jeunes pour comprendre le mystère de la pièce fermée, mais l'air général de retenue les affectait même, alors qu'ils marchaient main dans la main.

La vallée du Taff est connue depuis longtemps pour sa fertilité. Il en était autrement dans les premières années du siècle dernier, lorsque l'agriculture au Pays de Galles était si primitive que la bêche faisait office de charrue et que les récoltes devaient être arrachées du sol épuisé entièrement à la main ; l'ignorance et les vieux préjugés en faveur de faire comme leurs pères avant eux, faisant obstacle au progrès, tout comme le manque de bonnes routes et de ponts sur lesquels transporter les produits.

Par endroits, les basses terres proches de la rivière étaient fertiles ; et là où le ruisseau était bordé de pentes élevées et non encerclé par des rochers calcaires escarpés, il était recouvert de bois denses de sapins et de sorbiers, de chênes et de hêtres, avec des saules au bord de l'eau, tous plus estimés par la population clairsemée pour leur leur bois que pour leur beauté merveilleusement pittoresque. Mais au sommet de la chaîne de montagnes à l'est de la vallée, et sur leurs pentes supérieures, une grande partie du sol était acide et marécageuse, et exigeait plus de connaissances et d'appareils agricoles qu'on n'en avait trouvé là, même à l'époque de la naissance de ce siècle.

La ferme des Edwards était ainsi située à flanc de montagne et bénéficiait certainement d'une diversité de sols capables de se développer entre des mains compétentes. Dans la paroisse d'Eglwysilan , elle était considérée comme une ferme assez grande et la maison faisait l'envie des voisins , même si mes lecteurs modernes peuvent penser qu'il n'y avait pas grand-chose à envier. Il y avait non seulement trois pièces en plus de la grande cuisine, mais cette cuisine pouvait se vanter de deux fenêtres vitrées, une de chaque côté de l'entrée ; distinction très rare, sauf dans les bonnes maisons ou les villes, si rare que même les volets ne fermaient pas les ouvertures par lesquelles l'air et la lumière pénétraient vers les deux chambres à coucher ou vers le long appartement du fond, qui servait à diverses fins. Il s'agissait d'abris pour les magasins généraux, les outils ménagers et agricoles, un passage étant dégagé à mi-chemin entre la cuisine et la porte arrière et la cour de ferme. Et c'était tout l'isolement jugé nécessaire pour la laiterie et les ustensiles de laiterie, malgré l'usage auquel l'autre moitié de son espace était consacrée.

Toutes ces pièces séparées étaient au rez-de-chaussée. Les escaliers étaient des commodités presque inconnues dans les lits de camp et les fermes du Pays de Galles sauvage. Même dans les villages, rares étaient les habitants qui avaient le privilège de regarder de haut leurs voisins les plus pauvres. La chaux, cependant, était abondante dans le Glamorganshire, et bien que les murs fussent construits en pierre grossièrement taillée, ils étaient blanchis à la chaux à l'intérieur comme à l'extérieur avec une fréquence consciencieuse.

Il n'y avait nulle part ailleurs qu'un manoir beaucoup de meubles. Et dire que Mme Edwards avait une commode bien nettoyée, remplie de plats en bois et de tasses en poterie du Staffordshire ; qu'elle avait non seulement une grande table de chêne, mais une nappe de lin pour la recouvrir à l'occasion, et qu'il y avait une chaise près du coin de la cheminée en plus du banc à haut dossier, ou banquette, et des tabourets à trois pieds ; qu'un rouet se trouvait entre les deux portes des chambres en face de la cheminée, et qu'un grand coffre en chêne se trouvait sous une fenêtre contenant le stock familial de vêtements et de flanelle que la roue avait contribué à faire tourner, c'était dire qu'elle était pour son temps et sa place, une femme économe et aisée, un peu en avance sur sa classe.

Cependant, la grande caractéristique de la cuisine était la grande cheminée à foyer ouvert, où le feu était allumé sur une large pierre légèrement surélevée, l'intérieur de la cheminée, qui montait vers le haut comme un entonnoir rétrécissant, étant entouré de sièges en pierre pour les aînés de la famille.

Le mardi qui suivit la catastrophe qui avait rendu Mme Edwards veuve — bien que toute la matinée le coroner et les jurés aient été piétinés — un violent feu de tourbe et des boules de feu remplirent tout le foyer, et deux énormes boules de fer des pots ressemblant à des chaudrons de sorcières étaient suspendus par des chaînes au-dessus, bouillonnant et fumant. En même temps, dans le grand four encastré dans le mur à droite de la cheminée, elle et ses aides avaient cuit toute la matinée des gâteaux d'épices et du pain d'avoine, comme pour subvenir aux besoins d'un régiment de soldats.

C'était une journée chaude et un travail brûlant, même si les fenêtres et les portes restaient ouvertes pour laisser s'échapper les vapeurs vaporeuses de la cuisine ; et si la voisine Mme Griffith n'était pas venue avec sa jeune fille Cate au secours d'Ales et de sa maîtresse troublée, la première n'aurait pas été en mesure de soulager Rhys de son devoir volontaire mais fatigant face au désabonnement impitoyable, si grand, sinon inhabituel, C'étaient les préparatifs pour les invités attendus le lendemain.

En effet, comme l'a dit Mme Edwards, elle ne savait pas ce qu'elle aurait pu faire sans Owen Griffith et sa femme, ils avaient été des amis si zélés pour elle dans sa grande affliction.

Elle ne se rendait pas compte à quel point la tendre conscience de l'homme l'avait piqué pour avoir quitté Edwards pour rentrer seul chez lui depuis Llantrissant . Il se sentait en quelque sorte responsable de son deuil. Quoi qu'il en soit, aucun frère n'aurait pu lui rendre un meilleur service si un frère avait été là.

NOTES DE BAS DE PAGE :

[4] *Fach* , équivalent de l'anglais cher.

[5] Alès, prononcé Alis ; en anglais, Alice.

CHAPITRE III.
LA VOLONTÉ D'UN GARÇON.

Comme mon histoire ne concerne pas le mort, mais la famille qu'il a laissée, je pourrais passer sous silence son enterrement, s'il n'avait pas été marqué par des coutumes particulières, dont il reste peu de traces. Les régions montagneuses et inaccessibles conservent leurs traits caractéristiques de vie et de langage longtemps après que les rapports sexuels ont fusionné les différents discours et habitudes des habitants des plaines, qu'ils soient citadins ou suburbains.

C'était la dernière nuit de garde, et ni Ales ni sa maîtresse n'étaient restées au lit depuis deux nuits, la jeune fille ayant choisi de partager la garde de veuve à côté du cercueil fermé de son bon maître, comme Rhys l'aurait encore fait s'il avait été prudent. mère pas interdit.

Mais bien avant que les brumes grises du matin ne s'élèvent au-dessus de la cime des arbres ou ne s'éloignent du flanc de la montagne, Rhys était debout et s'agitait avec eux. Il n'y avait pas de loisir pour s'abandonner au chagrin. Il y avait tant de choses à faire et à nettoyer avant que les tristes affaires de la journée ne commencent. Il y avait des fleurs à cueillir, à répandre sur le couvercle du cercueil et à emporter dans la tombe. Et si les moutons et les bovins des collines pouvaient trouver du pâturage pour eux-mêmes, il fallait traire les vaches et les brebis, nourrir les porcs et les volailles, ou les laisser se nourrir eux-mêmes.

Rhys et Ales partirent donc de bonne heure, chargés de seaux vides ; Ales, jambes nues, brossant la rosée des ajoncs et de la bruyère tout en marchant péniblement, une cruche en équilibre sur la tête, un tabouret sous un bras, un seau sous l'autre, son tricot, pour merveille, laissé derrière elle ; Rhys, à ses côtés, balançait un grand seau à traite pour équilibrer un deuxième tabouret.

Lorsqu'ils revinrent avec des seaux chargés à vider dans la grande baratte, le feu était allumé, le porridge prêt, les plus jeunes enfants levés et vêtus de costumes sombres , Davy dans sa première culotte, et tous les trois raides et inconfortables dans leurs chaussures et leurs bas. la voisine Mme Griffith et sa jeune fille Cate sont arrivées sur les lieux pour libérer la veuve affligée et harcelée pour le reste de la journée.

Owen Griffith était également là, et au moment où le petit-déjeuner était terminé et l'autorisation effectuée, Mme Edwards et Rhys avaient changé de vêtements et avaient revêtu les capes à capuche de sable prescrites aux personnes en deuil. Ensuite, la table a été recouverte d'un tissu en lin propre et replacé avec du bœuf froid, du gâteau et du fromage pour tous les arrivants, ainsi que des tasses pour contenir la bière chaude habituelle et de l'abelion, ce dernier étant une décoction épicée de baies de *sureau* . et des herbes, principalement du romarin, dont d'énormes pichets étaient maintenus bien chauds sur le foyer.

Pendant ce temps, Owen Griffith et un compagnon avaient improvisé une table de planches et un long banc devant la maison, empilant de la tourbe et des pierres comme supports, ce que William observait avec un intérêt étonné. Il s'est peut-être demandé d'où venaient les tasses et les plateaux, qui s'asseyait devant les longues planches et consommait tout le bœuf, les tas de gâteaux et les grands fromages disposés en deux, et à quoi servaient les deux bols vides dans le milieu de chaque table.

Quoi qu'il en soit, Jonet s'interrogea et fit part de sa perplexité à David, qui à son tour parla de Rhys, auquel il répondit sèchement : « Attendez et voyez ! Je suis encore plus perplexe de savoir ce qui amène Owen Griffith ici, commandant et aussi occupé que s'il était le maître.

La mère aurait pu dire qu'un cousinage éloigné entre Griffith et le défunt suffisait pour avoir l'autorité de prendre toutes les dispositions nécessaires en l'absence de parents plus proches, et qu'elle lui était extrêmement reconnaissante pour sa gentillesse tout au long de cette période difficile.

Très vite, les autres enfants obtinrent réponse à leurs questions, car des invités, invités ou non sollicités, arrivaient en troupe de vallées et de montagnes d'ici et d'ailleurs, non pas par deux ou trois seulement, mais par dizaines ; parents, amis et simples connaissances, car Edwards était un homme tenu en haute estime. Tous étaient en tenue du dimanche, mais très peu avaient ne serait-ce qu'un morceau de crêpe, un foulard noir ou une paire de bas noirs. Leur présence était censée être une marque de respect suffisante.

Au fur et à mesure qu'ils arrivaient, commença non seulement un bruit de voix sourdes discutant du triste accident - qui aurait pu surprendre n'importe lequel d'entre eux - mais une distribution et une consommation générales de fromage, de gâteaux et de bière aromatisées à l'abélion, que la coutume aurait *pu* rendre appétissantes, les provisions simples disparaissant rapidement et étant remplacées à mesure que de nouveaux arrivants apportaient de nouveaux appétits, aiguisés par le voyage dans l'air vif du matin et mangés de manière primitive, chacun apportant son propre couteau de poche et transformant son pain en assiette à servir. coupé et mangé avec la viande dessus.

Et comme on ne pouvait raisonnablement s'attendre à ce que la veuve organise une fête aussi nombreuse et impromptue (*le dîner* étant un article plutôt coûteux), chaque participant jeta une pièce de six pence ou une autre pièce de monnaie dans le bol fourni, ce qui fit que les plus jeunes enfants écarquillèrent leurs yeux étonnés. – tout leur était si étrange.

Puis la foule, tant à l'intérieur qu'à l'extérieur de la maison, fit place aux porteurs avec leur lourd fardeau, et à la veuve vêtue de noir et à ses deux orphelins les plus âgés.

En raison de leur tendre âge, de la difficulté et de la distance de la route à parcourir, il avait été décidé de laisser Jonet et William derrière eux, aux soins d'Ales.

Mais William, silencieux, avait eu les yeux et les oreilles émerveillés ouverts toute la matinée ; et à peine eut-il compris dans sa compréhension enfantine que son père était emporté dans le grand carton, et que sa mère et ses frères partaient avec, qu'il insista pour y aller aussi ; s'accrochait aux jupes de sa mère et tenait bon, ne se prêtant ni à la persuasion ni à l'ordre de la libérer et de rester à la maison avec l'obéissant Jonet .

Non! Il vit sa mère et ses frères en larmes, et les porteurs s'éloigner lentement avec le cercueil dans lequel son père était enfermé, et dans son ignorance de bébé, il conclut qu'un grand mal était en train d'être commis. Ales lui avait dit qu'il ne reverrait plus jamais son père et il avait dû en conclure que les autres étaient également emmenés ; car lorsqu'il fut transporté de force dans la maison, il se battait et se débattait dans les bras puissants d'Owen Griffith, et criait avec une persistance obstinée : « Moi, j'irai ! j'irai !'

Même enfermé dans la chambre, il donnait des coups de pied à la porte et criait : « Laissez-moi sortir, laissez-moi sortir ; Je vais aller!' jusqu'à ce qu'au bout d'un moment, le bruit se termine par un sanglot et une bagarre, et Ales, occupé, conclut qu'il s'était épuisé et s'était endormi.

Quand Ales, quelque quart d'heure plus tard, ouvrit la porte, obéissant aux pitoyables supplications de Jonet , la pièce était déserte et William introuvable.

Les coups de pied dans la porte dure lui avaient fait mal aux orteils, malgré ses nouvelles chaussures, alors il se retourna pour essayer ses talons. Ce faisant, il découvrit que le petit trou de la fenêtre était grand ouvert. Une minute plus tard, il traversait la pièce et grimpait sur une boîte située sous l'étroite ouverture du mur épais, un air de triomphe soudain sur son visage rond et déterminé.

Il avança la tête et aperçut un long cortège qui serpentait sur la route rocailleuse et inégale, une multitude de chapeaux à haute couronne, certains sur des bonnets de toile de femme, ceux-ci s'élevant au-dessus d'un mélange de manteaux rouges et gris, de jupons rayés et de des vestes sombres croisées de petits châles, se mêlant aux manteaux gris et bleus des hommes ; mais il ne vint pas à l'esprit de l'enfant, comme cela pourrait nous paraître, qu'il y ait quelque incongruité dans ces vêtements multicolores en une occasion aussi solennelle. Tout était nouveau pour lui. Il n'avait jamais vu un tel concours de monde auparavant ; sa seule idée était que sa mère et ses frères étaient emportés après son père, et qu'il devait les rattraper et les ramener.

La fenêtre n'était qu'à un mètre du sol, mais elle semblait loin pour un si jeune enfant. Cependant, il parvint à grimper d' une manière ou d'une autre, et à se laisser tomber dehors sur ses pieds, et, après avoir jeté un coup d'œil sournois autour de lui pour s'assurer que la côte était libre, il partit au trot aussi vite que ses petites jambes robustes le permettaient, et sortit. à une brèche étroite dans le mur de pierre, qui servait de porte d'entrée ; et comme le cortège descendant se déplaçait lentement, et qu'il y avait des arrêts occasionnels pour le changement des porteurs, il parvint à garder l'arrière du convoi en vue.

Bientôt, ses chaussures à semelles de bois et ses bas lui irritèrent et lui cramponnèrent les pieds, et il s'assit sur une pierre au bord du chemin pour les enlever. Lorsqu'il leva les yeux, le dernier chapeau avait disparu, mais, sans se laisser intimider, il repartit en courant, portant ses chaussures et ses bas à la main, et bientôt il aperçut les chapeaux qui hochaient la tête au détour d'un chemin tortueux.

Il avait couru près d'un kilomètre et demi, et il devenait essoufflé et avait des douleurs aux pieds, mais il avançait haletant, sans penser à céder ; mais bientôt il se mit à crier qu'on s'arrêtât , et des larmes coulèrent sur ses joues potelées. Il continua néanmoins à trotter pendant environ un demi-mile ; mais le pas se ralentit, les larmes coulèrent plus vite, et lorsque la queue du cortège disparut de nouveau, il sanglota à haute voix, assailli de peurs.

A ce moment, un homme penché sur un mur, qui avait suivi des yeux le long train, aperçut l'enfant malheureux, dans sa robe noire, boitant péniblement, et lui demanda ce qu'il faisait là et ce qu'il faisait. pleurer.

La réponse n'était pas très cohérente ni articulée, mais l'homme était vif et bon enfant. En très peu de temps, il fut sur la route, avec William Edwards monté sur un âne élégant, suivant le sillage des personnes en deuil, qui, après une courte distance sur le niveau, commencèrent à gravir la haute colline au sommet de laquelle, comme un aigle sur son aire, se dressait l'ancienne église d'Eglwysilan [6] , avec le modeste presbytère à côté, isolée des paroissiens largement dispersés et presque inaccessible par temps maussade ou hivernal.

La tradition locale attribuait à cet édifice vétuste une date contemporaine des apôtres. Mais supposons que nous permettions aux apôtres de dormir pendant près de trois cents ans et que nous attribuions à notre Britannique Sainte-Hélène (ou Elian), la mère fondatrice de l'église de Constantin, le mérite d'avoir choisi le site venteux pour une structure à laquelle elle se tient.

sponsor, nous attribuons toujours à cette église au corps long, aux tours carrées et aux petites fenêtres une antiquité des plus vénérables et une maçonnerie solide qui pourrait faire rougir de honte les architectes modernes.

À peine les craintes de l'aventurier William d'être laissé derrière se sont-elles apaisées en dépassant les piétons lents du long train, que son moral a repris vie. Il commença à regarder autour de lui et à interroger le gentil paysan : « Qu'est-ce que c'est ? ou "Qu'est-ce que c'est ?"

Bien sûr, il parlait en gallois, comme tout le monde. Je ne fais que traduire leur langue en anglais pour mes lecteurs.

De son siège surélevé, il pouvait surplomber les murs bas et, en jetant un coup d'œil à travers les bois automnaux sur sa gauche, où les frênes rouges brillaient d'un éclat tentant sur le chêne aux feuilles rousses et le hêtre jaunissant, il apercevait ici et là la rivière brillante qui s'était montré si traîtreusement cruel envers son pauvre père. Mais ni les baies rouges ni la rivière scintillante n'avaient pour lui des attraits aussi puissants que le formidable tas d'où sonnait le glas – l'« église » dont il avait si souvent entendu parler, mais qu'il n'avait jamais vue.

Il était allé avec sa sœur et ses frères au vallon boisé qui délimitait leur propre ferme au nord, pour y aider ou entraver la cueillette des frênes et des glands ; mais parmi les habitations humaines, il n'avait rien vu jusqu'à présent d'aussi grand que sa propre maison.

Il semblait absolument fasciné par l'église grise couverte de lichens et par sa tour carrée basse et massive, qu'il prenait pour une immense cheminée, et plus ils s'en approchaient, plus son absorption devenait grande.

Lorsqu'on lui a répondu, en réponse à une question : « Les gens y vont pour dire des prières », il a demandé à nouveau : « Pourquoi ? Nous disons des prières à la maison. Mais bien que l'homme ait gratté ses mèches rouges emmêlées, aucune réponse adéquate n'a été reçue.

À ce moment-là, il y eut un arrêt devant la porte voûtée du lych. Tous les hommes ôtèrent leur chapeau, car le vicaire en robe blanche était venu ouvrir la voie à l'église.

Le garçon, qui n'avait pas de chapeau à enlever, ne pouvait que regarder et écouter avec un étonnement vide, ne comprenant rien à la cérémonie solennelle, mais impressionné par le déroulement mystérieux et l'aspect inconnu de ce vaste intérieur qui lui était familier.

Ce n'est que lorsqu'il vit le cercueil descendu dans le « grand trou » qu'il cria, et ne fut pas apaisé, bien qu'Owen Griffith s'éloigna doucement du côté de la tombe et le prit dans ses bras pour la deuxième fois de la journée. .

La cérémonie fut bientôt terminée, et on n'entendit rien d'autre que les sanglots des personnes en deuil et la chute d'une petite pièce de monnaie dans la pelle que le sacristain tendit pour leur réception ; car ainsi les honoraires du vicaire et de lui-même étaient payés par la contribution générale, et non seulement par les parents endeuillés. C'était une vieille coutume, rarement mieux observée qu'en cette occasion ; car parmi la multitude hétéroclite attirée là pour montrer leur estime pour les morts et leur sympathie pour sa famille, les deux tiers étaient terriblement pauvres, avaient voyagé loin et perdaient une journée de travail pour être là ; mais peu sont assez pauvres pour passer le chat du sacristain sans une pièce de monnaie tributaire, si petite soit-elle. Mettez-leur donc à l'honneur, et aussi que tous étaient décemment vêtus et ne portaient pas de haillons, s'ils n'avaient pas de crêpe pour pleurer. La coutume est sa propre loi, et le respect ne se manifeste pas par la couleur d'un habit.

Mais qu'en est-il du petit bonhomme qui s'y est rendu et a créé tant de consternation par son interruption inconvenante ?

NOTE DE BAS DE PAGE:

[6] Ou, Eglwys-elian .

CHAPITRE IV.
PAYER LE LOYER.

" Acte de bonté ! ce garçon porte bien son nom, car il est Will de nom et Will par nature ! dit Ales lorsque l'enfant fut ramené à la maison, ne montrant aucun remords pour le tour qu'il lui avait joué, et peu mais indifférence aux réprimandes de sa mère ou de Rhys.

« Je me suis battu, ils vous emmenaient tous. J'ai dit que j'irais. Moi, *j'y suis allé* ! » C'était toute l'excuse qu'ils pouvaient lui soutirer.

Il était revenu triomphalement chez lui sur l'âne de son ami étranger, un coupeur de tourbe nommé Robert Jones, et n'était pas du tout disposé à l'humiliation. Au contraire, il était plutôt fier de sa victoire, et enthousiasmé par son introduction à de nouvelles scènes.

L'homme, qui fut accueilli et reçu avec hospitalité, en compagnie d'un nombreux groupe de « cousins », pour la réfection desquels du bœuf bouilli et *du cwrw da* avaient été de nouveau présentés, était tout disposé à raconter où et comment il avait récupéré l'enfant, et exprima sa surprise devant l'endurance résolue qui l'avait mené jusqu'ici sur un chemin pierreux et inconnu, tout autant que la forte affection qui avait vaincu les peurs naturelles et le sentiment de fatigue ou de douleur du petit bonhomme.

Il répéta avec beaucoup d'humour certaines des questions et paroles étranges du garçon, promettant de lui faire faire une autre promenade à dos d'âne un jour . Et finalement, en partant, Robert Jones tapota la tête brune du garçon et l'appela « un petit héros ! alors que l'enfant courait avec Jonet .

Ce n'était pas très sage, car le ton de l'admiration était mal calculé pour réprimer la force de volonté développée dès le début par l'enfant, ou pour apaiser les sentiments ébouriffés de Rhys en trouvant sa propre bonne conduite exceptionnelle apparemment méconnue, et la désobéissance volontaire de William ainsi applaudie .

Son chagrin n'échappa pas à l'attention de l'homme qui, parcourant le pays pour vendre de la tourbe et du chaume, [7] avait de fréquentes occasions d'étudier la nature humaine.

« Oui, regardez, » s'écria-t-il depuis l'embrasure de la porte, en voyant une boucle dédaigneuse sur la lèvre de Rhys, « votre petit frère sera un jour plus grand que n'importe lequel d'entre vous, chef de la maison peut-être.

«Il ne le fera jamais. Je suis l'aîné, et puis il y a Davy. *C'est* un bébé ! » » fut la protestation indignée de Rhys.

« Un très bon homme, ou un très mauvais homme, Robert Jones ? » cria Ales après le coupeur de gazon, une de ses vieilles connaissances. Elle n'avait pas pardonné à William l'effroi que lui avait causé son escapade.

« En effet, bien sûr, et cela dépend de ce que vous pensez de lui parmi vous », répondit le coupeur de tourbe par-dessus son épaule, avant de monter sur son âne et de s'en aller.

« Cet homme a raison, Jane Edwards, dit alors Owen Griffith à la veuve ; « Il y a effectivement de grandes capacités pour le bien ou le mal chez Willem ; il aura besoin d'une main ferme pour le contrôler.

"Ah, bien sûr," soupira-t-elle profondément, ses yeux gris se remplissant de larmes, "et maintenant la main ferme a disparu."

« Ah, c'est sûr ! c'est encore plus dommage ! » a été repris autour du conseil d'administration.

Rhys seul ne fit aucune remarque ; mais il plaça ses lèvres serrées sur ses dents et resserra sa prise sur le manche de son couteau, comme s'il pensait que *sa* main était suffisamment ferme pour contrôler son petit frère, et comme s'il *voulait* maîtriser le petit obstiné , quoi qu'en disent les autres. pourrait faire. Ales l'a vu, si la mère ne l'a pas vu.

Pendant ce temps, William, ignorant les intentions paternelles de son frère aîné, était assis sous un pommier avec Jonet , cherchant des mots pour exprimer toutes les merveilles qu'il avait vues et entendues ce jour-là, la « grande maison avec la grande cheminée » plus que tous; tandis que Davy, appuyé nonchalamment contre le tronc de l'arbre, comme fatigué de sa longue marche, se bourrait la bouche de pain et de fromage et souriait avec complaisance aux premières impressions du jeune sur des choses que la familiarité lui avait privées d'attrait, même si, sur certaines, il paraissait sérieux. assez.

À huit kilomètres au sud-est de l'éperon de montagne sur lequel la famille Edwards possédait une ferme depuis plus d'un siècle, se trouvaient, dans une vaste plaine au milieu de collines arides, les vieilles ruines grandioses du château de Caerphilly, l'ancienne forteresse de les Despencers et le tout petit bourg épars qu'il éclipsait, une ville qui était soit tombée en ruine, soit avait cessé de croître, depuis que le grand château avait été pillé et sans locataires.

Elle avait cessé d'être un bourg à l'époque du roi Henri VIII, mais elle s'accrochait toujours à sa foire et à son marché, et c'est là que venaient les fermiers et leurs femmes avec leurs produits ; les mineurs ou leurs femmes, et les domestiques des quelques grandes maisons des environs, comme acheteurs. Et là aussi venait, à périodes déterminées, avec sa file de chevaux de trait, le collectionneur ambulant des articles faits à la main du district, tels que bonneterie tricotée, carreaux de lin, châles de laine, flanelles, couvertures, tous filés et tissés . tissé dans des fermes et des chalets disséminés dans les montagnes. Il était l'intermédiaire entre le marchand anglais et le pauvre producteur qui, à l'époque où il n'y avait ni canaux ni chemins de fer, ni aucune installation permettant le transport rapide des marchandises ou des personnes, n'aurait autrement pu trouver aucun marché pour ses marchandises. Dans l'état actuel des choses, le tisserand aurait probablement pu obtenir de meilleurs prix à Cardiff, mais les kilomètres de distance supplémentaire devaient être calculés lors du calcul.

Tôt le jeudi matin, Mme Edwards, avec un duffle-coat gris [8] sur sa courte robe en linsey noir [9] et un chapeau d'homme noir à couronne basse au-dessus de sa casquette en lin blanc, son visage sain pâle et usé avec le l'agitation de la semaine, se tenait près de son panier d'œufs et de beurre, se demandant si elle devait aller seule au marché ou céder à la supplication de Rhys et l'emmener avec elle.

C'était aussi le jour du loyer. M. Pryse, l'intendant du noble propriétaire terrien, parcourut avec condescendance tout le chemin de Cardiff à Caerphilly pour rencontrer les locataires de son seigneur à la petite auberge « The Cross Keys », et malheur aux pauvres malheureux qui n'ont pas réussi à se présenter, ou à apporter le plein quota de pièces de monnaie.

Elle n'était pas dans une situation de ce genre, même si elle pensait qu'elle aurait pu l'être ; mais, jusqu'ici, Edwards avait toujours payé le loyer lui-même, même si elle lui avait tenu compagnie, et elle avait plutôt reculé devant sa première rencontre avec l'agent désagréable.

« Tu ferais mieux de me laisser partir, mère. M. Pryse découvrira que vous n'êtes pas tout à fait seul, et il se montrera peut-être plus courtois lorsqu'il verra à quel point je suis grand et fort , quoi qu'il en soit, insista Rhys.

(M. Pryse était un petit garçon ratatiné et capricieux, avec une peau comme un parchemin ratatiné .)

Ales a mis sa parole. " Deed, maîtresse, vous feriez mieux de prendre le garçon. Mieux vaut un petit bâton que pas de bâton dans un combat.

Ales avait réglé la question avec cette dernière remarque.

« Eh bien, peut-être vaut-il mieux avoir un témoin quand on a affaire à des gens bizarres, » acquiesça sa maîtresse ; et Rhys eut la permission de se retirer et d'enfiler sa veste noire à queue courte et sa culotte, afin de paraître le plus beau et le plus courageux. C'était un garçon robuste et bien adulte pour son âge, avec un menton ferme et des yeux gris intrépides, et que ce soit par fantaisie ou par réalité, sa mère le trouvait plus grand dans ses nouveaux vêtements.

Il se développait certainement rapidement ; car à peine le poney hirsute faisait-il du jogging avec sa double charge, Mme Edwards devant avec son panier posé sur un sac de laine qu'elle avait peignée et filée, qu'il commença à s'étendre sur la nécessité qu'il y avait maintenant pour lui d'apprendre comment aller au marché, acheter et vendre, s'il voulait lui être d'une réelle aide. Il « ne pouvait pas apprendre trop ni trop tôt », a-t-il déclaré, et n'a pas été contredit, même si une semaine plus tôt, elle se serait moquée de lui.

La route serpentait à travers les collines, où les abondantes fleurs cireuses des bruyères à feuilles croisées perdaient rapidement leur teinte délicate et se fanaient avec la saison, et les rosettes du droséra avaient oublié leurs fleurons morts depuis un mois ou plus. Les fougères elles-mêmes devenaient brunes et rauques, et la chaussée était parsemée de feuilles jaunes et rousses qui tournoyaient çà et là par le vent ou étaient enfoncées dans la terre par des sabots implacables.

Car c'était aussi la première foire d'octobre et, d'ailleurs, la compagnie ne manquait pas. Owen Griffith, fermier et tisserand, les avait rejoints de bonne heure avec un grand paquet de flanelle sur sa jument ; et de presque tous les replis des collines venaient un ou plusieurs à pied ou à cheval pour grossir le ruisseau général, chacun, mâle ou femelle, tricotant le long de la route. Le charbonnier crasseux et le sombre creuseur d'étain et de fer se saluaient en chemin, et la veuve avait de nombreuses salutations respectueuses tandis qu'ils couraient et répondait à de nombreuses questions sur le garçon derrière elle.

Sa première tâche lorsqu'ils atteignirent Caerphilly fut de surmonter son calvaire avec M. Pryse, Griffith prenant gentiment en charge son cheval et ses marchandises.

L'entrée étroite de l'auberge était bondée de locataires se dirigeant vers la chambre du député important ou en revenant, mais tous étaient prêts, avec une politesse naturelle, à céder la place à la veuve de William Edwards. M. Pryse aurait pu prendre une leçon auprès d'hommes de moindre degré.

De la table près de la fenêtre où il était assis, avec un encrier et des papiers devant lui, de petites piles de pièces de monnaie à sa droite, il leva les yeux.

Rhys avait ôté son chapeau ; l'intendant, pour affirmer sa supériorité, gardait le sien sur sa tête.

« J'ai donc entendu dire que vous êtes veuve, Mme Edwards », fut son salut brusque. « Le fermier ne voyait pas comment rentrer chez lui, m'a-t-on dit, et il s'est donc noyé. Ivre aveugle, je suppose ? Un soulèvement hautain de ses étroites épaules souligna son commentaire brutal.

Rhys s'enflamma. 'Non monsieur; mon père *ne s'est jamais* saoulé. Il ne pouvait pas voir à cause de la brume, et le déluge l'emporta. S'il avait été ivre, monsieur, il n'aurait pas pu traverser le gué Rhonda.

Si Mme Edwards avait été choquée par l'impolitesse insensible du steward, elle craignait maintenant que sa ferme ne soit en péril et commençait à regretter d'avoir laissé Rhys dehors.

Les yeux mi-clos, M. Pryse scruta curieusement le garçon impétueux de la tête aux pieds. Ignorant la chaleureuse défense d'un père décédé, il fronça ses sourcils sinistres et demanda sèchement :

« C'est votre fils ? »

« Un acte, oui, monsieur. »

'Quel âge a-t-il?'

« Douze en mars dernier, monsieur.

Un sourire désagréable éclaircit les lèvres fines qui demandèrent encore :

« Votre aîné ? »

'Oui Monsieur.'

'Humph ! Et comptez-vous gérer la ferme avec *son seule* aide ?

« Pas tout à fait, monsieur. J'ai...

'Quoi?' il l'interrompit. « Venez-vous y renoncer ? »

« *Non* », dit fermement la veuve. « Je suis venu payer le loyer. Je peux embaucher un homme. Mais *je* serai le fermier, s'il vous plaît à Dieu.

Elle comptait l'argent sur la table tout en parlant, le feu dans ses yeux brûlant les larmes.

« Et quel genre de fermier ferez- *vous* ? » répondit-il avec un ricanement. « Vous feriez mieux d'abandonner la possession immédiatement. »

« Vous feriez mieux d'attendre et de voir, monsieur. Quand je ne peux pas payer le loyer, je peux céder, pas avant. Je veux le reçu, regarde.

'Humph ! Oh, ah, le reçu, bien sûr !

S'était-il attendu à ce qu'elle soit assez ignorante, ou simple, ou négligente au point de payer un loyer et de ne prendre aucun reçu, sa plume grinçant sur le papier avec tant de réticence ? Quoi qu'il en soit, il l'observait étroitement à travers ses yeux fendus pendant qu'elle le prenait et le relisait attentivement, avant de le plier et de le ranger dans son carnet à aiguilles pour le transporter en toute sécurité dans sa grande poche.

Il n'était pas aussi sûr de son incapacité à diriger lorsqu'elle partit avec un bref
« bonjour », et fut suivie par son fils, qui mit son chapeau et ne dit jamais un
mot. Il était sage, car s'il avait dit quelque chose, cela aurait été désagréable.

Il y en aurait eu donc s'il avait entendu le grognement qui les suivit. 'Humph
! le jeune ourson est aussi chaud et grossier que son voyou de père à tête de
cochon ! mais il se fera couper les ongles quand la veuve se remariera, c'est
vrai.

« Mère, est-ce que M. Pryse trompe quelqu'un ? Je ne pense pas qu'il voulait
que vous ayez le reçu que vous deviez demander, murmura Rhys lorsqu'ils
sortirent. «J'avais l'impression que j'aimerais le renverser, c'est ce que j'ai fait.»

« Chut, Rhys », et la veuve regarda autour d'elle, effrayée par les auditeurs ; 'il
ne faut pas dire ça. C'est un homme très dur, et personne ne l'aime beaucoup,
mais je n'ai jamais entendu dire qu'il trompait vraiment qui que ce soit . Vous
devez faire très attention à ne pas l'offenser. Votre pauvre père l'a fait une
fois, et depuis, il nous en veut.

"Alors c'est un méchant homme, et je le haïrai pour les mauvaises paroles
qu'il a dites à son père."

Owen Griffith attendait, et la veuve n'avait pas l'occasion de faire
comprendre à Rhys le péché et le danger d'entretenir la haine. Aussi brève
fut l'influence qu'il eut sur lui. M. Pryse, outre l'insulte faite à la mémoire de
son père, avait touché le nerf sensible de sa propre autosuffisance naissante
et avait montré, du moins le pensait le garçon, une tendance à aller trop loin
avec sa mère ; et, sans aucune analyse de ses propres motivations, Rhys avait
conçu sur-le-champ une aversion invincible pour l'intendant peu avenant.

Lorsque vint le tour d'Owen Griffith, M. Pryse était, pour lui,
inhabituellement fade et aimable, très intéressé par sa petite exploitation et le
bien-être de sa famille, et incidemment intéressé par ses *voisins* proches , la
famille si soudainement privée de son chef. Mais bien qu'il ait passé le
tisserand à travers un tamis très fin, il n'a rien obtenu pour ses efforts qui
pouvaient être imputés soit au noyé, soit à la veuve capable.

Si capable qu'elle avait vendu sa laine, son beurre et ses œufs, vendu une
quantité d'avoine à partir d'un échantillon, embauché un jeune homme de
confiance nommé Evan Evans pour la ferme, fait ses propres achats, appelé
chez la mère rhumatismale d'Ales. , qui vivait dans un petit lit construit dans
les ruines mêmes du château, échangeait des messages et de la sympathie
chrétienne avec la vieille dame, et était rafraîchie et prête à rentrer chez elle
avec Rhys bien avant qu'Owen ou ses amis ne pensent à bouger.

Et ils rentrèrent chez eux alors qu'il y avait de la lumière pour se frayer un
chemin, même si les nuages s'étaient accumulés au sud-ouest et que les

premières gouttes d'une forte averse les attrapèrent alors qu'ils approchaient de la ferme. Ils furent accueillis par les cris joyeux des petits et par l'assurance d'Ales qu'ils avaient tous été « aussi bons que l'or » et qu'ils méritaient bien le pain d'épice qu'on leur avait apporté à la maison. Même William, sur lequel il y avait eu quelques doutes, acceptait que « aller au marché » soit un événement courant et ne lui avait causé que très peu de problèmes, même s'il avait exigé la promesse qu'elle l' emmènerait un jour voir « le grand grand magasin ». maison, avec la grande cheminée, qu'ils appelaient l'église.

NOTES DE BAS DE PAGE :

[7] Culm, poussière de houille, utilisée comme combustible lorsqu'elle est mélangée à de l'argile et de la tourbe.

[8] Le sac de sport, fabriqué à la fois en écarlate et en gris, était un tissu de laine très épais à grain serré , sa surface supérieure recouverte de nœuds bouclés en forme de tête d'épingle. C'était presque étanche.

[9] Le Linsey-woolsey, un mélange de lin et de laine , est toujours utilisé.

CHAPITRE V.
LE NOUVEAU DÉTENU.

La pluie tombait toujours avec une persistance constante lorsque, deux heures plus tard, Evan Evans souleva le grand loquet en bois de Brookside Farm et entra dans la grande cuisine avec un « Dieu vous garde » en guise de salutation.

Ales, qui donnait le dernier mouvement à quelque chose qui bouillonnait dans une marmite en fer sur le feu, d'où sortait une odeur fumante de poireaux, se retourna brusquement pour voir quel genre de jeune homme était entré dans la maison en tant que détenu, et voyant : il lui rendit son salut, ainsi que les deux jeunes gens qui attendaient leur souper.

Ce qu'elle vit, c'était un jeune homme aux membres robustes, âgé d'environ vingt-quatre ou vingt-quatre ans, avec un sourire de bonne humeur sur le visage, comme si un manteau trempé et des vêtements de dessous boueux étaient des inconforts tout à fait mineurs. Il portait une lanterne allumée dans une main et un paquet suspendu à un bâton sur son épaule.

"Si vous êtes Evan Evans", dit-elle, "vous feriez mieux d'enlever votre manteau et de vous asseoir près du feu pour vous sécher", un sourire correspondant sur son visage suffisait pour un accueil et indiquant sa satisfaction avec le échantillon tel que présenté.

Comme pour s'assurer de ses bonnes grâces, son premier geste fut de traverser le parquet et, d'une forte main brune, de soulever du crochet de la cheminée le lourd pot à bouillon sur le manche duquel la jeune fille venait de poser les deux siennes.

« Bien pour vous, Evan Evans ; puisses-tu être toujours aussi prête, dit-elle en montrant ses dents blanches et fermes et en se hâtant de verser à la louche le bouillon que le bœuf bouilli avait fourni.

« Toujours prêt pour un bon souper », fut la réponse prompte. "On ne reçoit pas toujours du bouillon tous les jours."

La viande n'était pas souvent bouillie pour le bouillon dans les petites fermes. En effet, il n'était jamais cuit sauf en de rares occasions.

À ce moment-là, Mme Edwards arrivait de ce que l'on pourrait appeler la « laiterie » à l'arrière.

« Je ne vous attendais pas ce soir, dit-elle, mais c'est bien que vous soyez ici.

" Bien sûr et en effet, madame, vous ne voudriez pas que je vienne un vendredi, et je n'étais pas moi-même disposé à venir un samedi, et je pensais que vous voudriez que je vienne avant le lundi, regardez-vous. "

« Pourquoi pas samedi ? » interrompit Rhys, attendant son bouillon avec impatience.

"Bien sûr, et "la séance du samedi est courte", disait ma grand-mère irlandaise, et c'était une femme sage", répondit gravement le jeune homme.

La superstition était si répandue et générale que personne n'émit un mot de doute ou de désaccord sur l'une ou l'autre proposition, mais Mme Edwards remarqua : « Acte, c'est tout aussi bien que vous soyez venu. Nous avons perdu une semaine et il est temps que certaines racines sortent de terre. Ce sera doux pour creuser après la pluie.

« Avez-vous des pommes de terre parmi vos récoltes ? » demanda-t-il alors au-dessus de son bol fumant de bouillon épais.

« Acte, non ; Edwards (un soupir) a dit qu'ils étaient réservés à la noblesse pour qu'ils cultivent dans leurs jardins.

« Alors je vous demanderais de les essayer l'année prochaine. Le chef de Castella dit que c'était la culture la plus rentable qu'il avait sur ses terres. C'était bon pour les vaches et les porcs s'il en restait de la table familiale. Il allait labourer pour eux un demi-acre de terrain.

'Charrue? Qu'est ce que c'est?' » questionna Rhys, à qui le mot même était inconnu.

Evan a expliqué à plus d'un auditeur attentif.

« Ah, eh bien, » dit Mme Edwards, quand il eut fini. « Là où j'étais en Angleterre, chaque agriculteur labourait ses champs. Et mon propre père avait l'habitude de dire que les lois que le roi Howel le Bon avait élaborées il y a près de huit cents ans ne permettraient à aucun homme d'être agriculteur s'il ne savait pas fabriquer sa propre charrue et la guider. Mais il n'y avait que des charrues en bois à cette époque, et elles furent mises en pièces sur le sol pierreux parmi les montagnes sauvages du Pays de Galles, et elles devinrent inutilisables, peu importe. Je voulais avoir une bonne charrue solide ici, mais Edwards disait toujours que la bêche lui suffisait. Son père et son grand-père avant lui avaient creusé chaque bout de la terre avec la bêche, et ce qui était assez bon pour eux l'était pour lui.

" Assez bien, c'est très bien là où il n'y a jamais de mieux", lance Ales, avec la liberté du moment. « Tu ne pensais pas que la quenouille de ta grand-mère était assez bonne pour toi quand tu as acheté ce rouet.

Evan et Rhys levèrent les yeux de leurs bols à moitié vides de l'autre côté de la table d'Ales, comme frappés par sa perspicacité pertinente.

« En effet, Ales, je ne l'ai pas fait ; je ne pensais pas non plus que les trous laissant passer le vent et les intempéries ainsi que la lumière étaient suffisants.

Mais jusqu'à ce que le grand-père meure de rhumatismes, il ne pouvait y avoir de fenêtres en verre. Et je n'ai pas trouvé bon que les porcs se déchaînent, déracinant mon jardin et détruisant ce qu'ils ne pouvaient pas manger, mais il n'y a jamais eu d' étable construite à ce jour.

"Et qu'est-ce qu'un orgelet ?" » demanda Rhys.

« Une maison pour les porcs. »

Rhys rit. « Pourquoi, maman, qui a déjà vu des cochons avec leur propre maison ? Tous les cochons courent en liberté dans les bois. Lewis m'a dit qu'il n'en avait jamais vu d'autres que les nôtres, enfermés dans un enclos comme des moutons.

« Peu importe Lewis. Il n'est jamais allé bien loin d' Eglwysilan . S'il avait été en Angleterre comme moi avant mon mariage, il aurait vu des étables à porcs dans chaque ferme. Mais il y en a beaucoup au Pays de Galles, et Evan en installera un ici très bientôt.

« Oui, en effet », fut la réponse chaleureuse de l'homme.

Il y eut d'autres discussions sur le travail à faire, et comment cela devait être fait, avant qu'Evan ne suive Rhys au lit, ni l'un ni l'autre n'ayant un mot à dire contre la surpopulation, bien que David soit là avant eux.

Et puis Mme Edwards et Ales, comparant leurs notes, ont convenu qu'elle avait embauché un homme très compétent.

On aurait pu dire avec autant de justesse que la veuve avait montré ses propres capacités en choisissant un domestique de ferme qui vivrait en étroite compagnie avec ses fils orphelins.

Au cours du tableau dressé avec les viandes funéraires, elle avait nommé son souhait parmi les parents rassemblés, puis s'était ensuivie une vive controverse sur les mérites de divers hommes susceptibles d'être embauchés à Caerphilly .

Quelqu'un avait nommé Evan Evans. Alors s'éleva un cri général selon lequel il ruinerait la ferme avec les idées qu'il avait acquises à Castella, où se trouvait un bailli de ferme anglais. On admettait qu'il était travailleur, honnête, sobre et religieux, mais tout cela n'était que de la poussière dans la balance comparé au crime de s'écarter des anciennes méthodes et de préférer de nouvelles méthodes d'agriculture.

Elle avait écouté, sans faire de commentaires. Mais c'était précisément pour ces dénigrements qu'elle avait embauché le jeune homme plus facilement. Elle n'avait ni trouvé les anciennes méthodes agréables ni rentables. Elle voulait montrer à M. Pryse ce qu'une bonne agriculture pouvait faire sur une terre indifférente. Et elle comptait sur les principes religieux d'Evan pour garantir l'exemple qu'il donnerait à ses garçons en pleine croissance.

L'embauche était pour l'année et ne pouvait être résiliée que d'un commun accord. En même temps , il était renouvelable d'année en année, et parfois hommes et servantes restaient avec le même maître ou la même maîtresse la moitié de leur vie. En cas de rupture de contrat, la loi était très stricte et sévère. Une prison attendait le domestique absent sans permission, ou volontairement réfractaire, et de lourdes amendes aux maîtres qui maltraitaient les domestiques ainsi embauchés. De tels cas ne sont pas fréquents, mais ils surviennent à intervalles réguliers.

Même si le ciel était dégagé, la pluie coulait toujours des avant-toits et avait creusé de petits rigoles dans le sol et entre les pierres grises en descendant la colline pour gonfler le ruisseau bruyant de la forêt, quand Evan et les garçons quittèrent leur maison. et la chambre sombre le matin, et Rhys s'est porté volontaire pour faire visiter la ferme au premier avant que les autres ne se lèvent.

« En fait, non, » dit l'homme, « c'est la maison de ta mère. Elle n'aime peut-être pas que nous soyons si libres, peu importe. Nous pouvons allumer le feu et allumer la marmite à porridge pour Ales, pour ne pas perdre de temps. Où sont conservées les boules de feu ?

C'était un échec pour l'importance du nouveau-né du garçon. Ne choisissant pas d'attendre l'homme, il ordonna à Davy d'aller chercher les boules de feu et sortit à l'arrière dans un crétin. Pendant ce temps, le bidable Davy apportait les boules de feu. Evan, tout à fait inconscient de la dignité blessée du jeune maître, attisa la tourbe fumante du foyer et alluma un feu clair sous le pot noir quand Ales et sa maîtresse arrivèrent sur les lieux, laissant Jonet et William encore endormis.

Les ablutions matinales d'Evan et des deux garçons aînés se faisaient en plein air, à une source qui jaillissait du flanc pierreux de la montagne dans un bassin naturel drainé par l'eau ; Mme Edwards et Ales dans l'appartement indéfinissable à l'arrière, peu de temps ou de cérémonie étant perdus dans l'opération.

La toilette grossièrement terminée, Ales retourna à la cuisine ; et le soleil venant juste de se lever au-dessus du sommet de la montagne pour réveiller les oiseaux et les bêtes et transformer les gouttes de pluie persistantes en joyaux féeriques, Mme Edwards elle-même conduisit Evan à travers la ferme primitive, depuis l'étable et l'étable grossières, où les volailles. perchés au-dessus de leur tête, jusqu'à ce qu'ils appelaient une grange délabrée, et la cour de ferme détrempée, où une énorme truie et sa couvée de porcelets se vautraient dans la fange.

Deux ans plus tôt, le jeune homme aurait considéré tout cela avec complaisance comme l'état commun des choses ; mais alors il ne pouvait que secouer la tête et coïncider avec sa nouvelle maîtresse sur le fait qu'il y avait place à des améliorations qui nécessiteraient du temps, de l'énergie et quelques dépenses. Ils avaient examiné le verger et les clôtures en pierre et, l'enquête terminée, ils étaient arrivés devant, où Mme Edwards avait fait de son mieux pour copier un jardin anglais d'herbes et de fleurs et pour éloigner les porcs. volailles et chèvres.

À ce moment-là, Ales et Rhys, offensés, étaient de retour de la traite, les deux petits étaient lavés et habillés, et le porridge était prêt à être versé, Davy tranquille ayant prêté main là où c'était nécessaire, sans chichi ni supposition. Il était toujours prêt à aller chercher et à transporter à la demande de n'importe qui, et il était rarement autorisé à rester assis. C'était lui qui avait apporté l'eau de la source pour laver les plus jeunes, et la vidait lorsqu'elle était utilisée ; lui qui avait posé des bols et des cuillères en bois sur la table et apporté le grand pichet brun de lait, et qui soulevait William jusqu'à sa place à table lorsque sa mère et Evan entrèrent à la porte. Juste le docile Davy, dont personne ne faisait grand cas ni pour l'éloge ni pour le blâmer.

Rhys, qui n'avait pas encore retrouvé son sang-froid, s'était déjà assis à table avec un mécontentement silencieux et n'avait pas remarqué leur entrée, mais Jonet et William regardaient fixement l'homme étrange, le premier timidement, le second avec un regard ouvert. - une merveille verbale, qu'il a mise en mots.

'Qui est' oo ?' il voulait savoir quand Evan avait amené son tabouret à la table à côté de lui.

Ayant reçu une réponse agréable, il fit pleuvoir des questions enfantines sur « l'homme étranger », toutes relatives à sa présence là-bas, et fut à peine réduit au silence lorsque la grâce fut prononcée sur le porridge chaud. Il y avait eu tellement d'hommes étranges qui allaient et venaient au cours de la semaine dernière qu'il se demandait si Evan avait été laissé pour compte. Ses questions ne cessèrent qu'avec une bouche ébouillantée.

« Si tu veux apprendre l'agriculture, Rhys, tu ferais mieux de venir avec Evan et moi. Nous parcourons les champs pour décider de ce qu'il y a de mieux à faire, dit sa mère une fois le petit déjeuner terminé.

lui avait demandé de l'accompagner pour décider de ce qu'il y avait de mieux à faire et comment, il se serait levé avec empressement pour partager ses soucis et ses conseils, mais même s'il avait déclaré son désir d'apprendre, il ne voulait pas qu'Evan Evans pour un enseignant. Si son intérêt et sa curiosité n'avaient pas été excités du jour au lendemain, il aurait pu rester en arrière, tant il était douloureux de la rebuffade du matin. En l'occurrence , il se leva mais d'un air maussade pour obéir.

'Puis-je venir?' demanda Davy.

" Acte, non. Vous serez recherché ici. Prends ton tricot et pense à Jonet et Willem.

La réponse péremptoire servit à la fois à Davy et à Jonet , même si cette dernière posa un doigt boudeur sur ses lèvres. Mais William avait des idées et une volonté qui lui étaient propres.

'Je pars avec' oo !' «Je dois y aller!» « Moi, *j'irai* ! » « Mec, prends-moi ! » » étaient ses itérations persistantes, tandis que ses robustes jambes et pieds nus suivaient ses aînés sur les pierres lavées par la pluie, et il luttait de toutes ses petites forces contre les tentatives de Rhys pour le forcer à reculer.

Leurs volontés étaient tout aussi fortes, mais leur force ne l'était pas. Il ne fait aucun doute que Rhys serrait trop fort les bras tendres, car William criait et criait :

" Ooh, ça m'a fait mal; ' oh, ça m'a fait mal.'

Evan, qui avait atteint le portail avec Mme Edwards, se retourna et dit pitoyablement : « Ne faites pas de mal au petit homme. Si ta mère veut bien le laisser partir, je le porterai sur mes épaules, regarde-toi.

Une minute plus tard, triomphalement, le magistral William était monté sur le muret de pierre, en route vers les épaules du grand homme, sa mère souriant d'un consentement passif, tandis que Rhys se mordait la lèvre inférieure et serrait fermement ses mains dans un chagrin mal dissimulé.

C'était la deuxième fois ce matin-là qu'Evan Evans, l'homme de main, le contrariait, le premier-né de son père. Rhys, à son avis, n'était plus un garçon. Il avait bien décidé qu'il serait le bras droit de sa mère, et qu'ils géreraient la ferme à eux deux, avec des subalternes bien sûr, et voilà que ce grand intrus venait le faire passer au second plan.

MONTÉ SUR LE MUR BAS, EN ROUTE VERS LES ÉPAULES D'EVAN

Ce fut sans bonne volonté qu'il suivit à travers les prairies et les terres arables, à travers les jachères et jusqu'aux hautes landes, où les vaches ruminaient parmi les hautes herbes, et les moutons grignotaient près du sol les morceaux sucrés que les vaches avaient laissés, et les chèvres omnivores broutaient la bruyère ou tout autre élément végétal. Il les entendait parler des carottes et autres racines à déterrer et à entreposer immédiatement, de la chaux et du fumier de ferme à déposer sur tel ou tel champ, et des récoltes convenables à cultiver ; mais même s'il avait la perception grossière qu'Evan était un meilleur agriculteur que son père, il était maussade par ce changement de contemplation. D'autant plus peut-être que sa mère a attiré son attention en lui disant : « Tu entends ça, Rhys ? « Oui, Rhys ; en effet, ce sera mieux.

Il était sombre, tandis que William, libéré de son perchoir, courait çà et là avec une grande joie, chassant les freux et les bergeronnettes d'eau qui, sans s'en douter, rendaient de bons services au fermier.

CHAPITRE VI.
PERDU.

Il est difficile, à notre époque de chimie, de vapeur et d'appareils mécaniques destinés à réduire le travail , voire à l'éliminer complètement, de se rendre compte des difficultés rencontrées par le fermier dans les régions montagneuses et sauvages, très éloignées des centres de civilisation et ignorant les les instruments et appareils agricoles étaient déjà utilisés dans les districts les plus favorisés . Des endroits où il n'y avait ni charrettes ni routes convenables, et où les montées et les descentes étaient trop abruptes pour autre chose qu'un bipède ou un mulet ; où chaque acre de montagne ou de lande cultivée devait être retourné avec la bêche, et chaque particule de fumier déposée sur la terre devait y être transportée dans des paniers attachés aux épaules humaines, ou dans des paniers portés par un âne ou un mulet.

Pourtant, telles étaient les difficultés auxquelles Mme Edwards et d'autres agriculteurs gallois ont dû faire face jusqu'au siècle actuel, les agriculteurs des landes de Cumberland et du nord-ouest du Yorkshire se trouvant dans une situation à peu près similaire.

La perte d'une semaine entière de travail au début d'octobre a été un préjudice grave. Même Rhys le savait, et réalisant qu'il devait suivre ses instructions de sa mère et non d'Evan, il étouffa sa mauvaise humeur et s'y attacha sérieusement, même si ses sourcils se contractèrent lorsqu'une nouvelle forme de travail lui fut suggérée.

« Rhys, penses-tu que tu pourrais abattre les fougères à la lisière du bois ? » demanda sa mère d'un air dubitatif.

« Oui, sûrement, je peux le couper. N'ai-je pas aidé à récolter l'avoine ? Mais pourquoi devrait-on le couper ?

« Evan dit que cela permettra d'économiser de la paille dans la cour de la ferme et qu'il devrait être empilé comme litière pour les porcs et le bétail avant qu'il ne soit trop tard. Et après qu'elle aura servi les bêtes, elle sera meilleure pour une partie de la terre que la chaux.

"Deed, et' Evan semble vraiment très intelligent ! Des maisons et de la litière pour les porcs, en effet !

« Oui, en effet, Rhys, et je ne suis ni trop fier ni trop vieux pour apprendre de lui. S'il vous plaît, mon Dieu, il nous aidera à garder la ferme malgré M. Pryse.

Pas un autre mot de mépris ne sortit des lèvres du garçon.

Invitant Lewis, le fils du berger, à suivre avec Breint , le poney, pour ramener la fougère à la maison, selon les instructions de sa mère, il, avec une faucille sur le bras, traversa une pente herbeuse en direction de la forêt escarpée, longeant le Le ruisseau musical que la source jaillissante à flanc de colline envoyait, comme le débordement d'un immense auge ou bassin en pierre, à travers le terrain et le long de la pente pour rejoindre le ruisseau tumultueux d'où la ferme tirait son nom. Le ruisseau fauve lui-même prenait sa source en haut de la mousse tourbeuse au sommet de la montagne et avait creusé ou trouvé un canal dans une étroite fente entre des rochers escarpés, dont les flancs sordides permettaient à peine de prendre pied aux sapins et aux mélèzes. Pourtant, s'élargissant et s'approfondissant pour former un vallon pittoresque, le frêne et le sureau étendaient leurs baies rouges ou pourpres-noires au-dessus du cours d'eau bruyant et tumultueux, et les troncs robustes de chêne et de hêtre se dressaient et étendaient leurs bras feuillus pour le protéger du trop . soleil d'ouest intrusif, laissant tomber tranquillement de temps en temps un gland mûr ou une noix triangulaire, pour s'éloigner et fructifier au cours d'une saison future loin de l'arbre parent.

Il en était autrement lorsque les vents sauvages du nord-est se précipitaient et rugissaient dans le vallon, car alors les glands mûrs ou non mûrs et les mâts épineux étaient brutalement arrachés avec des bancs de feuilles rousses et jetés au sol comme offrandes aux porcs et aux chèvres omnivores. , le ruisseau qui y apporte sa part, ainsi que la frange de fougères plumeuses.

La plus grande partie des terres agricoles se trouvait sur les hautes terres escarpées mais vallonnées au-dessus de la ferme blanche, les plus fertiles, y compris le verger et la parcelle de jardin, situées en contrebas.

Bordé de chaque côté par des clôtures en pierre brute, et séparant les prairies de celles-ci, un chemin ou une route plus large et bien fréquenté, que le caractère floconneux du sol pierreux transformait en une succession naturelle de larges marches peu profondes, s'étendait obliquement de la maison à le niveau ou la route principale telle qu'elle était. De l'autre côté, quelque deux cents mètres plus au nord, le simple ruisseau s'étendait et irritait les tremplins qui barraient son passage vers des bois plus profonds et la grande rivière qui l'engloutissait. Tout comme un jeune irréfléchi se précipite hors de l'abri sûr d'une maison trop étroite pour son ambition, et se plonge dans le vortex d'un monde inexploré est perdu à jamais .

À trente ou quarante pas au-delà du ruisseau peu profond se trouvait la maison basse d'Owen Griffith, blanchie à la chaux comme la plus grande ferme au-dessus. Puis la voie a pris un virage et a été traversée par des routes qui se croisaient, laissant perplexes les voyageurs étranges .

Les périphéries d'une ville florissante et animée couvrent désormais une grande partie du territoire que j'ai décrit avec tant de soin. Même les voies et les autoroutes ont subi des changements depuis que les Edwards détenaient Brookside Farm et les traversaient.

En cette matinée ensoleillée d'octobre, tandis que Rhys et Lewis coupaient les fougères à la lisière du bois et qu'Evan utilisait sa bêche pour retourner le chaume en de bons sillons plus haut sur la colline, Mme Edwards à mi-chemin, comme une vraie femme de fermier gallois, Elle déterra résolument les carottes tenaces et aux longues racines, sans épargner son labeur, tandis que Davy (toujours en jupon) et même Jonet , quatre ans, les libéraient de la terre ameublie et les jetaient dans des paniers en osier pour qu'Ales les transporte de la terre. champ jusqu'à la grange, posée sur la tête. Le panier n'était pas léger lorsqu'il était plein, mais elle avançait avec aisance et grâce, tricotant au fur et à mesure qu'elle allait ou venait, rentrant seulement le bas qui grandissait rapidement dans son cordon de tablier pendant qu'elle vidait sa charge, ou changeait un panier vide pour un panier plein. un.

Au début, l'imitateur William insistait pour aider ou gêner Davy et Jonet , et pendant un certain temps il fut aussi occupé que les autres. Puis il se mit à trotter à côté d'Ales alors qu'elle allait et venait . Au bout d'un moment , ses petites jambes nues se lassèrent, et lorsque les ouvriers se reposaient sur des paniers retournés pour prendre leur repas de midi composé de gâteaux d'avoine et de babeurre, il avait presque trop sommeil pour manger ou boire, et, appuyant sa tête ensoleillée contre le genou de sa mère. , tomba dans un état de somnolence.

Voyant cela, Ales le souleva aussitôt dans ses bras forts et, le portant à la ferme, le déposa sur le lit de sa mère et l'y laissa, comme elle le pensait, à l'abri du danger.

Une ou deux fois, après avoir vidé ses paniers dans la grange, elle descendit à la maison et le trouva endormi paisiblement. Une heure et demie avait donc dû s'écouler, peut-être davantage, quand, se tournant vers sa charge, elle trouva la chambre vide.

Pourtant, elle n'avait aucune crainte de maladie. Elle alluma le feu qui couvait et s'occupa de quelques petites tâches ménagères avant de retourner au champ avec son panier vide, sûre qu'elle retrouverait le garçon avec sa mère. Il connaissait bien la ferme.

« Willem n'est-il pas avec vous ? » cria-t-elle en s'approchant du groupe sur le terrain. «Il n'est pas au lit.»

« Pas au lit ? » répéta sa mère, mais sans inquiétude. " Alors, il sera allé voir Evan ou Rhys. Ce sera tout. Il aura rencontré Lewis avec le poney et s'est fait monter dans l'une des sacoches vides.

"Bien sûr, et c'est plutôt ça."

Mais lors de son prochain voyage vers la grange , elle vit Lewis élever le poney chargé de paniers de fougères, mais pas d'enfant. Se débarrassant à la hâte de son fardeau, elle attendit qu'il s'approche. Puis elle a crié :

«Avez-vous vu Willem?»

" Acte, non ! Est-il encore perdu ? est revenu en réponse.

'Perdu? Nom de Dieu, j'espère que non ! La maîtresse sera distraite s'il l'est. Videz vos fougères et surveillez ; Je pars en haut de la colline vers Evan.

Et elle s'éloigna à toute vitesse, droite comme une flèche, au-dessus des champs et des friches. Son cœur se serra lorsqu'elle aperçut Evan creusant comme si sa vie dépendait de sa journée de travail , accompagné uniquement de chercheurs à plumes pour les vers qu'il avait mis au jour.

«Evan!» » cria-t-elle, enfin effrayée, « as-tu vu Willem ? Nous ne le trouverons nulle part, de toute façon.

La bêche de l'homme tomba et, sur le terrain fraîchement retourné, il bondit, malgré ses sabots à semelles de bois. « Vous ne voulez pas dire que l'enfant est perdu ? il pleure.

Mais déjà elle courait vers sa maîtresse, qui prit l'alarme dès qu'ils furent en vue, et joignant les mains avec une terreur soudaine, cria : « Oh, qu'est-ce qu'il y a ? Qu'est-il arrivé à mon garçon ? Où est mon Willem chéri ? Oh, si je le perds aussi, je deviendrai fou !

Sa seule pensée était que l'enfant, en cherchant Rhys, était tombé sur un rocher et avait été tué.

Son cri, ses larmes involontaires communiquaient sa frayeur à Jonet et Davy, qui s'accrochaient à ses jupes et criaient pour avoir de la compagnie, Jonet savait à peine pourquoi.

Il y avait une ruée générale pour rencontrer Rhys.

« Bien sûr, il sera dans le verger », dit-il avec assurance.

Mais il n'était ni dans le verger, ni nulle part sur la ferme.

"Deed, et je pense qu'il sera d'accord pour aller à l'église", intervint Davy. « Il voulait y aller hier, regarde-toi !

L'idée a été immédiatement rattrapée. Evan et Rhys étaient partis à leur recherche, et Lewis les poursuivait. Alès essaya en vain de persuader la mère de rester en arrière pendant qu'elle montait à la lande, pour voir s'il s'y était égaré après les moutons. « Ne vous inquiétez pas, dit-elle, ils le ramèneront certainement bientôt. Ses petites jambes ne le porteraient pas loin.

"Oh, Ales", s'exclama sa maîtresse, "comment peux-tu me demander de rester assise alors que mon Willem chéri est peut-être mort ou en danger ?"

« Mère, » dit Davy en avalant un sanglot, « je resterai et prendrai soin de Jonet si vous partez tous les deux. Tu seras bien avec moi, n'est-ce pas, Jonet ?'

"Oui, en effet", répondit la petite fille, tandis que son bras protecteur entourait ses épaules et qu'il embrassait son visage taché de larmes, "je serai très gentil."

Ainsi, avec de fortes injonctions de ne pas s'en aller, les deux enfants se retrouvèrent seuls dans la maison, avec seulement un chat gris et un chien rude pour leur tenir compagnie.

Au début , ils restèrent assis et attendirent, s'accrochant l'un à l'autre. Puis le silence et la solitude sont devenus oppressants. Bientôt, Jonet commença à pleurer pour son camarade de jeu disparu, et lorsque le courageux Davy ne parvint pas à la consoler, ses propres larmes commencèrent à couler. Une peur terrible commença à l'envahir, craignant que William ne se perde comme son père et qu'ils ne le revoient jamais. Que de temps a paru long à ces deux enfants laissés seuls avec une peur nouvelle !

Ales fut le premier à revenir. Elle les trouva tous deux assis sur le montant de pierre devant qui commandait une vue sur le sentier escarpé, attendant anxieusement et le cœur battant que quelqu'un vienne.

Elle ne leur apporta aucune bonne nouvelle et repartit avec un tabouret et un seau, car les vaches beuglaient pour être traites. Mais sa venue même avait brisé le morne silence et la monotonie. Et quand elle est partie, elle leur a laissé du lait et du gâteau, et la conscience n'était pas loin. Puis, sur sa suggestion, Davy a commencé à apprendre à Jonet à tricoter, et pendant l' occupation , le temps s'est écoulé moins péniblement.

Ales revint avec ses seaux de lait et les félicita d'être bons ; j'ai allumé le feu et j'ai mis la marmite pour le souper. Et tant que le soleil couchant brillait rouge à travers les portes et les fenêtres , ils restèrent passifs, et elle s'affairait à ses affaires domestiques, cachant ses propres craintes.

Mais le soleil s'est couché et le crépuscule est tombé, et pourtant jamais un pied ne s'est approché de la ferme pour dire que le garçon avait été retrouvé.

Puis Evan est venu chercher des lanternes pour reprendre la recherche. Il a déclaré qu'il s'était rendu jusqu'aux portes de l'église, mais qu'il n'avait trouvé aucune trace de l'enfant. Owen Griffith avait quitté son métier à tisser et sa femme avait veillé pour donner à chaque chercheur des nouvelles des autres. Mme Edwards était alors chez le tisserand dans une détresse pitoyable, et Rhys se précipitait çà et là presque aussi sauvagement.

Les deux enfants, ne voulant pas se coucher, s'étaient endormis blottis l'un contre l'autre dans le coin de la cheminée, lorsque, entre neuf et dix heures, Ales, agitée, crut entendre un cri, et avant qu'elle puisse arriver à la porte en éclatant, Rhys : criant : « Il est retrouvé ! il est retrouvé ! et tout près de lui venait Evan avec le pauvre vagabond dans ses bras, mou et impuissant, ses cheveux et ses vêtements saturés de rosée ou de brume épaisse, ses petits pieds nus coupés et saignants, ses lèvres et ses mains tachées du jus de baies violettes. .

Les bois et tous les coins et recoins possibles semblaient avoir été explorés lorsqu'Evan eut le hasard d'interroger un jeune homme sur Merthyr Road. Le stupide type regarda fixement, puis dit gaffement : « Deed, et « bien sûr, j'ai entendu quelque chose il y a environ une heure près des Druides Stones, mais je l'ai pris pour un agneau égaré bêlant pour la brebis.

« Eh bien, bien sûr, et ce *pourrait* être un enfant qui pleure. Je ne suis pas allé voir, répondit-il bêtement à une deuxième question.

ALLONGÉ AU MILIEU DU CERCLE DE PIERRES GRISES

Evan s'est arrêté pour n'en entendre plus. Sans chercher un chemin régulier, il se frayait un chemin à travers buissons et ronces, à travers rochers et creux, et là, au milieu même du cercle blanc de pierres grises couvertes de lichens, qui semblaient le surveiller en double file dressée, la lumière de la lanterne révélait l'enfant étendu en tas sous l'ombre suspendue de la grande pierre à bascule , la tête appuyée sur le bras qui reposait contre sa base conique.

L'enfant avait-il pris ces pierres grises pour les dalles verticales du cimetière ?

Le premier se réjouissant et le garçon au lit, Rhys et Ales étaient tous deux d'avis qu'il devrait être « bien fouetté le matin pour lui apprendre mieux que de faire de telles frayeurs aux gens ». Et Evan était sans aucun doute du même avis, même s'il ne faisait aucune remarque.

Mais la mère au cœur tendre ne pouvait que remercier Dieu de sa restauration et dire qu'il s'était assez puni. Il ne risquait pas de s'égarer à nouveau.

Pas avant un certain temps, car bien que tous ses vêtements soient en laine , comme ceux de ses aînés, l'humidité, l'exposition, non moins que sa terreur enfantine, l'ont accablé d'une maladie fiévreuse qui a duré des semaines.

Autant que l'on pouvait le déduire de ses aveux décousus, la conjecture de Davy était la vraie.

Il s'était réveillé, s'était retrouvé seul et était parti « voir la grande église », nul doute qu'il trouverait Robert Jones et son âne pour l'aider dans son chemin. Il avait pataugé dans le ruisseau peu profond et avait dépassé l'invisibilité d'Owen Griffith, mais lorsqu'il était arrivé aux routes qui se coupaient en deux, sa mémoire avait fait défaut ; il hésita, tourna à droite au lieu de gauche, continua vaillamment vers le nord, puis prit un sentier détourné en montée, pensant se rendre à l'église, se perdit parmi les murs et les chemins sinueux, et sortit sur la lande sauvage, s'arrêtant. çà et là pour se reposer ou cueillir des mûres, car il devenait à la fois fatigué et affamé. Mais il n'a jamais ressenti la solitude oppressante lorsqu'il y avait un oiseau ou un mouton errant. Et ce n'est que lorsque le crépuscule commença à tomber et qu'il tomba complètement épuisé sous la grande pierre à bascule que son courage l'abandonna et qu'il pleura pitoyablement dans sa solitude et sa désolation affamée, pleura lui-même dans l'insensibilité du sommeil, avec seulement la nuit. et les bras éternels autour de lui.

En se perdant, avait-il perdu son désir enfantin de revoir cette merveille des merveilles : la grande église ?

CHAPITRE VII.
LA PESTE DES JEUNES.

Tout comme Mme Edwards, la mère, était reconnaissante pour la restauration de son chéri disparu ; en tant que fermière, très en retard dans les travaux des champs d'automne, la perte d'une demi-journée de travail pour chaque main utile de la ferme ne l'irritait pas moins qu'elle n'irritait Rhys. Mais lorsque l'enfant était absolument malade et nécessitait des soins ou une surveillance attentive, elle était déchirée par une double anxiété. La vie de son enfant était en jeu, tout comme sa possession de la ferme. Il y avait tellement de choses à faire avant le mois de novembre, et si peu de personnes pour tout accomplir. Les travaux extérieurs ne pouvaient être négligés, sinon le bétail et les récoltes en souffriraient. Pourtant , *quelqu'un doit* rester à l'intérieur pour surveiller l'enfant, agité par la fièvre. Davy était d'accord, mais il était trop jeune et n'avait pas la force de vaincre la résistance aux courants d'air nauséabonds.

Elle était à bout de nerfs ; elle ne pouvait pas négliger son enfant, elle n'osait pas négliger sa ferme.

Dans cette urgence, Rhys suggéra que Mme Griffith serait peut-être disposée à épargner sa fille Cate, une belle fille aux cheveux roux et corpulente de son âge, qui avait déjà montré sa capacité active à se rendre utile.

Après quelques hésitations de la part de la mère de la jeune fille, il fut convenu que Cate se présenterait à la ferme tôt chaque matin, à condition qu'elle rentre chez elle le soir avant la tombée de la nuit. Ses services temporaires devaient être récompensés par du fromage fabriqué à partir de lait mélangé de vaches et de brebis, ou d'autres produits agricoles, un mode de paiement habituel pour un service occasionnel.

Owen avait suggéré à sa femme que la ferme serait une bonne école pour leur fille. Elle y verrait des choses faites, tant par Mme Edwards que par Ales, qu'elle n'avait aucune chance de voir chez elle, et elle ne pouvait pas avoir de meilleure formation pour le service futur.

La jeune fille s'est révélée être une véritable acquisition. Elle était aussi volontaire que Davy et plus efficace. Lorsqu'elle n'était pas recherchée aux côtés de William, elle était prête à soulager Ales lors de la baratte ou du récurage des pots et des seaux. Elle avait alors un assez bon caractère et des manières de persuasion qui en faisaient une infirmière capitale pour un enfant malade et à la volonté résolue.

Jonet l'a incroyablement appréciée. Elle apporta quelques morceaux de flanelle rayée, les déchets du métier à tisser de son père, et habilla la poupée en bois de la petite comme une vraie Galloise. Et elle rapporta des joncs verts du bord du ruisseau et lui tressait des paniers à jouets.

Ou, tandis que Davy était dans les champs, remplissant des paniers de racines fraîchement déterrées ou débarrassant le sol de pierres (que de nombreux agriculteurs à l'époque croyaient pousser , tout aussi sûrement que des mauvaises herbes), et que Jonet était prêt à gémir pour un camarade de jeu. , elle posait son tricot, ou autre ouvrage, pour jouer au berceau du chat ou aux punaises ; et, constatant que Davy avait essayé d'apprendre aux petits doigts à tricoter, elle monta des points pour une ceinture de poupée, et, avec un peu de patience des deux côtés, l'exploit fut accompli, et Jonet merveilleusement fière de sa nouvelle acquisition .

En amusant ainsi l'enfant en bonne santé avide de s'amuser, elle gardait le silence au chevet du malade, qu'un apothicaire, amené de Caerphilly , déclarait « dans un état critique ».

Mme Edwards, allant et venant anxieusement, vit quelle infirmière capitale elle faisait et jugea qu'elle était plus utile là-bas que dans les champs. Rhys, lui aussi, passait de temps en temps la tête par la fenêtre ouverte pour demander comment allait son frère, et il était convaincu qu'il avait fait preuve de discernement en suggérant Cate à sa mère.

Et lorsque William commença à se rétablir, ce qui n'était qu'en novembre, personne n'était plus disposé à admettre ses obligations envers la jeune fille que Jane Edwards. Bien plus, elle est allée jusqu'à envoyer Rhys éclairer Cate chez elle lorsque le raccourcissement des jours l'a obligée à la garder après la tombée de la nuit, et Rhys n'a jamais soulevé d'objection.

Elle l'avait aidé lors de sa première venue à dépouiller les pommiers et les poiriers de leurs fruits tardifs, et à séparer ceux qui devaient être conservés pour le marché de ceux qui devaient être jetés à la purée et écrasés pour le cidre. Et le premier jour où William fut autorisé à s'asseoir devant une porte ouverte, il la regarda, elle et Rhys, préparer le stock de boules de feu pour l'hiver, tant elle était disposée à l'aider de quelque manière que ce soit. Calé dans son lit, il avait vu une ou deux fois Robert Jones conduire une mule et un âne sur le sentier escarpé, avec des tonneaux lourdement chargés en bandoulière ; mais bien qu'il ait appelé faiblement l'homme à travers la fenêtre ouverte et qu'il ait été, comme d'habitude, curieux, il n'a pas été plus sage lorsqu'on lui a dit qu'ils « avaient apporté du chaume et de l'argile pour faire des boules de feu ».

Les boules de feu étaient des choses familières. Ce n'était pas le cas du chaume ou de l'argile, et pour satisfaire sa curiosité persistante, on lui promit que s'il se taisait, il assisterait à leur transformation en boules dures.

A quelques mètres de la maison, il aperçut d'un côté un gros tas de poussière noire (déchets de houille). Cate, pieds nus, passait à travers un tamis métallique (le même tamis que Breint avait ramené sain et sauf à la maison, bien qu'il ait perdu l'acheteur), jetant dans un tas séparé tout ce qui était trop grossier pour passer à travers le tamis. A une distance de l'autre côté était déposée une quantité d'argile jaune, dont Rhys humidifiait des portions avec de l'eau, battait et retournait avec une bêche, et lorsqu'elle avait la consistance appropriée, ajoutant, une pelle à la fois, la fine poussière noire. Cate avait tamisé, pour être à nouveau mélangé et pétri comme de la pâte, et finalement travaillé avec les mains pour former des boules rondes et dures, qu'il avait mises de côté pour sécher comme combustible.

L'empressement avec lequel le pâle petit aventurier observait ces processus crasseux, ses questions et ses remarques surannées amusaient beaucoup les deux ouvriers, mais ses interrogations approfondies les posaient rapidement tous les deux ; et quand il voulut savoir ce *qu'était* le charbon et ce qu'était l'argile, et pourquoi ils mélangeaient les deux ensemble pour les faire brûler, il fut accueilli par un rire nouveau et par un impatient : « Oh, ne vous embêtez pas », ou son gallois. équivalent, de Rhys.

Mais le petit chercheur, qui était assis la tête de côté et la posait sur sa main, ne se contenta pas de ce report ; et quand Robert Jones est venu avec un chargement de tourbe cet après-midi-là, on lui a posé les mêmes questions.

L'homme sourit. Ses propres informations n'allaient pas très loin, mais il faisait de son mieux pour parvenir à une compréhension infantile ; lui dit que l'argile était une sorte de terre creusée au bord de la rivière, et que le charbon poussait sous terre et était transporté dans des paniers hors d'un trou profond par un cheval qui marchait toujours en rond pour les enrouler jusqu'au surmonté d'une corde qui s'enroulait autour d'un épais poteau de bois. [dix]

C'était un casse-tête pour William. Il voulait qu'on l'y emmène et qu'on voie ensuite le cheval tourner en rond.

Ales, venu à ce moment payer l'homme, espérant mettre un frein à la nouvelle idée de l'enfant, s'écria :

« Nom de Dieu, veux-tu que l'homme noir t'emmène dans le gouffre sombre, où tu ne nous reverras plus jamais ?

'Je ne trouve pas qu'ils' ' ood ' . Ils ne terrassent pas l'homme, répondit vigoureusement l'enfant. et enfin « l'homme », prêt à vaquer à ses occupations, promit de l'emmener voir le cheval faire le tour « un jour ».

" Oo a dit ' oo ' ood m'emmener voir l'église, et' ' oo ne l'a pas fait,' dit alors William d'un air très énervé, et tomba dans un silence maussade. Durant toute sa longue maladie, il n'avait oublié l'église qu'il n'avait vue qu'une seule fois.

« Peu importe, Willem *Fach* ; Si tu es un bon garçon, peut-être que maman te laissera l'accompagner à l'église de Breint dimanche prochain, dit Rhys d'un ton consolateur.

'Bien sûr?' » demanda William, son visage s'éclairant.

"Je ne suis pas *sûr*, mais je vais lui demander." Et sur ce, le petit bonhomme parut satisfait.

Les trois jeunes étaient au lit lorsque Rhys fit sa suggestion autour de la table du dîner frugale. Cela provoqua une vive controverse, à laquelle Alès se joignit très librement.

Mme Edwards était indécise. Elle "craignait que l'enfant ne soit pas assez fort pour assister au service après un long trajet".

« Deed, il n'y a aucune crainte à ce sujet », intervint Ales ; mais c'est au tour de Jonet d'aller à l'église, devant un bébé qui ne comprend ni la tête ni la queue d'un mot qui est dit ; et je préfère prendre Davy plutôt que l'un ou l'autre. Il ne sert à rien de faire plaisir aux enfants.

« Eh bien, je ne sais pas quelle étrange fantaisie il a dans sa curieuse tête, » argumenta Rhys ; mais je pense qu'il vaudrait mieux lui faire plaisir cette fois, de peur qu'il ne reparte, et...

« Faites- lui plaisir, en effet ! Plutôt, je lui donnerais un bon coup de fouet, interrompit Ales. « Il n'y a pas de fin à ses fantaisies bizarres. C'est le maître de nous tous qu'il sera bientôt, je pense.

Evan était resté silencieux. Il était d'accord avec Rhys. « Il n'est jamais trop tôt pour apprendre le chemin de l'église », dit-il. "Je le porterai là-bas sur mes épaules."

Il y eut un soupir de soulagement de la part de Mme Edwards. « Ah, alors », s'est-elle exclamée, « Jonet et Davy peuvent se relayer contre Breint . Si tout va bien", a-t-elle ajouté. Elle n'était jamais encline à se montrer sévère avec William, et après sa longue maladie, elle ne se sentait pas disposée à le contrecarrer. Pourtant, elle hésitait à se laisser aller à cette volonté obstinée, « si semblable à celle de son pauvre père », se dit-elle avec un autre soupir. La proposition d'Evan a été saluée comme un compromis qui satisferait au moins Rhys.

Pas tout à fait. Il n'était pas content qu'Evan usurpe sa prérogative. C'était *lui* qui portait son frère s'il devait l'être. Il considérait sa propre proposition comme la plus appropriée ; mais, peut-être, honteux de sa folle jalousie et se souvenant du poids du garçon, il garda son opinion pour lui.

Même si c'était le mois de novembre, dimanche s'est bien passé. Quelle que soit la brume qui recouvrait les sommets des montagnes, aucune épaisse fumée ne venait la noircir, et dans la vallée elle se dissipait.

William et Jonet étaient très heureux. La petite fille n'était pas encore allée à l'église et il lui avait laissé espérer quelque chose de merveilleux . Après la maladie, les enfants reprennent leurs forces plus rapidement que les adultes. La semaine avait fait des merveilles pour le garçon, qui trottait à l'intérieur et à l'extérieur depuis deux ou trois jours.

Il a vu Jonet assis sur un oreiller devant sa mère sur Breint , mais il était bien trop homme pour accepter les épaules offertes d'Evan.

« Moi, je marche aussi bien que Davy et Rhys », affirma-t-il fièrement, et il continua son chemin d'un pas lourd tant que la route descendait et avait été proprement lavée par la pluie. Mais les petites jambes ne peuvent pas suivre le rythme des longues, pas plus que les bourses courtes ne peuvent suivre les longues, et après un certain temps, les petits membres fatigués étaient heureux d'être montés sur les grandes et larges épaules. Pourtant, même alors, il a invoqué l'excuse de « chaussures inconfortables » et de « bas ».

Il ne parlait pas beaucoup pendant qu'ils avançaient, mais jetait les yeux d'un côté à l'autre, notant évidemment les points de repère le long de la route. D'autres personnes en tenue du dimanche étaient également sur la route et ont échangé des salutations au passage. Il guettait apparemment Robert Jones, dont il reconnut d'un coup d'œil la maison en pierre brute. Il s'attendait à ce que « l'homme » et son âne soient également là et il exprima sa déception. Mais ce n'est que lorsqu'ils passèrent à l'ombre des sapins sombres qui bordaient la limite de la route des terres de la glebe du vicaire, lorsque la porte du lych et l'église, avec son long corps et sa tour carrée massive, furent bien en vue, qu'il est devenu démonstratif.

Breint avait été laissé dans une petite auberge au pied de la colline, puis William fut heureux de descendre de son perchoir et, avec un air de supériorité condescendante , de prendre sa sœur par la main comme pour la conduire jusqu'au sommet de la colline. colline, et par-dessus l'étable de pierre pour étonner sa vue avec tout ce qui l'avait étonné.

Les cloches se balançaient et sonnaient au-dessus de leurs têtes, comme elles sonnaient depuis près d'une demi-heure, mais elles étaient en avance, et pendant que Mme Edwards et Rhys marchaient ensemble vers leur nouvelle tombe, William restait immobile, les yeux fixés sur la grande clocher de l'église avec une crainte et une admiration enfantines.

Bientôt, il surprit Evan avec des questions étranges : « Comment est-il arrivé là ? Est-ce qu'il a grandi ?

Son doigt pointé indiquait à quoi il faisait référence.

« Grandir, mon enfant ? Non, il a été construit.

« Qu'est-ce qui est construit ?

« Les hommes ont apporté des pierres, regardez-vous, et les ont assemblées. »

'Comment?'

« Deed, William, vous posez effectivement des questions étranges. Je vous montrerai peut-être comment il a été construit la semaine prochaine.

'Veux-tu? Pourrais-je construire une grande église si j'étais un grand homme ?

"Deed, et peut-être que vous pourriez m'aider."

« Alors moi, je *le ferai* . »

A ce moment, au grand soulagement d'Evan, Mme Edwards attrapa son petit garçon par la main pour le conduire à l'intérieur, Davy ayant pris en charge Jonet .

L'église, le clergé, la congrégation, le service, tout était étranger à la jeune fille. Sa tête tournait d'un côté et de l'autre ; maintenant avec un sourire alors qu'elle reconnaissait un visage familier ; mais bientôt elle se fatigua et, n'ayant pas le droit de parler, elle s'endormit et dormit, la tête contre le manteau de sa mère, pendant tout le sermon.

Ce n'est pas le cas de William. Le service ne lui était plus intelligible ni plus intéressant, mais ses yeux insatisfaits et éveillés exploraient partout l'intérieur sacré ; son petit esprit perdu dans un grand émerveillement devant la longueur du bâtiment et le toit élevé au-dessus, bien plus grand pour l'imagination d'un enfant que sa réalité. Et jusqu'où sont allées ses spéculations grossières doit rester un mystère jusqu'à la fin des temps.

Le service terminé, Mme Edwards, tenant Jonet par la main, rejoignit le flot de fidèles se dirigeant vers le porche, sans aucun doute sur le fait qu'elle était suivie par ses garçons. Une fois dans le vaste cimetière, parsemé de dalles de pierre dressées, sur lesquelles deux magnifiques ifs montaient la sentinelle depuis des siècles, la congrégation se divisait en groupes et en fêtes de famille, pour se saluer et discuter également des affaires des particuliers, des la nation et la paroisse étendue – si étendue, en effet, que les familles dont les ancêtres se trouvaient tout autour vivaient trop éloignées les unes des autres pour se rencontrer entre amis et parents, sauf le septième jour et sur l'acre commun de Dieu. Les jeunes aussi, cousins et amis, se joignaient les mains et rougissaient, ou se regardaient timidement quand cela était seulement possible. Le vieux vicaire aussi, une fois déshabillé, se promenait d'un groupe à l'autre, serrant la main et s'enquérant de l'asthme, des rhumatismes, des récoltes et des amoureux, avec une impartialité géniale. Ici, il en avertissait un, là en conseillait un autre ; tantôt sa voix était basse en condoléances, tantôt joyeuse en félicitation ; et, à moins qu'il y ait une dispute sur la dîme, personne ne lui tournait jamais l'épaule froide.

Il salua ainsi la veuve : « Ah, Mme Edwards, je constate que vous avez amené toute votre famille avec vous aujourd'hui. C'est comme il se doit. "Éduquez un enfant dans la voie qu'il doit suivre, et quand il sera vieux , il ne s'en éloignera pas." »

« Oui, monsieur, » répondit-elle respectueusement, « je les ai tous amenés… Willem » — elle regarda autour d'elle ; « Rhys, où est Willem ?

« Ah ! en effet, oui, où est le petit bonhomme ? J'ai entendu dire qu'il avait été très malade.

Un autre assentiment, un autre regard autour de lui, le garçon n'était plus en vue. Mais Evan a été vu se dirigeant vers le porche et, quelques minutes plus tard, il est sorti en menant le garçon par la main.

Il l'avait trouvé debout devant la table de communion, regardant avec des yeux émerveillés toute la longueur de l'église, mais il laissa Evan l'emmener sans hésitation.

Cependant, à ce moment-là, le vicaire était parti et Rhys, qui avait fait le tour de l'église à la recherche de l'absent, revint contrarié et de mauvaise humeur. Il avait promis à Cate de rentrer chez elle à pied avec elle et son père, et n'avait pas été très content de les voir passer par-dessus les échalots à côté de la porte du lych, alors qu'il cherchait encore ce qu'il ne trouvait pas.

« Où étais-tu, jeune peste ? » cria-t-il en fronçant les sourcils, prenant le garçon par les épaules et le secouant avec colère. « Vous fuyez toujours quelque part. Mais je te battrai si tu recommences. »

La mère intervint, mais l'harmonie de l'heure et la paix du lieu sacré furent également troublées, et Rhys s'éloigna d'un air maussade, sans se soucier de savoir s'il surprenait le tisserand et sa fille dans sa mauvaise humeur .

NOTE DE BAS DE PAGE:

[10] C'était l'ancienne méthode d'extraction du charbon et des mines à la surface, jusqu'à ce qu'elle soit remplacée par des machines. Les puits et les moulins étaient exploités de la même manière. Et encore les chevaux sont-ils ainsi employés pour hisser les yachts au bord de la mer, la corde passant autour d'un bloc.

CHAPITRE VIII.
LE JOUR DES PETITES CHOSES.

Evan faisait partie de ces individus compétents qui, en faisant bon usage de leurs yeux et de leurs oreilles, peuvent facilement se tourner vers n'importe quoi. À cette époque, avant que la « division du travail » ne soit formulée dans un credo, cette classe était plus répandue et, dans les campagnes reculées, on peut encore trouver des individus de ce type. En plus de son travail sur le terrain, il avait aidé le berger à réparer la clôture en pierre de sa bergerie et avait rendu le toit en lambeaux de l'étable résistant au vent et aux intempéries avec la bruyère que Rhys avait coupée. Il lui restait encore à démontrer sa faculté « polyvalente » dans l'accomplissement d'une promesse faite, en premier lieu, à Mme Edwards, et en second lieu, au petit William.

Il était assez courant au Pays de Galles, comme c'est encore le cas aujourd'hui en Irlande, que les porcs se promènent dans la ferme ou sur les routes, pointant naturellement leur museau dans la cuisine du propriétaire et se libérant avec des plantes-racines destinées aux êtres humains. Mais comme il se trouvait que Mme Edwards et Evan avaient fait l'expérience d'un meilleur état de choses, ils furent d'accord quant à son adoption.

Aussi, au début de la semaine, William, qui commençait à suivre Evan comme une petite ombre, était ravi de le voir, lui et Lewis, dégager un grand espace parmi les dépendances, et Robert Jones vint deux ou trois fois avec plein de choses. des pierres brutes provenant d'une carrière locale, que ses deux bêtes patientes tiraient sur les singuliers traîneaux ou traîneaux qui faisaient office de charrettes à roues dans ces régions montagneuses.

Mais c'était le processus d'empilage et d'assemblage de ces pierres lâches et informes les unes sur les autres, de manière à les lier ensemble pour former un mur ferme et compact sans ciment, qui faisait danser William avec une excitation que ne ressentaient ni Davy ni Jonet passifs, à qui un point de suture était nécessaire . plus ou moins leur tricotage semblait avoir bien plus d'importance que l'élévation d'un mur mitoyen. Cela convenait peut-être à William de gambader ou de chanceler sous un chargement volontaire de pierres, et de croire qu'il aidait, cela ne les intéressait pas beaucoup.

Pourtant, ces enfants n'étaient pas plus aveugles que le monde entier au « jour des petites choses ».

Mais quand ils remarquèrent les murs qui s'élevaient en deux enceintes carrées adjacentes avec de petites portes, à travers lesquelles il plaça de longues pièces de bois plates pour soutenir les assises supérieures de pierre, et vit un toit conique s'élever au-dessus de chacune d'elles dans une forme authentiquement galloise, et apprit que les deux petites maisons étaient destinées aux cochons, Davy lui-même poussa une exclamation de surprise, comme Rhys l'avait fait avant lui. Et sans aucun doute, Evan aurait été tout aussi surpris s'il avait appris que la forme de la ruche était aussi ancienne que les habitations de ces premiers ancêtres britanniques qui ont fui vers les montagnes cambriennes pour se réfugier contre les envahisseurs romains et saxons.

L'étonnement fut épuisé lorsque Williams, le charpentier d'Eglwysilan , apporta le mercredi quelques solides auges et portes en bois, car à cette époque, chaque étable conique avait été dotée de son propre petit avant-cour muré, et Evan avait recouvert les sols en terre. avec un épais tapis de fougères sèches sur lequel les cochons peuvent s'allonger. Et tandis que l'homme travaillait à réparer les portes, il fabriqua un balai en lingue et commença à frotter vigoureusement la vieille truie sale, pour la rendre propre à sa propre demeure. Les cochons grognaient et les enfants riaient. Tout comme Williams, le charpentier, pour qui le nettoyage des porcs était une nouveauté. Et Rhys aussi, qui arrivait dans la cour à ce moment-là, les lèvres retroussées avec un beau mépris.

Mais Ales, qui avait vécu assez longtemps avec sa maîtresse pour s'imprégner de ses notions avancées de propreté et qui avait, en outre, une veine naturelle de bon sens dans sa composition, l'appela depuis la fenêtre fermée de la laiterie, où elle se tenait en train de passer un couteau à travers et à travers le beurre fraîchement baratté pour enlever les poils de vache accidentels avant de maquiller : « Ceux qui aiment le bon bacon devraient prendre soin des porcs. Il y a des imbéciles qui préfèrent rester dans la boue plutôt que de réparer les routes.

Après avoir adressé cette réprimande oraculaire aux moqueurs, elle reprit sa fabrication de beurre avec une énergie renouvelée, néanmoins grâce au regard rapide et au sourire d'approbation qu'elle avait vu sur le visage rapidement retourné d'Evan.

Elle et Evan devenaient aussi bons amis que lui et William, et il n'avait pas l'intention de mépriser un ami supplémentaire dans le foyer où Rhys était silencieusement hostile. Au-delà des limites de la ferme , il sentait qu'il pouvait se défendre, si nécessaire.

Mais il serait aussi facile de se défendre contre un brouillard que contre les murmures de l'envie ou les haussements d'épaules et les quolibets de l'ignorance.

Déjà parmi les commérages du dimanche, la voix de la prophétie s'élevait selon laquelle Evan Evans apporterait la ruine à Brookside Farm avec ses nouvelles méthodes insensées.

Le menuisier qui avait pris la commande pour les menuiseries des nouvelles étables avait réglé sa scie et son rabot pour rire et martelé sa conviction que « Mme. Edwards découvrirait cette folie trop tard. Et les retardataires qui écoutaient secouaient leur tête choquée et se rabattaient sur le vieux proverbe gallois : « Ah, les biens d'une veuve auront bientôt disparu.

Lorsque ces chuchotements parvinrent à la veuve sous forme de conseils de cousins bien intentionnés à tous degrés d'affinité, elle les réprima par une réponse brève et décisive : « Regardez, j'ai mes manières, vous avez les vôtres. Gardez votre propre bêche pour votre propre ferme.

Elle se demanda comment les petits détails de la nouvelle direction avaient atteint autant d'oreilles et conseilla à Lewis de ne pas bavarder sur ce qui ne le concernait pas. Mais elle n'avait jamais soupçonné Rhys d'avoir laissé tomber les graines de mots qui surgissaient autour d'eux et qui étaient de mauvaises herbes dans la parole et la pensée.

Elle avait vu Rhys renverser sans raison un mur miniature que William tentait de « construire » à travers le seuil avec les débris de pierre d'Evan, et elle l'avait sévèrement réprimandé lorsqu'il avait jeté avec colère la petite collection que l'enfant avait apportée à l'intérieur pour « construire ». avec — un tas comme une boîte de briques d'un garçon moderne — sans prendre pour excuse sa prétention de « litière ». Elle était allée jusqu'à insister sur la restauration des « jouets du pauvre chéri » ; mais de même qu'elle ne l'entendit pas déléguer à Davy la tâche de ramasser les trésors dispersés que réclamait William, de même elle ne soupçonna pas son aîné d'avoir des sentiments peu généreux à l'égard d'Evan, ou de faire des commentaires indignes sur des affaires privées à des étrangers.

Tant que les routes étaient praticables et que le ciel était propice, Mme Edwards était certaine de se rendre au marché de Caerphilly , accompagnée de Rhys, moins pour se protéger que pour son instruction. Quand Aquarius était imprudent avec son pot d'eau, Evan seul enjambait Breint et manquait rarement de faire un bon marché.

De même, quand les dimanches étaient beaux, Mme Edwards allait à l'église avec son Rhys et l'un des plus jeunes ; Les épaules d'Evan étant toujours au service de William plutôt que de décevoir le garçon. Pourtant, lorsque le mauvais temps a empêché la mère de famille et les enfants de participer au service du dimanche, Ales a été prompt et prêt à accompagner Rhys et Evan, même lorsque la brume matinale s'est transformée en bruine ou en brouillard aveuglant. Les parapluies étaient inconnus et donc incontournables. Enveloppée dans son épais manteau bleu foncé, dont la grande capuche était tirée sur son chapeau d'homme en feutre noir à couronne basse, et le bonnet de lin blanc dessous, elle semblait se soucier aussi peu du temps que ses compagnes dans leurs lourds manteaux. et en général elle revenait, après sa longue marche pieds nus, aussi rose et brillante que si le soleil avait brillé au-dessus de sa tête et sur le chemin de la pelouse de velours.

Si Rhys commençait avec eux, il avait l'astuce de les abandonner et de rejoindre Owen Griffith et Cate. Mais il était jusqu'ici son propre maître, et comme ils ne se plaignaient pas, Mme Edwards n'avait aucun soupçon de sa défection, ni d'une intimité si étroite qu'elle était devenue confidentielle.

Et, bien qu'Owen ait été l'un des premiers à suivre l'exemple de Mme Edwards en matière de blanchiment à la chaux et de vitrage des fenêtres, et qu'il ait été un très bon ami et conseiller de la veuve au moment où elle en avait le plus besoin, il aurait été le premier à se lever pour sa défense , ni sa femme, ni Cate, ni peut-être lui-même, n'étaient au-dessus de la propension des oiseaux à ramasser les miettes de confiance égarées ou à les laisser tomber pour d'autres bavards bien intentionnés et semblables à des oiseaux. à ramasser. C'est ainsi que l'on faisait peu de choses à la ferme qui n'étaient pas discutées dans la moitié de la paroisse.

Pourtant, malgré le proverbe ou la prophétie, les biens de la veuve ne risquaient pas d'être perdus.

Qu'il pleuve ou qu'il fasse beau, quiconque allait à l'église ou restait à la maison (et à mesure que l'hiver avançait, les routes devenaient impraticables), à peine la cuisine était-elle débarrassée après le simple dîner, que la grande Bible galloise était respectueusement posée sur la table et soit Mme Edwards, soit Rhys lisaient un chapitre ou deux à haute voix, elle se risquant à expliquer le texte à des compréhensions immatures.

Les théologiens auraient pu sourire ou secouer leur sage tête à cause de ses exposés, mais elle était une femme lucide et plongeait rarement au-dessous de ses profondeurs.

Elle n'a jamais laissé rien s'introduire dans cette coutume dominicale. C'était un lien familial qui les rapprochait tous ; même les plus jeunes rapprochent leurs tabourets bas en bois et écoutent avec une attention peu commune là où les livres et autres objets d'intérêt sont nombreux.

Pendant les mois d'hiver humides et enneigés, lorsque le travail à l'extérieur était restreint et les journées courtes, le travail à l'intérieur était le plus chargé. Les portes seraient fermées pour empêcher les vents froids d'entrer, Evan apporterait des carrés de tourbe frais et des boules de feu pour garder le foyer allumé. Il remplaçait Ales à la baratte, ou raccrochait le grand pot à porridge, ou (s'il s'agissait de faire du fromage, bien qu'on fabriquait peu de fromage en hiver) le grand pot à petit-lait, avec une chaleureuse bonne volonté pour l'aider. Alors une bougie s'allumerait, et pendant que le chat et le chien se prélasseraient devant le feu, tous, jusqu'au plus jeune, auraient une occupation utile ou profitable.

C'est alors que le rouet de Mme Edwards tourna le plus vite et chanta le plus fort son chant d'industrie.

Autrefois, son mari peignait la laine et enseignait à Rhys comment jeter les touffes de laine grasse et emmêlées sur les peignes de fer chauffés placés dans un bâton vertical, et les tirer comme les longues mèches de cheveux d'une femme. Elle avait toujours trié elle-même ses toisons. Nous connaissons tous le signe de « La Toison d'Or ». Eh bien, c'est ainsi que la toison d'un mouton pend ensemble après avoir été tondue, mais dans chaque toison se trouvent plusieurs qualités différentes de laine, et le tri et la séparation de ces qualités nécessitent un toucher discriminant. Cela continuait d'être sa tâche, même si Evan prenait le peignage de la laine en main, Rhys ayant un tour occasionnel avec les espèces les plus grossières.

Alès, en rivalité généreuse avec sa maîtresse, n'ayant pas de second rouet, prenait sa quenouille, comme la moitié des femmes de la Principauté, et faisait danser son fuseau sur le parquet en tirant son fil de laine ou de lin.

Chacun d'entre eux se mettait au tricot lorsqu'il n'était pas employé autrement.

Ainsi Rhys manipulait ses épingles à tricoter avec aisance et certitude, et les longs bas de laine bleus ou noirs poussaient sous ses doigts, tandis qu'il exerçait fièrement la fonction de son père décédé et apprenait à lire à sa sœur et à ses frères.

C'était une occupation fastidieuse ; et il n'aurait peut-être pas choisi ce poste par choix, ou accepté ce poste de plein gré, mais le ton monotone et traînant des apprenants faisait écho au bourdonnement musical de la roue de sa mère et enflammait son cœur avec le sentiment que, quelle que soit la manière et l'endroit où Evan l'avait remplacé, en *ce sens qu'au* moins *il* représentait son père décédé et était, à son avis, le chef de la maison, ayant autorité sur les plus jeunes.

Cela le rendait plus patient avec eux qu'il n'aurait pu l'être autrement. Et il resta sous sa réticence à enseigner ses lettres au petit William, lorsque l'enfant, avec un désir louable de paraître grand et de faire ce que Davy et Jonet faisaient, insista pour une introduction aux personnages peints sur le Battledore de sa sœur. [11]

"Moi, j'ai trois ans", avait plaidé Willie, quand Rhys affirmait qu'il était trop jeune pour apprendre, et quand cela ne servait à rien, "Je demande à Evan, Evan m'apprend", était tout à fait suffisant. Rhys fronça les sourcils, mais il reposa son tricot et montra les lettres sans autre mot d'objection.

Ayant ainsi pour ainsi dire contraint son frère à lui enseigner en guise de faveur , il s'en est tenu à la tâche qu'il s'était imposée avec une détermination sans faille, comme s'il avait quelque chose à maîtriser qui devait l'être. Et peut-être avec autant de persistance que, avec toute la perception aiguë d'un enfant, il voyait qu'il faisait ce qu'il voulait malgré Rhys. Avoir sa propre voie aussi en étant libre de construire des murs et des maisons sur le grand coffre sous la fenêtre avec ses morceaux de pierre accumulés.

Autrement dit, jusqu'à ce qu'Ales arrive de bonne heure et balaye ses matériaux de construction dans un coin, et l'emmène au lit avec Jonet avec la même rapidité, attendant à peine pendant qu'ils récitent leurs simples prières.

Le travail (le tricot, le filage et le peignage de la laine) ne cessa qu'à l'heure générale du souper, vers huit heures ; mais la conversation l'allégait, la distance entre la maîtresse et les domestiques étant à peine sentie ou perceptible, bien que l'une dirigeait et que les autres obéissent.

Parfois, Evan pouvait avoir l'occasion de soigner une bête malade, ou Ales de préparer une purée chaude, ou encore le berger pouvait venir rendre compte de l'état de son troupeau ; mais la routine de la ferme se déroulait ainsi, avec peu de variations, jusqu'à ce que le printemps revienne avec de nouvelles activités et occupations de plein air.

Le printemps aussi a amené M. Pryse, l'agent ratatiné, fouinant de manière intrusive autour de la ferme, ses yeux à moitié fermés scrutant la propriété et les labourages avec une envie avide de découvrir les signes de la mauvaise gestion sur laquelle la rumeur avait couru .

NOTE DE BAS DE PAGE:

[11] Une planche oblongue d'environ dix pouces de long sur huit de large , sur laquelle étaient peints les alphabets et les syllabes simples. Il était muni d'une poignée. Dans de nombreux cas, les lettres étaient imprimées et recouvertes d'une tranche de corne transparente. On l'appelait alors un hornbook.

CHAPITRE IX.
L'AGENT Déconcerté.

M. Pryse monta à cheval et s'éloigna de la ferme au trot, se rongeant les ongles en s'éloignant, purement vexé. Son enquête ne lui avait pas été aussi satisfaisante qu'il l'avait prévu. La terre était bien cultivée et tout le monde y travaillait. Dans un champ brun, la chaux gisait en tas ronds et blancs ; le compost, provenant de la basse-cour, apparaissait en taches sombres, prêt à être distribué sur les prairies. Dans un champ, Evan semait de l'avoine ; dans une autre parcelle, où la bêche avait parcouru le sol en sillons bien définis, Rhys creusait des trous pour planter, et Davy le suivait, laissant tomber quelque chose qu'il transportait dans un petit panier, ce qui aurait dérouté l'optique pointue de l'observateur, s'il n'avait pas croisé Ales, outre un tas de plants de pommes de terre, les coupant en morceaux là où les yeux commençaient à briller, et s'il n'avait pas vu Davy apporter son panier vide pour s'en ravitailler.

'Mme. Edwards est dans la maison, monsieur, dit la jeune femme, pour laisser entendre que son observation inquisitoriale était désagréable ; et, après s'être moqué de ce qu'il appelait « l'agriculture expérimentale », l'allusion avait été comprise.

Il était déjà allé dans les landes pour inspecter les moutons et les chèvres et passer le berger au tamis fin, et il était revenu sur les récoltes nouvellement semées ou sur les pousses vertes naissantes, sans se soucier de l'endroit où les sabots de son cheval pourraient tomber. S'il avait été seigneur du pays en pleine possession, il n'aurait guère pu être plus indifférent ; s'il avait été locataire, il aurait peut-être été plus prudent. Alors qu'il approchait de la ferme et qu'il vit une grange et des dépendances en bon état, là où il s'attendait à un délabrement, il serra ses lèvres minces l'une contre l'autre, mais quand il tomba sur les étables nouvellement érigées, les lèvres minces s'écartèrent et fit une tentative avortée. boucler.

« C'est donc ainsi que vous proposez d'exploiter votre ferme, n'est-ce pas ? Je singe la noblesse ! dit-il avec un ricanement, s'adressant à Mme Edwards alors qu'il descendait de cheval, le bruit des battements de sabots l'ayant amenée à la porte de la laiterie. « Pensez-vous que cela *vous rapportera* d'héberger vos porcs ? Vous serez ensuite d'accord pour mettre vos chèvres dans les limbes.

« Alors, c'est comme ça que vous proposez de gérer votre ferme ? »
Dit-il avec un ricanement

"C'est un acte, et j'aimerais pouvoir le faire", fut sa réponse. «Ils font tellement de dégâts aux arbres et au chaume.»

'Pouah! Et, je vous prie, où avez *-vous* vu des porcs ainsi logés ? Pas dans la vallée de Glamorgan , je sais. Nous n'hébergeons pas les porcs aussi confortablement que nos ouvriers .

« Bien sûr, monsieur, c'était en Angleterre, lorsque j'étais en service là-bas. Et à Castella et Llantwit . Mais peut-être, monsieur, viendrez-vous prendre un verre de cidre et une bouchée de pain et de fromage ?

Il avait l'air assez vif pour mordre contre elle – ou contre sa ferme – en répondant : « L'Angleterre, en effet ! Les méthodes galloises sont sûrement les meilleures pour les Gallois. Vous ne verrez pas les Anglais prospérer ici.

Néanmoins il la suivit dans la maison, remarquant en chemin que la laiterie avait été enfermée et cloisonnée près du montant de la porte extérieure, et qu'elle était fermée par sa propre porte à gauche, afin de la préserver des intempéries. poussière de circulation à travers et du stockage ouvert sur la droite.

« Est-ce une autre de vos méthodes anglaises ? » » demanda-t-il en passant.

'Oui Monsieur.'

'Humph ! Et votre roue, et vos vitres, et vos pommes de terre ? Vous ne trouverez pas beaucoup d'imitateurs, Mme Edwards.

« C'est un fait, monsieur, et je ne cherche pas d'imitateurs, quoi qu'il en soit ; à moins que mes enfants et mes serviteurs ne veuillent enseigner aux leurs, comme je le leur enseigne.

Elle avait étalé sur la table, sous le fromage et le pichet de cidre, une nappe de lin propre et filée à la maison, même si elle n'aimait pas l'agent et soupçonnait sa mission. Le sentiment d'intimité ne doit pas interférer avec l'hospitalité.

Lui, de son côté, acceptait ses attentions comme un droit, se rendant aussi gratuitement avec le fromage, le pain et le cidre que s'ils avaient été commandés dans une auberge, avec la conscience délicieuse qu'ils n'auraient pas à être payés.

« Peut-être, dit-il après avoir bu une bonne gorgée de cidre, avez-vous aussi appris à faire *cela* en Angleterre ? le vieux sourire laid sur ses lèvres fines.

— En partie, monsieur. Dans le Herefordshire.

Si étroites que fussent les fentes entre ses paupières, rien n'échappait à ses yeux vagabonds.

'Qu'est ce que c'est?' » s'écria-t-il en désignant avec son fouet, alors qu'il se levait pour partir, une tour grossièrement construite que William élevait sur le coffre en chêne avec ses éclats de pierre. Le garçon s'était reculé dans un coin devant sa sœur Jonet , comme s'il reconnaissait un ennemi chez l'étranger. Il n'avait aucune timidité.

Sa mère a expliqué. "Willem construit une tour de Babil ."

'Humph ! S'il peut faire cela, il pourrait être amené à faire quelque chose d'utile. Là, dit M. Pryse, cela lui trouvera un emploi, et, d'un coup de fouet, il balaya la tour du garçon, un rire malicieux secouant sa gorge maigre alors qu'il sortait de la cuisine pour monter à cheval. .

Alors qu'il s'éloignait, il entendit le cri passionné d'un garçon derrière lui et sentit le jet violent de quelques petites pierres entre ses épaules. Il se retourna sur sa selle et tendit son fouet à l'enfant, qui, le visage enflammé, criait après lui :

Il se tourna et brandit son fouet vers l'enfant.

«Espèce de méchant homme! méchant homme, toi !

Mais il se contenta de rire, comme si l'incident l'amusait.

Sa satisfaction ne fut que temporaire, et avant d'avoir atteint ce niveau , il commença à se ronger les ongles de dépit, car il ne voyait que des signes d'amélioration de l'agriculture, rien sur lequel il pouvait se jeter comme un signe de ruine.

Après quelques jours, un visiteur plus bienvenu arriva à la ferme, sous l'apparence d'un porteur de voyage, avec son chapelet de mules, faisant sa tournée pour ramasser les bas, les flanelles, les couvertures et les linseys, tricotés et tissés dans les fermes et les chalets. dispersés dans les montagnes ou regroupés en villages. Il était prêt à les payer en pièces de monnaie, mais il préférait les échanger contre les marchandises anglaises dont ses bêtes étaient chargées, non pas tant de rubans et de dentelles, de pièces de robe aux couleurs gaies ou de bibelots bon marché, que de matériel utile . couteaux, fourchettes, cuillères, vaisselle, casseroles et poêles, aiguilles, épingles, rubans et boutons ; les biens qui étaient généralement demandés pour un usage domestique. Très rarement, il arborait des draperies plus somptueuses qu'un foulard en soie ou un ruban brillant pour un nœud. Les Gallois s'accrochaient toujours à leur costume national et, à quelques exceptions près, étaient entièrement vêtus de laine cultivée et fabriquée localement. Il portait néanmoins des chapeaux avec lui, et les flanelles ou les sacs de sport rassemblés dans une partie dont il pouvait se débarrasser ailleurs.

Le tintement des clochettes de sa mule de tête annonçait son arrivée. Il y avait une précipitation générale pour l'encercler et inspecter ses marchandises, les enfants se pressaient avec les autres, et le claquement de langues était indescriptible.

Ses visites périodiques étaient les grands événements de l'année. Le premier devoir était celui de l'hospitalité. Du pain d'avoine, du fromage et du lait étaient placés devant lui, et la pile de bas et de mitaines tricotés de l'hiver était sortie pendant qu'il se rafraîchissait. Comme l'homme le savait depuis longtemps, ceux-ci devaient être examinés, évalués et payés avant que Mme Edwards autorise le déchargement d'un de ses sacs ou sacoches. S'ensuivit alors le marchandage pour des tasses et des bols aux couleurs vives ; il n'y avait pas besoin de tasses à thé ni de soucoupes, car personne ne buvait de thé. C'était là-bas un luxe presque inconnu. Jonet et William ont reçu chacun une tasse, ornée de vagues de bleu vif sur fond jaune. Rhys avait un nouveau chapeau. Davy tira sur les jupes de sa mère et lui rappela qu'il serait finalement en culotte lorsque le porteur de charge reviendrait, et il ne fut pas déçu.

Quelque chose était recherché et acheté pour la maison et tout le monde.

Ales, qui s'était soignée ces derniers temps, a investi dans un foulard ou un châle en coton de couleur vive à porter croisé sur sa veste courte, et un peigne robuste pour garder ses mèches emmêlées en ordre ; la nécessité dont elle a appris en examinant sa propre beauté dans un miroir à monture rouge qu'Evan lui avait offert - un verre pas plus grand que sa propre main droite, mais il valait mieux comme miroir que l'eau brisée sous la source , et pourrait être considéré comme un gage de sa bonne volonté particulière.

Le loyer qui en résulta fut dûment payé ; et, malgré les prophéties et les prévisions, elle fut tout aussi dûment payée au cours des années suivantes.

Mais M. Pryse ne devint pas plus poli ; en fait, il semblait toujours à l'affût d'un prétexte pour chasser la veuve et ses enfants de la ferme qu'elle avait tant fait pour améliorer. Il n'avait jamais pardonné à Edwards d'avoir dit de lui : « il était trop avare pour être tout à fait honnête » et, lorsque le fermier se noyait, il se réjouissait comme seul un grincheux mal intentionné pouvait le faire.

Ce n'était pas pour lui une satisfaction de voir, au fil des années, les chaumières blanchies à la chaux les unes après les autres se détacher comme une perle parmi les champs et les feuillages d'émeraude, et de savoir quelle maison avait été le modèle. Il ne pouvait pas non plus entendre parler d'Owen Griffith et d'autres s'aventurant dans une culture de pommes de terre sans ricaner. Et il grogna franchement en entendant les prix que les porcelets et le bacon de la veuve rapportaient au marché. Non qu'il attribue la prospérité de Mme Edwards à sa propre bonne gestion. Non; il a attribué cela à Evan Evans et à sa précédente initiation au domaine Castella. Il en voulait donc au domestique de la ferme. Il se réjouit d'apprendre que Rhys considérait Evans comme un intrus et ne manquait jamais une occasion, par un subtil ricanement ou une insinuation, d'attiser l'antagonisme supposé en une flamme active.

À mesure que les années passaient et qu'il voyait le duvet de la virilité naissante s'assombrir sur les lèvres de Rhys, toujours l'accompagnateur de sa mère les jours de location, ses insinuations devenaient plus larges et plus fortes. Il y avait un air de maîtrise autonome chez ce jeune homme robuste qui suggérait un sol mûr pour ses mauvaises herbes.

« Humph ! » dit-il lorsque Rhys avait environ dix-huit ans ; "J'aurais dû penser qu'un gros gars comme vous aurait pu épargner à votre mère le prix d'un *chef* ."

Plus tard : « Eh bien, jeune homme, je ne m'attendais pas à ce que le fils de votre père se soumette aussi longtemps au règne d'un serviteur.

S'il y avait eu une quelconque *soumission* dans l'affaire, Rhys aurait immédiatement pris feu. Aucun indice n'aurait été nécessaire pour provoquer une rébellion qui aurait conduit à l'éviction d'Evan. Mais ce dernier n'avait jamais eu la prétention de *donner des ordres* et, ces derniers temps, s'était référé à Rhys comme son « jeune maître ».

Toutes les suggestions qu'il faisait en matière agricole étaient adressées à Mme Edwards. Le commandement *lui* appartenait .

Rhys avait alors conçu une antipathie mortelle envers l'agent le premier jour de paiement du loyer, et il soupçonnait un motif sinistre dans chaque mot qui sortait de ces lèvres minces et de mauvaise humeur.

Et la veuve astucieuse avait posé comme condition que Rhys retienne sa langue et ne permette à rien de ce que dit M. Pryse de provoquer une réponse précipitée, sinon elle devrait prendre Evan à sa place comme témoin. Pourtant, il était parfois difficile pour l'un ou l'autre d'écouter tranquillement les discours grossiers et insultants de l'agent, dont son noble employeur ne se doutait pas.

Certaines de ses balles les plus pointues ont été tirées avec une arme à double canon . "Eh bien, Mme Edwards, j'ai entendu dire que vous et Evan Evans êtes sur le point de vous entendre enfin. Dans combien de temps votre brave jeune homme aura-t-il un beau-père ?

Un froncement de sourcils assombrit le front de Rhys, et une réplique indignée sortit de sa langue, mais, avant qu'un second mot ne soit prononcé, le froncement de sourcils se transforma en un sourire significatif face au regard de sa mère.

C'était un secret de polichinelle à la ferme qu'Ales et Evan faisaient la cour et attendaient seulement d'avoir économisé suffisamment d'argent pour s'occuper du ménage et de l'agriculture pour eux-mêmes, en tant que mari et femme.

Si M. Pryse l'avait su, il y *avait* un élément d'inquiétude et de rébellion à Brookside Farm, dont il aurait pu profiter.

Mais il n'a jamais pensé une seconde fois au garçon dont il avait rasé les murs avec tant d'injustice. Il n'avait pas vu ce même garçon, sa passion éteinte, ramasser chaque morceau de pierre épars et relever patiemment ses murs.

Il ne se doutait pas que la forte volonté et l'obstination de cet enfant de trois ans entreraient plus tard en collision avec la maîtrise de son frère aîné, ni du rôle important que ces éclats de pierre joueraient dans la vie de William, ni de la façon dont ils pourraient affecter le bien-être de l'enfant. tout le comté, ou se faire un nom durable lorsque le sien a été oublié.

CHAPITRE X.
AMIS ET FRÈRES.

Il n'était pas nécessaire que M. Pryse suggère un « emploi » au petit William. Au siècle dernier, et bien avant, les enfants étaient mis au travail et censés gagner leur vie à un âge terriblement précoce, et cela bien avant que les machines n'entrent en service et ne les conduisent dans les usines pour être les esclaves de surveillants brutaux, qui leurs enfants de six et huit ans ont été frappés dans le dos à coups de fouet ou de bâton à la moindre provocation. L'historien William Hutton raconte comment lui, un petit enfant de sept ans, fut apprenti, en 1730, chez un surveillant de la filature de soie de Lombe , à Derby, comment il dut porter de hauts motifs pour atteindre la machine, dut se lever à cinq heures au plus profond de l'hiver et il s'est dépêché de travailler, il a glissé sur la glace pendant qu'il courait, et il a été battu jusqu'à ce que son dos soit couvert de plaies purulentes. Et ce n'était pas un cas rare. Moi qui écris ceci, je me souviens de l'époque où les petits enfants aux pieds nus se rendaient aux usines de coton et aux imprimeries à cinq heures du matin et travaillaient jusqu'à sept ou huit heures du soir.

Les garçons et les filles de cette génération n'ont aucune idée de la manière dont les enfants étaient formés et traités il y a quelques générations. Pas seulement les pauvres. Même les enfants de parents riches devaient endurer des punitions douloureuses à l'école et à la maison et étaient nourris avec parcimonie avec des aliments grossiers pour le bien de leur santé. Le regretté Lord Shaftesbury a raconté comment lui et une de ses sœurs avaient failli mourir de faim dans leur enfance à cause de la négligence de leurs parents et de leurs serviteurs.

L'histoire et la biographie regorgent de tels exemples. De sorte que lorsque je déclare que William Edwards et Jonet ont été envoyés dans les champs de leur mère pour désherber, ramasser des pierres et effrayer les oiseaux des terres nouvellement semées avant que le garçon n'ait six ans, je ne jette aucune réflexion sur sa mère, qui n'avait aucune expérience d'un état de choses différent.

Bien plus, pour son époque, elle était éclairée, et étant une femme dotée de bons sentiments naturels, elle veillait à ce qu'ils ne soient pas imposés au-delà de leurs forces, comme elle et son mari l'avaient été ; mais l'idée que les enfants devaient passer leurs heures à jouer, lorsqu'ils étaient assez grands pour être utiles, ne lui était jamais venue à l'esprit. Elle considérait qu'elle faisait son devoir envers eux en les mettant tôt au travail, d'autant plus qu'elle prenait soin de leur apprendre aussi à lire.

Davy travaillait dans les champs et à la ferme, aux côtés de Rhys, sans un murmure de difficultés. Et quand Jonet s'apprêtait pour la première fois à nourrir les poules, ou à chercher les œufs des poules pondues, à arracher des pois ou des haricots, ou à décortiquer ces derniers pour la marmite (les pois étaient bouillis dans la cosse), imitateur William, toujours à ses trousses, et voulant montrer son habileté, il se mit à faire de même.

Et tant qu'il se mettait volontairement au travail pour aider Jonet , il était occupé comme une abeille et fier de ce qu'il faisait. Ou lorsque sa mère ou Ales l'envoyaient ici ou là pour aller chercher ou porter, ou lui demandaient d'accomplir de petits services, il était aussi disposé et disposé à obéir aux ordres que la plupart des garçons de son âge. Mais à peine Rhys profita-t-il de son industrie précoce, exerça-t-il un prétendu droit de commandement et lui ordonna-t-il de faire ceci ou cela, que William commença à se rebeller.

Il était assez docile envers son frère en tant que professeur. Il était plus désireux d'apprendre à lire que Rhys d'enseigner. Davy et Jonet prenaient leurs cours d'orthographe et de lecture comme des tâches obligatoires – Davy placidement, et Jonet avec une défaveur inquiète – mais William avec un désir absolu de *savoir*.

Il découvrit à peine que les Dix Commandements peints dans l'église et les inscriptions sur les pierres tombales verticales du cimetière étaient simplement constituées des caractères alphabétiques de sa bataille peinte, et que la grande Bible que sa mère leur lisait à haute voix était tout un mélange des mêmes lettres, qu'une envie de pénétrer le mystère de ces combinaisons le saisit. Il sentit qu'il avait accompli quelque chose lorsqu'il fit sa première grande découverte sur une pierre tombale plus haute que lui ; mais lorsque, à sa demande, Evan lut l'inscription, sa perplexité et sa curiosité augmentèrent.

C'était singulier de voir le petit bonhomme — il était petit pour son âge — tracer dimanche après dimanche une lettre ou un mot, avec un petit doigt, sur une vieille dalle grise, pendant que ses aînés bavardaient partout.

« Je vais vous dire, lui dit Rhys un dimanche alors qu'il était à ce poste, vous pourriez être né dans une carrière de pierre. Je suis sûr que tu devrais y vivre, tu aimes tellement les détritus sales.

« Qu'est-ce qu'une carrière de pierre ? » répliqua William, les yeux grands ouverts.

'Oh frere! C'est un endroit où pousse la pierre, fut la réponse impatiente.

« Pousse comme des arbres ? » et les yeux étonnés du questionneur de six ans s'ouvrirent encore plus grand.

« Oh, quelle peste vous êtes ! Non, il pousse comme le charbon ; » » et Rhys s'éloigna à grands pas pour éviter d'être interrogé davantage – une manière courante mais très insatisfaisante de traiter avec un enfant curieux.

«Je vais demander à Robert Jones, il me le dira », se dit William. "Rhys se soucie plus de Cate Griffith que de moi, peu importe", ses regards lésés suivaient son frère bien adulte alors qu'il traversait le monticule herbeux pour rejoindre la femme et la fille du tisserand sous l'if patriarcal, avec toute l'importance de la virilité naissante.

Le lendemain, William manquait à la ferme, mais comme cela n'était pas rare, on ne ressentit qu'un léger malaise jusqu'au soir.

Le garçon avait depuis longtemps noué une étrange amitié avec le coupeur de tourbe aux cheveux roux qui, conformément à sa promesse initiale, l'avait pris sur le cul alors qu'il se rendait à une mine de l'autre côté de la rivière pour chercher du chaume, et là, il lui avait laissé voir. le cheval tournait péniblement en rond en cercle pour extraire du charbon et des charbonnages crasseux du puits sombre et profond, et descendait les cuves vides pour les remplir. Là, l'enfant avait regardé autour de lui avec émerveillement les grands tas noirs de charbon et les enfants à moitié nus envoyés dans le terrible trou sombre pour travailler dans les entrailles de la mine, comme le lui expliquait Robert Jones.

Plus tard, il avait emmené le petit garçon voir comment la tourbe était extraite du sommet marécageux de la montagne Eglwysilan avec de longues pelles étroites et plates, « en forme de cuillère à moelle » . Et une fois son traîneau chargé, il avait placé l'enfant devant lui au bout du traîneau et était parti glisser avec lui sur le flanc escarpé de la montagne, rapidement et en toute sécurité, pour le plus grand plaisir du jeune. Il était trop jeune pour rêver de danger, et pour l'homme, une longue pratique avait rendu la descente périlleuse sûre et facile, aussi rapide que l'était le mouvement vers le bas, et aussi brusque que l'était la secousse au fond. Et William fit ensuite bien des promenades sur le traîneau du coupe-gazon.

L'homme n'avait pas d'enfants, et c'est peut-être pour cela qu'il aimait si bien ce garçon ; répondant à ses étranges questions au mieux de ses capacités non instruites, et lui donnant fréquemment une monture sur l'une de ses bêtes patientes entre des baignoires ou des sacoches lorsqu'il partait chercher des charges, ou les transportait pour les vendre pas trop loin. L'enfant pouvait lui ouvrir tout son cœur étonné, ne craignant ni le rejet ni le ridicule, dont il avait trop à la maison ; et ainsi leur amitié grandit.

Ce lundi matin-là, Robert Jones avait commencé une longue tournée, et il ne restait plus au jeune enquêteur, qui l'avait cherché dans ses repaires habituels, que de rentrer chez lui en boitant dans l'après-midi, affamé, endolori et déçu.

Cate Griffith, revenant du ruisseau avec un pichet d'eau sur la tête et un autre à la main, l'aperçut alors qu'il passait devant la porte de son père.

« Nom, ô mon Dieu ! » s'écria-t-elle, qu'est-ce qui t'amène ici à cette heure de la journée ? Regardez, père, voici le petit Willem Edwards !

Le tisserand, changeant alors de navette, regarda par sa fenêtre à battants et, deux minutes plus tard, il était à la porte et interrogeait le vagabond.

Sans aucune timidité ni réserve, le garçon raconta où il était allé et pourquoi ; l'initiative de son frère remarque avec les autres.

Cate, désormais une jeune fille plantureuse aux joues roses, à la frontière de la féminité, se mit à rire franchement, comme elle avait souvent ri auparavant lorsque Rhys l'amusait avec une histoire de questions farfelues de William.

Son père la vérifia sévèrement. « De quoi riez-vous ? »

" En fait, il est tellement bizarre. Rhys dit qu'il joue toujours avec des morceaux de pierres. Et maintenant, il demande s'ils poussent vraiment comme des arbres. Oh, Willem, tu es drôle !

Son rire éclata à nouveau . William, tout enfant qu'il fût, était cramoisi jusqu'aux racines de ses cheveux bruns. Il semblait comprendre que Rhys s'était moqué de lui, et personne n'est plus sensible au ridicule qu'un enfant en bas âge.

« Portez vos pichets dans la maison et restez-y ! » s'écria son père. Puis se tournant vers le garçon, qui hésitait entre s'attarder ou continuer son chemin, il dit gentiment :

« Peu importe Cate, mon petit homme, elle dit des bêtises. Viens t'asseoir sur ce banc à côté de moi. Je vais essayer de servir à la place de Robert Jones.

Le visage de William s'éclaira. Il monta sur un siège à côté du tisserand, content de constater qu'on ne se moquait plus de lui. Et il écouta très attentivement l'explication simple d'Owen selon laquelle la montagne était presque entièrement en pierre, et qu'une carrière était l'endroit où les hommes forts cassaient la pierre pour construire des murs et des maisons, et que les montagnes étaient là depuis que Dieu avait créé le monde. , de sorte qu'il ne pensait pas que la pierre poussait. Et si la définition d'Owen n'était pas une définition géologique savante, elle n'en était que mieux adaptée à la compréhension juvénile. Mais, aussi simple soit-il, une pluie de pourquoi et de comment s'est abattue sur l'exposant au cours de son parcours.

Alors William se leva pour partir, mais quelque chose dans son visage, ou dans sa démarche lente, ou un mot désinvolte, poussa le tisserand à interroger le garçon. Cela lui fit admettre qu'il s'était éloigné de chez lui le matin, que personne ne le savait et qu'en outre il avait très faim.

Owen avait l'air grave. Il a demandé à Cate d'apporter du pain et une tasse de lait, et a commencé à donner au garçon une leçon sur le tort inconsidéré qu'il avait fait et sur l'anxiété qu'il causerait à sa mère.

« Tu ne devrais jamais quitter la maison sans autorisation, Willem. Votre pauvre mère s'inquiétera et pleurera de peur que vous ne soyez tombé sur les rochers, ou que vous ne soyez tombé dans la rivière et que vous vous soyez noyé, ou que vous vous perdiez dans la montagne comme vous l'avez fait il y a quatre ans, quand Evan vous a trouvé endormi sous les druides. pierre à bascule. Il est très cruel et méchant pour un enfant de s'éloigner de la maison sans autorisation.

William baissa la tête. «Je ne voulais aucun mal», commença-t-il; « mais, d'un ton changé, qu'est-ce que c'est que les druides ?

'Oh, tu es là, n'est-ce pas ? Belle chasse que tu nous as donnée à tous, jeune peste ! » lança un cri de colère de Rhys, qui avait traversé le ruisseau et avançait en courant.

La question de William resta sans réponse. Il descendit de son siège de pierre, enclin à se repentir de sa mauvaise conduite . Owen Griffith lui avait montré qu'il avait mal agi. Il aurait pu rentrer chez lui et dire à sa mère qu'il était désolé. Mais Rhys, qui avait été aussi alarmé que les autres de son absence, maintenant qu'il était retrouvé, le saisit par l'épaule et le secoua violemment.

« Écoutez, si vous vous enfuyez encore, je vous donnerai une bonne raclée.

« Vous ne ferez pas d'acte », lui répondit d'un ton de défi William, dont la pénitence touchait à sa fin.

'N'est-ce pas ? Tu verras. Bien sûr, j'ai à moitié envie de le faire maintenant.

«Non, non», intervint Griffith. « Willem est désolé. Il ne savait pas qu'il faisait mal.

« Alors il devra apprendre. Il est grand temps qu'il se rende utile. Jonet l'a fait avant d'avoir son âge. Et moi aussi . Nous ne pouvons avoir aucun oisif sur notre ferme, peu importe. Ah, Cate, c'est toi ? Sa voix avait amené la jeune fille vers la fenêtre ouverte. Elle se pencha, rougissant comme une pivoine. Il la rejoignit et dit quelque chose qui la fit rire et provoqua une réponse. S'ensuivirent alors des chuchotements et des rires. Rhys avait apparemment tout oublié de l'anxiété de William et de sa mère alors qu'il était occupé si agréablement, car il ne faisait aucun doute que Cate avait plus qu'une attirance de cousin au troisième degré pour lui, et les occasions fortuites de la voir, sauf le dimanche, n'étaient pas fréquentes.

Lorsque sa mission lui revint, William avait disparu, et malgré les jambes plus longues de Rhys, la fatigue des plus petits, le crépuscule naissant et la pente raide du sentier qui monte jusqu'à la ferme, l'école buissonnière franchit le premier le seuil.

Aussitôt, l'inquiétude se transforma en mécontentement. Il fut grondé de toutes parts, et menacé de perdre un souper, si jamais il osait leur faire encore une pareille frayeur.

«Je voulais Robert Jones», fut toute l'excuse qu'il invoqua. Les réprimandes furent accueillies dans un silence impassible, appelé maussade.

Pourtant, il n'avait pas oublié le tableau d'Owen sur la détresse de sa mère, ni son grave reproche pour s'être éloigné, et s'il avait été reçu différemment, il aurait pu être contrit et demander pardon.

Il est difficile, même à notre époque analytique, de rechercher le fonctionnement interne de l'esprit de l'enfant ou de comprendre tout ce qui influence les humeurs capricieuses. Comment ces agriculteurs grossièrement cultivés ont-ils pu pénétrer sous la surface, pour voir le chêne sous-développé dans le gland immature ?

« Robert Jones gâte vraiment ce garçon », dit Mme Edwards, lorsque l'enfant était au lit. « Je me demande ce qu'il voulait avec cet homme ? »

'Recherché? Bien sûr, il voulait demander si les pierres poussent comme des arbres, dit Rhys sur un ton de mépris impatient. "Ce n'est que la semaine dernière qu'il m'a demandé si les arbres produisaient le vent, car il y avait toujours du vent quand les arbres se balançaient."

"Eh bien, *n'est-* ce pas ?" » demanda Davy imperturbable, au milieu d'un éclat de rire auquel même la mère se joignit.

« Maintenant, ne sois pas aussi stupide que Willem. Je n'aurais jamais cru que vous posiez une question aussi stupide, dit Rhys d'un ton dogmatique.

« Non, Davy, expliqua sa mère sans arrêter sa roue occupée, c'est le vent qui fait bouger les arbres », réponse qui lui suffisait. Il n'était pas curieux de savoir ce qui provoquait les vents, ni d'où ils venaient, comme l'avait été William. Il acceptait les faits tels qu'ils étaient, sans être troublé par de vaines spéculations.

Sans aucun doute, William – l'homonyme du père, son plus jeune né – était le chéri de la mère, malgré ses manières étranges. Et si fâchée qu'elle ait pu être pendant la nuit, le matin, quand les autres se furent dispersés, elle lui reprocha de s'être égaré sans permission ; non pas avec colère, mais avec tristesse, lui montrant les ennuis qu'il risquait de lui causer et l'anxiété qu'elle avait ressentie, se souvenant du moment où il était perdu auparavant.

C'était un complément très efficace à la conférence d'Owen Griffith ; les sentiments du garçon sensible furent touchés. Il lui jeta les bras autour du cou, lui demanda pardon et lui promit le meilleur comportement possible pour l'avenir.

Hélas, pour les promesses d'un enfant ! William est allé travailler aux côtés de Jonet comme un petit homme, a aidé au moment des semailles et de la récolte, et a reçu les éloges d'Ales et d'Evan. Mais il avait ses heures de rêve ; il continuait à empiler des pierres dans des coins étranges et était tour à tour ridiculisé et réprimandé par Rhys, dont il détestait l'interférence.

Cela a duré environ deux ans, mettant à rude épreuve la patience des deux hommes, puis une épidémie plus grave est survenue.

CHAPITRE XI.
UNE RENCONTRE MÉMORABLE.

La rébellion de Guillaume avait commencé à se manifester par un mépris maussade des ordres de son frère. Il était toujours actif et disposé lorsque sa mère ou Evan l'appelait - Davy pouvait transmettre un message, mais n'avait jamais d'ordre indépendant à donner - il était l' esclave obéissant de Jonet , mais lorsque Rhys exigeait ses services ou son attention , il faisait généralement la sourde oreille. Pour cela, Rhys – qui considérait ses dix ans d'ancienneté comme une garantie de contrôle en tant qu'adjoint de sa mère et représentant de son père décédé – le réprimanda impérieusement, non pas avec un désir d'être délibérément autoritaire, mais avec un sentiment de sévérité qui lui était propre. devoir envers un garçon paresseux.

Enfin, par une belle journée du début du printemps, alors que William avait à peine plus de neuf ans, il s'attarda après le repas de midi près des poteaux de pierre d'un champ où Davy et Jonet étaient déjà occupés à désherber une récolte fraîchement printanière . de maïs. Ses bras reposaient sur le rebord du mur, le menton posé dessus, tandis que lui, regardant en bas la vallée fertile en contrebas, où des aperçus de la rivière brillante étaient visibles comme des étoiles scintillantes, à travers les pousses vertes tendres qui voilaient les branches ondulantes de son les rives densément boisées semblaient perdues dans un brouillard rêveur de pensées spéculatives. La rêverie du garçon fut brutalement brisée.

« Maintenant, paresseux ! Que fais-tu là ? » cria Rhys, qui portait une pelle sur son épaule et un panier en osier à la main, qu'il jeta aux pieds de son frère. Aucune réponse n'étant venue, il a crié à nouveau : « Qu'est-ce que tu fais là ?

«Je réfléchis», dit calmement William.

« En pensant, en effet ! J'aimerais que tu penses à ton travail. À quoi peux-tu penser, peu importe ?

"Deed, personne ne sait ce que je pense", répondit le garçon sans se retourner.

"Vous saurez très bientôt *ce que je pense* ", rétorqua Rhys, "si vous ne récupérez pas votre panier et ne vous rendez pas à votre mariage. Vous faites partie des « retardataires et paresseux qui ne seront jamais riches ». Venez, remuez-vous. Et, comme pour imposer l'obéissance, Rhys leva sa main dégagée et frappa l'autre d'un coup sec sur les épaules.

Aussitôt William se retourna, les joues et les yeux enflammés. Rhys pensait qu'il était sur le point de le frapper à nouveau.

Au lieu de cela, il donna un coup de pied au panier vide qui l'envoya voler au-dessus des crêtes, et se retrouva devant l'étroite porte en un instant, avec un air de défi qui semblait défier Rhys de remettre la main sur lui, ou de tenter de le faire reculer. .

Ce jour-là, on ne le revit plus à la ferme jusqu'à la tombée de la nuit, lorsqu'on l'envoya se coucher sans souper en guise de punition.

Il se levait tôt le matin et allumait le feu avant que quiconque ne soit allumé. Il se lavait à la source quand Ales entra dans la cour de la ferme.

« Nom, ô mon Dieu ! » s'écria-t-elle, qu'est-ce qui t'a fait sortir du lit si tôt ? Tu veux ton petit-déjeuner, je suppose ?

William hocha la tête en signe d'assentiment, en se dirigeant vers la serviette commune.

"Pensez-vous que vous en méritez un?"

« Est-ce que Rhys en mérite un ?

Ales avait un proverbe prêt : « Qui réussit bien mérite bien ».

"Est-ce que ça fait du bien d'insulter et de frapper son frère ?"

Ales n'avait pas de réponse directe à cette question. « Rhys dit que vous êtes inactif et que vous devriez être obligé de travailler. Vous jouez avec des pierres alors que vous devriez désherber ou tricoter. *Il* travaille toujours dur, répondit-elle évasivement.

L'invite fut la réplique : « Un grand homme devrait travailler, je ferai un meilleur travail que Rhys quand je serai aussi grand. 'Je le ferai.'

Cette conversation avait eu lieu pendant les ablutions précipitées d'Ales, qui était récemment devenu inhabituellement impatient de présenter « un visage brillant du matin » à Evan lors de son apparition. Tandis qu'elle se coiffait devant le petit miroir qu'il lui avait acheté, en guise d'indice, et qui pendait près de la porte du magasin, elle commença d'un ton insinuant :

« Et où allais-tu hier, Willem ? Étiez-vous avec Robert Jones ?

«Ne vous en faites pas», dit le garçon en passant avec un pichet d'eau pour le porridge. Et aucune autre information ne pouvait être obtenue de lui par elle ou par quelqu'un d'autre.

Après cela, chaque fois que Rhys et lui entraient en collision, il disparaissait, et personne ne pouvait dire où il allait ni avec qui. Cate ou Owen Griffith pouvaient le voir passer la porte du cottage et échanger un « bonjour », mais au-delà de cela, ses pérégrinations étaient inconnues.

Dans une paroisse montagneuse comme Eglwysilan , où il n'y avait pas de communauté villageoise, où les fermes et les chalets étaient pour la plupart solitaires et éloignés les uns des autres, il y avait peu de chances de rencontrer de nombreux promeneurs en dehors de la route principale, sauf les jours de marché.

Errant sans but dans sa passion aveugle, le jour où Rhys l'avait frappé, ne remarquant presque pas le chemin qu'il suivait, il se retrouva tout d'un coup sur ce qui semblait être une courte route herbeuse, bordée des deux côtés par des blocs verticaux. de pierre, plus rabougries et moins galbées que les dalles du cimetière, mais plantées là avec tant de méthode et à intervalles irréguliers, elles auraient en effet pu être les gardes nains d'un grand géant transformé soudainement en pierre par l'art magique d'un plus grand encore. nécromancien des temps anciens, comme il l'avait entendu dire.

De telles légendes étaient courantes dans le foyer domestique. De sorte que, même si c'était un bel après-midi de printemps, un sentiment étrange s'empara du garçon passionné, surtout lorsqu'il se retrouva dans un large cercle de telles pierres, entourant, en double file, une énorme masse angulaire semblable à de la pierre, se rétrécissant vers le bas depuis un sommet plat, coiffé d'une seconde pierre, et délicatement posé sur la pointe arrondie d'une petite base conique dans une dépression creusée dans la roche naturelle, et confirmant en quelque sorte la comparaison du trône du géant pétrifié.

Alors que William regardait cette masse informe, un souvenir rêveur flottait dans son esprit d'avoir visité l'endroit auparavant, alors que les pierres semblaient vivantes, et de lui avoir fait des gueules. Sans s'approcher de la pierre centrale, mais en gardant les yeux sur elle, il fit lentement le tour du cercle intérieur et, en chemin, découvrit un deuxième chemin (menant au nord) correspondant à celui par lequel il était entré par le sud.

Puis il se rendit compte que ce devait bien être l'endroit où il s'était couché, évanoui et fatigué, quand il était, oh, si petit garçon, et qu'il avait été si effrayé par l'aspect sinistre des pierres, alors que la nuit noire était venue. et il ne pouvait pas se lever pour s'enfuir.

Bientôt, il osa toucher la grosse pierre centrale qui l'avait terrifié auparavant en cédant sous la pression de sa petite main. Elle se balança et se balança d'avant en arrière , et il recula instinctivement, mais elle ne tomba pas. Et maintenant, il savait sûrement qu'il s'agissait de la grande pierre à bascule, et il ne craignait plus qu'elle tombe et l'écrase aussi longtemps qu'il serait bon et fidèle, car ainsi courait la légende.

Mais maintenant, d'autres doutes et craintes l'oppressaient. Ce seraient précisément les pierres druidiques qu'Owen Griffith avait nommées, et

Robert Jones l'avait averti de ne pas les chercher, de peur qu'il ne lui arrive un grand mal.

Était-il vrai qu'il y avait autrefois des hommes appelés Druides, et est-ce qu'ils prenaient vie à minuit et faisaient un signe de tête à la lune et aux grosses pierres qui hochaient la tête ? Robert Jones et Ales ont tous deux déclaré l'avoir fait, même s'ils ne s'y étaient jamais aventurés à minuit pour voir. Elles ne ressemblaient qu'à des pierres mal formées, trop petites pour les hommes. Mais ne lui avaient-ils pas fait des grimaces quand il était un peu bébé et pleurait là dans le noir ?

Le cœur du garçon se serra. Il n'était pas à l'abri de ces souvenirs sinistres et étranges. Il s'enfuit et sortit en courant du cercle hanté par la mémoire près de l'avenue protégée par des pierres à côté de lui, sans s'arrêter jusqu'à ce qu'il ait laissé loin derrière lui l'endroit désolé et aride.

Mais où était-il ? Ce n'était pas le chemin vers la maison. Il se tenait sur une lande sauvage, au-dessus de la vallée du Taff , avec la montagne s'élevant et s'étendant au loin sur sa droite, avec ici et là des ouvriers labourant les champs rouge-brun des hautes terres, et des enfants travaillant à côté d'eux, tandis qu'il Il aurait dû travailler « sans Rhys », se dit-il.

Il ne le savait pas et ne pouvait pas le voir, mais le Merthyr La route de Tydvil , telle qu'elle était, était enfoncée entre la lande et la montagne en retrait. Il lui suffisait de faire demi-tour pour retrouver le chemin du retour.

Il regarda vers la pente boisée sur sa gauche, où les oiseaux appelaient leurs partenaires sous les bourgeons roses gonflés ou les éventails vert pâle qui s'ouvraient, et l' odeur des violettes des bois venait doucement et fraîchement dans chaque respiration qu'il inspirait. Un lapin se leva et passa devant lui en courant, et se dirigea vers les sous-bois, où les crosses dorées des fougères en troupeau se déroulaient dans leur beauté. La rivière coulait bien en contrebas, avec un courant invitant. Un instant, et le garçon s'était enfoncé dans le bois. "Il ne se précipiterait *pas* chez lui pour être frappé par Rhys."

Il pourrait facilement retrouver son chemin avec la rivière pour le guider.

Ainsi, tantôt glissant, tantôt s'accrochant au tronc d'un arbre pour maintenir son pied, il se rapprocha du bord de la rivière, où il n'y avait pas de sentier plus perceptible que celui tracé par des intrus comme lui. Une fois sur place, il crut que l'eau était plus que d'habitude perturbée ; il était çà et là tacheté d'écume et tourbillonnait dans des tourbillons. « La rivière doit sûrement être en crue », se dit-il.

Un peu plus loin, un jeune homme bien habillé était assis sur une pierre et pêchait avec une canne et une ligne.

William n'avait aucune timidité. « Pourquoi l'eau fait-elle autant de bruit aujourd'hui et est-elle si agitée ? Il a demandé.

« Tu ne sais pas ? Cela vient des chutes. La rivière est toujours bruyante ici. C'est plus bruyant en amont du ruisseau.

« Oh », dit William ; 'Quelles sont les chutes ?'

« En effet, tu ferais mieux d'aller un peu plus loin et de voir par toi-même, mon garçon. Mais faites attention à votre façon de procéder.

L'esprit d'aventure était sur le garçon. Il remercia l'homme et continua son chemin, jusqu'à ce qu'il s'immobilise avec étonnement, car là la rivière pleine s'élançait en chutes brisées, de rocher en rocher intercepteur, environ quinze pieds en tout ; mais ils auraient pu être cinquante, d'après ce que savait le garçon au foyer.

Étrange est la fascination de l'eau vivante qui jaillit. Il se tenait là, le regard fasciné, perdu dans l'admiration, écoutant le tumulte tumultueux, alors que les eaux rapides se précipitaient et coulaient vers le bas, se frappant contre les rochers en une mousse colérique que William comparait mentalement à la mousse quand Ales se lavait, mais il n'avait jamais vu. laver à si grande échelle. S'il existait de plus belles cascades au monde , il ne les avait pas vues. Il était fasciné par ce qu'il voyait et s'attarda longtemps.

« Je me demande si Rhys ou Davy ont déjà vu ces chutes ? il s'est dit; 'ils ne *me l'ont jamais dit* . Ils ne *me disent* rien. Mais je découvrirai les choses par moi-même.

Le pêcheur se levait de sa pierre lorsque Guillaume s'approcha de nouveau. Il avait sa canne et son panier à la main, prêts à partir.

"Eh bien, que penses-tu des chutes ?"

« Oh, c'est un acte, et c'était merveilleux – et terrible. Je pensais à combien de temps ils allaient noyer un homme.

« Oui, ou un garçon non plus. Dans quelle direction vas-tu ?

— Au bord de la rivière, à travers le bois jusqu'au gué.

« Ce ne sera pas sûr à cette heure. Vous pourriez vous glisser dans le flux. Vous feriez mieux de rebrousser chemin par où vous êtes venu.

«Je… je n'ose pas», balbutia William.

'N'ose pas? Pourtant, on n'a pas peur de traverser ces bois sans chemin au bord de la rivière au crépuscule, même si un faux pas peut être fatal. Viens avec moi; Je vous verrai sur une route sûre.

William suivit prudemment le bois qui montait comme auparavant, prêt à tout braver avec un tel compagnon.

Le soleil ne s'était pas couché lorsqu'ils se trouvèrent sur la lande au-dessus, et alors l'étranger demanda :

« Eh bien, mon garçon, de quoi as-tu peur ?

« De passer devant les pierres des druides, monsieur. »

« Alors tu es superstitieux ? Quel mal quelques vieilles pierres peuvent-elles faire à un gros garçon comme vous ? » a-t-on demandé avec un large sourire.

William avait à moitié honte de la confession, du fait qu'il avait été perdu quand il était tout petit, et avait vu les pierres lui faire des grimaces, ajoutant les histoires récentes qu'il avait entendues et sa frayeur cet après-midi.

À ce moment- là , ils descendaient une pente depuis la lande aride jusqu'au Merthyr. Tydvil , évitant ainsi la proximité du cercle redouté, même si la chaussée passait à un niveau inférieur. Tandis qu'ils s'éloignaient, l'étranger fit de son mieux pour désabuser l'esprit du garçon de ses folles terreurs et lui fit comprendre que bien avant qu'il n'y ait des églises chrétiennes dans le pays, ni aucun clergé chrétien, les druides étaient les prêtres, les prêtres de Baal, et ils dressèrent ces pierres pour leurs temples. Pourtant, il ne parla pas de leurs horribles rites ni de leurs sacrifices humains, de peur de confirmer la crainte du garçon face aux pierres.

Guillaume écoutait avec les oreilles grandes ouvertes, posant une question ici et là, comme à son habitude, et, à sa grande joie, recevant des réponses intelligentes et adaptées à la capacité d'un enfant pensant. Il était très désireux d'en savoir plus sur les prêtres de Baal, mais, après une brève identification avec les adorateurs idolâtres du soleil, l'étranger, s'étant assuré qu'il savait lire, le renvoya à la Bible pour plus d'informations.

Ils avaient atteint le virage très fréquenté vers le gué. Le soleil s'était alors couché et le crépuscule approchait.

«Je présume que nos chemins se séparent ici», observa le grand inconnu. 'Au revoir. N'oubliez pas ce que je vous ai dit. Les garçons courageux qui craignent Dieu et font leur devoir envers leurs semblables ne redoutent pas l'aspect de quelques vieilles pierres grises.

« Je n'ai pas peur des pierres, monsieur. J'en ai un tas et je construis avec eux. Mais Rhys les renverse et dit que je perds mon temps.

« Alors , vous construisez avec des pierres, n'est-ce pas ? Et, je vous prie, que construisez-vous ? demanda le monsieur avec un sourire comique, invisible dans le crépuscule. « Pensez-vous que vous pourriez construire un pont sur cette rivière dangereuse ? Vous rendriez de bons services si vous le pouviez, ajouta-t-il *à voix basse* .

William se sentit confus. Il avait le sentiment inconfortable qu'on se moquait de lui.

« Je ne suis qu'un garçon, monsieur. Je ne peux *qu'essayer* de construire. Mais quand je serai un homme, Rhys verra !

« Et qui est Rhys ? dit l'autre, reprenant sa marche lorsqu'il s'aperçut que le garçon ne se tournait pas vers la chaumière près du gué.

« Rhys est mon grand frère. Mais, s'il vous plaît, monsieur, qu'est-ce qu'un *pont ?* '

Sans manifester aucune surprise devant l'ignorance d'un garçon de sa classe et de son âge, qui n'aurait pas pu voyager très loin de chez lui, l'autre répondit aussitôt : « Un pont est une chaussée construite sur une rivière pour que les gens puissent la traverser à pied ou à cheval sans se *mouiller* . leurs pieds. Les ponts sont parfois construits en bois, parfois en pierre ou en brique. Un pont est malheureusement recherché par ici, mon garçon. J'ai failli être emporté au gué ce matin.

William retint son souffle. 'Oh-hh ! Un pont aurait-il sauvé mon père de la noyade ?

« Cela préserverait quiconque aurait l'occasion de traverser. »

« Ensuite, j'en construirai un quand je serai un homme, "je le ferai", vint promptement.

L'étranger, amusé par le sérieux de William, posa à son tour quelques questions sur la mort de son père, son nom et sa profession, vérifia d'où lui venait son goût particulier pour la construction, et suggéra que si l'église l'avait tant attiré, il devrait le faire . s'arrangera pour visiter les ruines du château de Caerphilly , qu'il trouverait bien plus merveilleux comme édifice ; ajoutant qu'il lui faudrait traverser un pont-levis pour entrer dans le château.

«Eh bien, maman et Rhys vont au marché de Caerphilly chaque semaine. Ils ne m'ont jamais parlé du merveilleux château, peu importe ! Mais j'irai moi-même, s'écria William, son imagination enflammée et son indignation grandissant à l'idée qu'il avait été volontairement tenu dans l'ignorance. Il ne lui venait pas à l'esprit que la familiarité avait retiré la merveille de l'antique pile pour ses aînés.

Ils avaient atteint le pied de la montée raide menant à la ferme, que William désignait avec une certaine fierté comme sa maison, et là l'étranger, qui disait qu'il se rendait au presbytère, prit congé de lui en disant qu'il s'appelait Morris, et peut-être qu'ils se reverraient un jour , car il s'intéressait à la pierre, mais c'était de la pierre de fer et non pour la construction. Cependant, avant de partir, il donna au garçon quelques conseils.

« N'oubliez pas, dit-il, que vous devez vous forger un caractère avant de penser à construire des maisons et des églises, et un *garçon* peut commencer à construire cela. »

'Comment?' » fut demandé, les yeux gris de William s'ouvrant grand.

« En craignant Dieu et en faisant son devoir. Mais il y a de mauvais caractères aussi bien que de bons, et tout acte de désobéissance, de mensonge, d'indolence contribue à ériger le mal à la place du bien.

Il avait laissé à William quelque chose à méditer. Ce fut une rencontre mémorable.

CHAPITRE XII.
CHÂTEAU DE CAERPHILLY.

Au siècle dernier, un vicaire de campagne ne ressemblait guère ou pas du tout à un ecclésiastique de quelque statut que ce soit dans ce domaine. C'était un personnage beaucoup plus simple et patriarcal, surtout dans les montagnes galloises.

Quels que soient son savoir ou son éloquence, il n'hésitait pas à cultiver ses propres terres de la glebe, ou à exercer des fonctions que le pasteur d'aujourd'hui reculerait parce que dégradantes pour son vêtement. En règle générale, son salaire était faible et la nécessité l'obligeait à travailler ainsi . Il se rapprocha cependant davantage de son troupeau.

Lorsque Mme Edwards, le dimanche qui suivit l'escapade de William, supplia le révérend John Smith de réprimander son fils réfractaire, qui, d'un air pervers et maussade, refusait d'obéir à son frère aîné, tournant au ralenti et jouant avec des pierres alors qu'il devrait être au travail à la ferme, et errant on ne savait où quand on la réprimanda, elle fut surprise de l'entendre dire :

'Euh, ah, oui, je voulais parler avec ton garçon. Mais que dois-je avertir, l'aîné, qui devrait donner l'exemple d'amour fraternel et de considération, ou le plus jeune, qui est irrité par ce qu'il considère comme une persécution mesquine et une autorité autoritaire ?

" Deed, monsieur, Rhys n'a fait que donner le bon exemple aux autres. Il travaille dur à la ferme toute la journée et leur apprend à lire le soir ; et il a le droit de s'attendre à ce qu'ils l'admirent et fassent ce qu'il leur dit ; car vous voyez, monsieur, il est devenu un très jeune homme, et c'est aussi un bon fermier, voyez-vous.

'Euh, ah, oui, oui. Je vois. Je comprends tout cela, Mme Edwards, » fut le commentaire courant du vicaire ; «Je vais réprimander le délinquant», l'étincelle dans ses yeux bleus géniaux, alors qu'il se tournait pour aborder une autre paroissienne, la rendant très perplexe.

Cependant, comme la paix régnait entre les frères depuis longtemps, la veuve se félicita d'avoir signalé l'intervention du bon vicaire.

Elle ne savait pas, car Rhys ne jugeait pas approprié de le dire, qu'après lui avoir demandé confidentiellement si les ragots qu'il avait entendus sur lui et William étaient vrais et quels étaient les droits de l'affaire, le vicaire, sorti de sa propre bouche, , l'avait convaincu de manque de bonté fraternelle et de tolérance, et l'avait « exhorté » à se rappeler à quel point *il* était paresseux avant la mort de son père, et lui avait demandé comment il aurait aimé qu'un frère aîné vienne le harceler. A cette époque-là? En bref, il lut à Rhys une homélie informelle sur l'arrogance et la nécessité de faire preuve d'une certaine indulgence envers un frère tellement plus jeune, qui n'était selon toute probabilité pas pire qu'il ne l'avait été lui-même. C'était quelque chose comme une piqûre d'épingle dans un ballon gonflé.

Rhys ne tenait pas la tête aussi haute que d'habitude lorsqu'il rejoignit Cate et son père à l'édifice du cimetière ; et était si calme pendant le chemin du retour que Cate balançait sa tête rousse couronnée de chapeau avec une mesquinerie offensée, et Owen le regardait de travers, se demandant ce que le bon vicaire avait dit pour lui enlever tout son éclat.

William n'était pas moins réticent. Mais, tout enfant qu'il fût, il vivait dans son propre monde onirique et avait cessé de se révéler au foyer domestique, effrayé par les rires bruyants et les moqueries qui accueillaient ses curieuses questions et ses remarques précoces.

Dans son silence, rien n'étonnait donc sa mère, qui s'était ralliée à l'opinion générale selon laquelle il était maussade. Elle avait vu le vicaire l'éloigner et tenait la réprimande pour acquise.

Les premiers mots de sa conversation avec le garçon de neuf ans ne ressemblaient pas vraiment à une réprimande.

« Alors, William, j'ai entendu dire que tu vas être un grand bâtisseur ? Et M. Morris me dit que vous voulez tout savoir sur la tour de Babel et le temple de Salomon, les temples druidiques et l'église Sainte-Hélène ici, avec des ponts et je ne sais quoi d'autre. Maintenant, de quoi devons-nous parler en premier ?

Il avait déverrouillé le cœur du garçon comme avec une clé magique. Voilà quelqu'un d' autre qui ne se moquait pas de lui. Leur conversation durait un peu plus d'un quart d'heure, et William était souvent le catéchiste, mais elle s'interrompait comme un feuilleton « à suivre ». Et bien qu'il s'agisse principalement de bâtiments et de bâtisseurs, le vicaire n'avait pas laissé le garçon partir sans quelques mots de doux conseils sur son devoir envers lui-même et envers les autres - une leçon qui faisait référence aux deux tables de pierre remises à Moïse au milieu du terreurs ardentes du Sinaï.

Après cela, il y avait généralement une conversation le dimanche matin dans le cimetière et, une fois, le vicaire emmenait le garçon chez lui pour dîner, une distinction qui intriguait extrêmement Mme Edwards et rendait Rhys non moins jaloux.

Le vicaire, un petit homme surmonté d'une grande perruque cléricale, avait simplement montré au garçon quelques images d'architecture dans des livres illustrés, avec une brève description de sa propre typographie, la typographie étant anglaise et l'éducation du garçon s'arrêtant au gallois.

Il y avait une aquarelle sur le mur du salon d'un château en ruine avec une tour qui avait été déchirée des créneaux jusqu'à la base et qui semblait en train de s'effondrer. C'était trop remarquable pour échapper à l'observation de William. Il l'observa attentivement pendant quelques minutes. Enfin, il demanda : « Quel est cet endroit, monsieur ?

'Que? Oh, c'est le château de Caerphilly , la plus ancienne forteresse de Cambria. Vous ne le savez pas ?

— Non, mais je compte y aller quand le tailleur viendra me confectionner des vêtements convenables. Le porteur m'a donné le tissu pour les bas que j'ai tricotés, regarde.

'Euh, euh. Alors vous êtes pressé de vous débarrasser de l'ancien kilt Cymric, n'est-ce pas ?

«Ils nous font tellement ressembler à une fille», fut la réponse honteuse de William.

« Pourtant, il y a des hommes adultes au Pays de Galles et en Écosse qui s'accrochent encore au kilt et en sont fiers. Vous serez ensuite d'accord pour vous débarrasser de la vieille blouse saxonne.

" Acte non, monsieur. Les hommes portent des blouses, les femmes non. Rhys en porte un et Evan aussi.

Mais, ancien ou moderne, à peine William eut-il la chance d'échanger contre un manteau à queue courte et une paire de culottes courtes qu'il sentit qu'il avait fait un pas vers la virilité, tout comme Davy l'avait fait avant lui - Davy, qui il allait péniblement de jour en jour et de semaine en semaine, avec à peine une pensée qui ne se concentrait pas sur la ferme, et qui ne se préoccupait jamais du «pourquoi» ou du «pourquoi».

« William n'est pas à l'église aujourd'hui. Comment c'est?' fit remarquer le vicaire à Mme Edwards le dimanche de Pentecôte, alors qu'il faisait sa promenade habituelle parmi ses paroissiens avec toute l'importance de sa perruque et de son chapeau à trois cornes, notant chaque tombe nouvellement ornée de fleurs au fur et à mesure qu'il allait, et faisant peut-être une remarque aimable. en passant.

" Deed, monsieur, je pensais qu'il serait là. Il était habillé avant chacun de nous. Ales dit qu'il était fier comme une pivoine de ses nouveaux vêtements et qu'il était parti le premier pour se montrer. C'est vraiment un garçon étrange.

« Est-ce que Rhys lui a dit quelque chose à leur sujet ?

"Oui, bien sûr, il lui a dit que maintenant qu'il était habillé comme un homme, il espérait qu'il cesserait de jouer avec des pierres comme un bébé."

'Euh, ah, oui, oui. C'est ce que je pensais. Vous n'avez pas besoin de vous inquiéter si William n'est pas rentré tard. Je peux en partie deviner où il est allé. Il ne fait aucun mal, mon bon ami. Il court beaucoup moins de danger que Rhys, je peux vous l'assurer.

Mme Edwards leva les yeux vers le visage expressif du vicaire, et suivant le regard de son œil agréablement scintillant, le sien se posa sur son fils aîné, remettant soigneusement Cate Griffith sur le grand montant.

Elle ne connaissait rien à l'électricité, mais certainement quelque chose comme un choc électrique l'a traversée, avec son illumination instantanée. Elle resta un moment abasourdie, puis se tourna vers le vicaire, mais il était parti et discutait avec un vieux couple aux cheveux gris d'un fils perdu en mer, qui n'avait pas de tombe à fleurir à la Pentecôte.

William a été oublié dans les nouveaux soins. Il n'y avait aucun doute sur l'attitude, l'expression tendre du visage de Rhys, ou l'aspect coquet de la jeune fille vermeil alors qu'elle plaçait sa main brune et potelée dans la sienne.

« Bien sûr, se dit la veuve, Cate pourrait franchir un montant sans aide. Je l'ai déjà vue grimper à un arbre ou franchir un mur. *C'est* pourquoi Mme Griffith a été si disposée à laisser Cate venir à la ferme pour nous aider au moment des récoltes ou chaque fois que nous étions poussés. Je vois tout cela maintenant, et la peur qu'elle rentre seule chez elle la nuit tombée, comme si la route n'était pas assez droite. Et c'est un garçon, pas encore vingt ans. A quoi pense la femme ? Pense -t-elle que je laisserais Cate venir à la ferme en tant qu'épouse de Rhys, quand Ales et Evan se marieront ? Oh, Rhys, Rhys et moi, une veuve avec trois plus jeunes à élever, regarde-toi !

Jonet et Davy, qui se tenaient près d'elle, pendant son bref colloque avec le vicaire, n'avaient aucune idée de la signification de son allusion ou de son regard ; mais ils pouvaient lire le trouble sur le front plissé de leur mère, sans soupçonner sa cause.

« Qu'est-ce qu'il y a, maman ? » demanda anxieusement Jonet en se faufilant vers elle et en glissant une petite paume dans la plus grande. « Êtes-vous inquiet à propos de Willem ?

" Deed, Willem va bien. Le curé l'a dit. Vous n'avez pas besoin de vous inquiéter pour lui, dit Davy placidement. "Il sera parti montrer à Robert Jones ses nouveaux vêtements."

"Oui, oui, bien sûr, ce sera tout", acquiesça la veuve, lissant son visage ébouriffé avec effort, peu disposée à partager sa découverte avec Davy ou Jonet, bien que le premier soit à ce moment-là aussi vieux que Rhys. lorsqu'il se sentait en droit d'assumer un protectorat général sur la famille.

Prenant Jonet par la main, elle traversa le cimetière plus précipitamment que d'habitude, hochant à peine la tête en reconnaissance d'une connaissance qui avançait d'un pas ou deux dans l'attente d'une conversation. Son désir était de garder Rhys et Cate en vue, et ainsi de confirmer ou de dissiper ses nouveaux soupçons.

Mais il y en avait d'autres avant elle à l'échalier, un père et une mère, avec trois ou quatre jeunes enfants, qu'il fallait aider à monter les marches d'un côté et à descendre de l'autre, et lorsque son tour arriva, Rhys et les Griffith étaient bien portants. en avance, et perdu de vue au détour d'un virage.

Davy était toujours enclin à flâner, et Jonet , aussi rapide soit-elle au départ, commençait à traîner lourdement après le premier kilomètre du retour, encombrée par ses chaussures du dimanche.

Pour autant, ni William ni Rhys n'étaient chez eux quand ils arrivèrent, et le rare dîner du dimanche composé de viande bouillie et de pommes de terre était sur la table, avec du babeurre pour l'arroser, avant que ce dernier n'arrive en toute hâte, les joues rougeoyantes.

L'air inquiet du visage de Mme Edwards n'avait pas été mis de côté avec son chapeau et son manteau - portés en toutes saisons en raison de l'incertitude du ciel - et elle n'avait pas non plus trouvé aussi facile de cacher son mécontentement avec un sourire que de cacher son mécontentement avec un sourire. sa plus belle jupe en linsey et laine avec un tablier en lin clair.

« Willem n'est-il pas entré ? » demanda Rhys en jetant un coup d'œil autour de la cuisine.

'Non!' dit sèchement sa mère, et *tu* ne t'es pas pressé.

« Owen Griffith m'a fait parler du succès de sa nouvelle récolte de pommes de terre. Il dit que ses frères, Roberts et Lloyd sont tous favorables à les essayer l'année prochaine.

« Des pommes de terre, en effet ! Sa mère s'est précipitée et il l'a regardée. Mais il attribuait sa mauvaise humeur évidente à l'absence de William, tout comme Evan et Ales.

Et où se promenait William en ce beau matin de Pentecôte, alors qu'il aurait dû aider sa mère à habiller de fleurs la tombe de son père ?

Était-il allé, comme suggéré, exhiber son costume viril devant son ami Robert Jones ?

Pas lui ; cela n'aurait guère pu expliquer son absence de l'église, puisque la maison du tailleur de gazon se trouvait directement au bord de la route.

Non. Lorsque le vicaire distribuait son texte, William Edwards étudiait un « sermon dans les pierres », son texte étant le château de Caerphilly , et il se tenait debout, stupéfait et stupéfait, sous les tours barbacanes du seul pont-levis que le temps ait épargné hors du monde. original treize, tout comme il s'était tenu dans son enfance, maîtrisé par l'immensité relative de l'église d'Eglwysilan lorsqu'il avait été confronté pour la première fois à elle.

Et maintenant, ce n'était plus qu'un garçon trapu de neuf ans qui restait fasciné par l'approche d'une forteresse « dont les ruines mêmes sont prodigieuses », un garçon sans lecture d'histoire, qui ne connaissait rien des Romains, ni de Beli Gwar, ni de Robert Fitzhamon , ou de l'un des premiers fondateurs conjecturaux, ou d'Édouard Premier qui a si largement contribué à sa force et à sa taille. Il pouvait voir qu'il était entouré d'eau dans une vaste plaine entourée de montagnes sombres et arides, mais si quelqu'un lui avait dit qu'il occupait une superficie égale au château de Windsor, il n'en aurait pas été plus sage, n'ayant jamais vu de château auparavant, ou entendu parler d'un Windsor, à l'exception du seigneur du sol autour de sa maison.

Les montagnes lui étaient familières. Leur grandeur ne l'opprimait pas. Ils étaient l'œuvre du Dieu infini qui a créé le monde entier, qui a placé le soleil, la lune et les étoiles haut dans les cieux pour nous éclairer. La création de l'univers par la main toute-puissante n'était pas une idée nouvelle dans l'esprit du garçon. Mais le fait que des hommes , seulement *des hommes* , auraient dû rassembler ce vaste tas, ses tours, ses murs massifs qui avaient survécu à des centaines d'années, suggérait des possibilités et des capacités à couper le souffle.

Il resta là longtemps, non pas tant parce qu'il était fatigué par sa marche difficile de huit kilomètres en cette chaude matinée, mais pour surmonter ses premières sensations de respect. Puis il passa entre les deux grandes tours, et traversa cours et ruelles, citadelle, salle, chapelle, tout ce que les zones à piliers, les vastes murs et les fenêtres cintrées peuvent suggérer aux antiquaires. Au garçon, ils suggéraient seulement une énigme merveilleuse qu'il était déterminé à résoudre *un* jour.

Au cours de ses explorations, il dut escalader les ruines fragmentaires d'un deuxième pont-levis entre les tours flanquantes, sur lequel le lierre amical avait jeté un manteau toujours vert. Ici, il regardait avec étonnement la masse de maçonnerie solide qui avait muré le château et la grande porte voûtée sous laquelle il passait. Il descendit à tâtons jusqu'à une chambre souterraine où se trouvaient un four de fusion et une menthe ; et de cette merveille des merveilles, un escalier menant au sommet de la tourelle.

Mais rien ne le retenait plus fasciné que la tour penchée qui, avec ses chambres et ses passages complets et ses murs extérieurs de dix pieds d'épaisseur, surplombait sa base de près de quatre mètres, masse menaçante qui pendait ainsi dans les airs depuis la convulsion qui l'avait déchiré . la tour deux siècles auparavant, et pourtant tenue en l'air aussi sûrement que la tour de Bologne ou de Pise.

Guillaume n'en connaissait rien, ni des batailles, ni des sièges, ni de la force de l'eau introduite sur le métal en fusion ; mais il pouvait se demander comment les pierres tenaient ensemble, et il pouvait argumenter que ce qui avait été fait pouvait être fait.

Le jardin enchanté de pierres précieuses d'Aladdin n'était rien comparé à ce qu'était le château de Caerphilly pour le garçon William Edwards.

CHAPITRE XIII.
L'HOMME PROPOSE.

Bien que, averti par une expérience antérieure, William ait rempli ses nouvelles poches de pain avant de quitter la maison le matin, il trouva que c'était un pitoyable substitut à un copieux dîner, et lorsqu'il rentra chez lui en boitant dans la lumière déclinante de la longue soirée d'été, Le souper à la ferme était terminé et débarrassé. C'était une perspective lugubre, car il y avait un vide douloureux dans son intérieur que toutes les merveilles du château de Caerphilly n'avaient pas réussi à combler.

Il avait quitté la maison assez insouciant le matin, mais il permettait à n'importe quel garçon de son âge de parcourir dix milles à pied par une chaude journée d'été, sur une route accidentée en montée et en descente, et d'ajouter quelques kilomètres supplémentaires à parcourir des ruines, et j'ose dire que toute sa gaieté lui serait retirée. Il aurait l'air aussi poussiéreux, mou et blasé que William Edwards, et son enthousiasme secret n'empêcherait pas de jeter un regard mélancolique sur la table, vide de tout sauf de miettes et d'anneaux de lait là où se trouvaient les tasses.

Rhys s'était tenu au montant de la porte alors qu'il montait le chemin pierreux et pénétrait dans l'enclos devant la maison par le montant.

« Que veux-tu dire par rentrer à la maison à cette heure de la nuit ? cria-t-il vivement en attrapant son frère par l'épaule. « Où étais-tu toute la journée, vagabond, sans tes chaussures ?

"Je n'ai pas recherché Cate Griffith", fut-il rétorqué, et, comme si une pierre l'avait frappé, la poigne de Rhys sur l'épaule se relâcha, pour laisser passer le "vagabond".

La table vide ne lui était pas plus expressive que le visage détourné de sa mère, assise sur la chaise à haut dossier, le front voilé, ses yeux aveugles fixant fixement le foyer bas où les braises se transformaient en cendres blanches . Elle ne l'a probablement pas vu alors qu'il se laissait tomber avec lassitude sur un tabouret à trois pieds en face.

Davy était assis à table, à moitié endormi, le visage caché dans ses bras croisés. Evan était occupé dans la cour de ferme. Il entendait ses sabots en bois claquer sur les pierres. Ales entrait et sortait.

Jonet , qui attendait le retour de William, la tête châtain clair et la moitié du corps étendue par la fenêtre de la chambre, traversa sans bruit la grande cuisine. Son bras s'enroula amoureusement autour de son cou. « Tu es fatigué, Willem ; as-tu faim ?

Il lui serra la main et hocha la tête. Ses pieds nus se dirigeaient vers la laiterie.

Il y eut un chuchotement dans le passage. En quelques minutes, Ales apporta une tasse de babeurre et un bon morceau de pain brun.

« Tiens, s'écria-t-elle, mange ça ; même si tu ne le mérites pas, tu pars on ne sait où.

Il la remercia pour ce dîner inespéré, mais il ne lui dit pas où il était, même s'il savait qu'elle avait une vieille mère vivant quelque part à Caerphilly . Il ne savait où il se trouvait et, n'ayant aucune nouvelle de la pauvre vieille rhumatismale, il mâchait son pain en silence.

Sa mère n'a jamais levé la tête. Si elle le voyait, elle ne faisait aucun signe. Rhys était absent tout l'après-midi. Cela pesait plus lourd sur son cœur que n'importe quelle errance de William, même s'il *pensait* le contraire. Il n'y avait pas de Cate rousse à l'affût de son plus jeune né, personne ne cherchant à lui voler son cœur. Elle hésitait entre prendre Rhys à partie ou, comme le suggérait Ales, « attendre et laisser passer les eaux ».

Mais Jane Edwards n'avait pas un caractère passif. Elle était plus encline à se lever et à agir qu'à attendre. « Oui, se dit-elle, les eaux peuvent passer, mais elles peuvent emporter mon Rhys avec elles. Je ne veux pas que Cate commande ici ; le jade astucieux !

Comme si cette simple pensée avait été un stimulant, elle se leva brusquement et, s'évanouissant au clair de lune, rejoignit son fils, qui se penchait sur le muret de pierre et regardait attentivement la pente accidentée.

« Qu'est-ce que tu cherches, Rhys ?

Il sursauta brusquement alors qu'elle continuait : « Est-ce que vous regardez le clair de lune sur la rivière et pensez à quel point la nuit qui nous a enlevé votre père a été différente ?

Elle passa son bras sous le sien tout en parlant et posa sa tête, coiffée d'un bonnet de lin blanc, contre son épaule.

« Ah, Rhys, c'était une période terrible, une période terrible. Mais, grâce à Dieu, nous avons gagné. Et cela a fait de toi un homme, mon cher garçon. Je me souviens bien de la façon dont tu es venu me réconforter et que tu as promis d'être toujours un bon fils et de faire ton devoir envers moi, envers les enfants et envers la ferme, devant Dieu. Et tu l'as toujours fait, Rhys, *fach* , toujours... Et... et... ça me briserait le cœur, Rhys, si... si... tu te souciais plus de quelqu'un d' autre que de ta promesse... ou de ta mère... – et pour Jonet – et les autres. Et là, elle s'arrêta, mais il ne répondit pas, et elle continua.

La seconde moitié de la phrase fut sanglotée plutôt que prononcée, et Rhys, qui avait un cœur tendre, malgré son mépris pour les rêveries de William, fut profondément ému par son émotion.

Pour le moment, Cate et ses propres rêveries étaient perdues de vue.

« Mère, ma chère », dit-il, peut-être pas aussi sincèrement qu'on aurait pu l'être, même s'il sentait à ce moment-là que tout ce qu'il disait *était* vrai. « Mère, personne ne pourra jamais s'interposer entre nous ni me faire oublier ma vieille promesse. Qu'est-ce qui te fait penser cela ce soir ? N'ai-je pas fait mon devoir jusqu'à présent ? Et maintenant, son bras fort l'entourait avec plus que l'ancien protectorat.

« Oui, oui, en effet, Rhys, tu as toujours été un bon fils ; mais… mais… tu as été quelque chose de différent ces derniers temps… et… j'ai pensé, peut-être, qu'Elain Lloyd… ou… ou… Cate Griffith veillait peut-être sur toi, et pour nous avoir volé ton cœur à tous, regarde.

Il commença un nouveau avertissement à la mention d'Elain Lloyd, mais s'arrêta net, et elle put le sentir grimacer et retenir son souffle lorsque le nom de Cate Griffith suivit.

Le déni mourut sur ses lèvres. Il y eut une pause. Les mariages précoces ou précipités ne sont pas courants au Pays de Galles. Il fallait d'abord obtenir le consentement des parents, et il n'avait pas encore parlé de mariage avec Cate, mais il savait que l'anticipation se cachait dans leurs cœurs respectifs et qu'il y avait une lutte momentanée entre deux amours – deux devoirs.

L'émotion de sa mère l'avait ému comme aucun mot de colère n'aurait pu le faire, et l'avait tellement ému qu'à ce moment-là, il aurait abandonné Cate ou quelqu'un pour la consoler.

« Oui, oui, maman, *fach* ; Cate est une gentille fille et nous sommes de très bonnes amies, les meilleures amies du monde ; mais il ne faut pas avoir peur ; Je ne vais pas l'amener, ni personne d'autre, pour vous déranger, en effet non.

S'il y avait une réserve mentale, « du moins pas encore », les mots restaient tacites.

Et ainsi, avec un baiser de paix entre la mère et le fils, l'esprit inquiétant fut apaisé.

Au repos, c'était-à-dire en apparence, et pour le moment.

Fidèle à sa promesse et au prix d'un effort peu apprécié, Rhys limita ses attentions à Cate sur le chemin du retour de l'église et était apparemment moins désireux de flâner avec elle derrière ses parents. Avec une auto-répression louable - voyant que sa propre inclination allait à l'encontre de son lien filial - il trouva du travail à la ferme alors qu'autrement il aurait pu faire une course qui l'aurait amené à traverser le ruisseau peu profond et devant la maison du tisserand . Ou bien, s'il avait vraiment affaire à cela, il se montrait moins enclin à s'attarder devant une porte ou une fenêtre ouverte.

Cate ressentit cela avec mesquinerie et le transfert de ses sourires séduisants à Robert, le jeune frère d'Elain Lloyd, jusqu'à ce que la fraîcheur devienne une froideur mêlée de dépit, et que les deux se croisèrent à l'église ou sur la route avec une indifférence affectée.

S'il y avait eu une querelle absolue, elle aurait pu se consumer en reproches, ou se rattraper après le passage de l'orage, mais cette réserve inexpliquée dura des mois et des mois, et la brèche resta ouverte.

Mme Edwards aurait dû être satisfaite du résultat de son intervention, et pendant un certain temps elle le fut. Mais d'une manière ou d'une autre, l'humeur de Rhys ne s'était pas améliorée. Son affirmation de maîtrise est devenue plus prononcée. Lui et William se heurtaient fréquemment à mesure que les semaines et les mois se transformaient en années, et l'harmonie de la maison était perturbée. Jonet a lancé un appel à sa mère contre sa dictature, et même Davy est sorti de sa passivité et s'est opposé « à ce qu'on le commande comme un ouvrier salarié ».

Il était indéniable que Brookside Farm s'était sensiblement améliorée grâce au nouveau système de culture et de fumure introduit par Evan Evans, ou que la moitié des agriculteurs de la paroisse avaient commencé à planter des pommes de terre depuis que les racines s'y étaient révélées si rentables. Ensuite, il y avait des terres cultivées qui avaient été autrefois désertes, et Mme Edwards n'avait plus peur du jour du loyer, ni de M. Pryse, même s'il avait l'air renfrogné comme il voulait.

Elle était toujours prête à donner le crédit à Evan et à bien le payer pour ses services. Mais son fils aîné, après avoir profité des instructions de cet homme pendant des années, commença à se croire plus sage que son maître, et contesta ou désapprouva la plupart de ses suggestions, soit pour la culture de la terre, soit pour le traitement du bétail. . Rhys n'était qu'un simple garçon quand Evan était arrivé à la ferme, et les autres étaient encore des enfants. Il était peu probable que celui qui les avait vu grandir se soumette à la domination du jeune homme comme si leurs âges étaient inversés.

Nuit après nuit, quand Evan et Ales s'asseyaient ensemble pour se faire la cour après que les autres étaient au lit, comme c'était l'ancienne coutume, il parlait d'une nouvelle offense ou d'une indignité reçue de Rhys et déclarait son intention de quitter la ferme et de se marier à les prochaines embauches annuelles.

" C'est un acte, et ce n'est pas que je voudrais rendre un mauvais service à Mme Edwards, en vous emmenant avant que Jonet ne soit assez vieux pour vous remplacer, d'une manière ou d'une autre, Ales, *fach* , ou en allant et en quittant Rhys. faire ce qu'il veut; mais je suis trop vieux pour être commandé et enseigné par lui, quoi qu'il en soit. Sa bonne mère ne l'a jamais fait – et il est temps que nous pensions à cette petite maison de Castella, avec ce joli terrain qui servirait à un cochon et à une vache. Nous aurions bientôt besoin d'un autre champ et d'une autre vache, Ales, et nous pourrions accueillir ta mère de Caerphilly pour vivre avec nous… oui, en effet.

« Oui, en effet, Evan ; mais je pense que Jonet n'est pas assez fort ni assez grand pour soulever le poids de la grande baratte, et cela serait dur pour Mme Edwards si elle devait faire venir le beurre. Nous ferions mieux d'attendre un peu plus longtemps, sinon Rhys amènerait Cate Griffith ici pour tourmenter le cœur de sa mère ; oui bien sûr.'

Et ainsi, de temps en temps, cela était proposé, et de temps en temps repoussé, Evan devenant de plus en plus mécontent d'être relégué au second plan, jusqu'à ce que, enfin, après que près de trois années supplémentaires eurent tissé leur fil inégal, Ales consentit à quitta Brookside pour le cottage de Castella, et Mme Edwards, lassée de régler les différends, s'efforça de se persuader que maintenant que ses fils et sa fille grandissaient autour d'elle, ils seraient capables de bien se débrouiller sans eux et, en fait, d'économiser de l'argent. quelque chose dans la nourriture et les salaires.

Dès la première annonce de leur décision, Rhys s'est réveillé à merveille. Il serra la main d'Evan comme s'il n'y avait jamais eu de différence entre eux et le félicita pour son choix judicieux et pour ses perspectives de bonheur, avec un intérêt tout à fait amical.

William était le seul à être déprimé par les changements proposés. Evan et Ales s'étaient souvent tenus entre lui et Rhys autoritaire ; il s'était attaché à eux et sentait qu'il perdrait deux bons amis lorsqu'ils se marieraient et partiraient. Il y avait donc une note de regret dans ses félicitations.

La chaumière de Castella a été prise, dûment blanchie à la chaux à l'intérieur et à l'extérieur, et le sol en terre a été refait et laissé durcir. Mais Evan avait promis à Ales qu'elle aurait des fenêtres en verre, et pour celles-ci, ainsi que pour ses outils agricoles, il devrait faire un voyage à Cardiff. Il avait engagé un menuisier local pour fabriquer un lit, une banquette en bois, une table et des étagères à plateaux. Ales elle-même possédait une assez bonne collection d'articles utiles sous forme de pots, de bols et de tasses, rangés dans la grange, qu'elle avait ajoutés à son magasin chaque fois que le porteur de bagages passait sa tournée. Et elle possédait en outre une belle paire de couvertures épaisses, dont elle n'était pas peu fière, ayant filé la laine pendant ses heures libres, quand son autre travail était fait, sans parler de la flanelle et de la laine de lin pour les vêtements de noces, sous Le linge ne comptait alors plus. Mme Edwards avait promis à Ales un nouveau chapeau de feutre et un châle pour cette occasion propice, et ils avaient promis de prendre un bon départ selon les idées alors dominantes. On n'y penserait guère aujourd'hui, alors que l'art a trouvé sa place dans les demeures les plus humbles. Mais ce qui n'avait jamais été connu ni entendu parler ne pouvait pas être manqué, et les besoins absolus de la nature sont en réalité très peu nombreux.

Comme leur servitude annuelle se terminait également à Martinmas, Mme Edwards proposa gentiment de les laisser rester à la ferme pendant qu'Ales accomplissait quelques préparatifs nécessaires et qu'Evan effectuait son important voyage à Cardiff. Le mariage devait avoir lieu peu après son retour, car le révérend John Smith avait été informé et avait lu les bans pour la première fois le dernier dimanche de septembre, les fidèles baissant les yeux et rougissant comme les yeux. de toute la congrégation se tourna vers eux.

Ils quittèrent l'église ensemble, se sentant à moitié mariés, ne doutant pas que la cérémonie s'achèverait trois semaines plus tard.

Mais ils avaient calculé sans M. Pryse.

CHAPITRE XIV.
OÙ EST EVAN ?

La différence entre un portrait de face et un profil n'est pas aussi grande que l'aspect différent que le même individu peut présenter à différentes personnes. Pour son noble employeur, M. Pryse était l'idéal idéal d'un homme d'affaires avisé, lucide, actif et infatigable dans ses intérêts et dans ceux du grand domaine sous son contrôle, un homme sur qui il pouvait compter. , pour avoir traité consciencieusement avec lui-même et avec ses locataires, en son absence.

Ces fermiers ne voyaient qu'un agent dur, avare, sans scrupules, qui extorquait des loyers élevés, ne tenait pas compte des mauvaises saisons ou des mauvaises récoltes, et qui étouffait les plaintes d'un tour de vis supplémentaire. Ils savaient que toutes les réparations et améliorations, faites à leurs propres frais, seraient à la longue à l'avantage du noble propriétaire terrien, et ils furent découragés. Il y avait un soupçon imperceptible que ces réparations étaient des déductions des loyers dans les comptes soumis à son seigneur ; mais qui a jamais eu la chance de réviser ces comptes, ou de remettre en question l'intégrité irréprochable de l'astucieux M. Pryse ?

Et à peu près à l'époque où William Edwards s'est rendu pour la première fois au château de Caerphilly , c'était l'année qui a suivi George II. Quand il monta sur le trône, les premiers souffles d'un soupçon plus grave furent soufflés vers le nord, depuis Cardiff, dans des nuances inexplicables et mystérieuses.

Cardiff, aujourd'hui un port maritime florissant et actif, n'était alors, malgré son grand château, qu'une petite ville mesquine et sans importance, qu'on pouvait difficilement appeler un port, son ancien prestige étant tombé comme ses portes et ses murs.

Mais vers cette période, M. Pryse cessa de percevoir régulièrement les loyers de son seigneur à Caerphilly et exigea qu'ils soient amenés à son bureau de Cardiff. C'était un grief affligeant pour la plupart des locataires, en particulier pour les personnes âgées ou infirmes, ou pour d'autres personnes éloignées du chef-lieu. Si Sa Seigneurie avait été au Château, ses locataires furieux auraient sans doute recherché sa présence en groupe et auraient fait cause commune contre l'oppresseur commun ; mais aucune opportunité de ce genre ne s'est présentée.

Les voisins qui redoutaient le labeur d'un voyage de dix-neuf ou vingt milles sur de mauvaises routes par mauvais temps, avec M. Pryse à la fin et un retour aussi fastidieux, se réunissaient et acceptaient de confier aux plus courageux du groupe les loyers séparés de deux ou trois, ne craignant pas d'être volés en chemin, tandis que tant d'autres voyageurs se retrouveraient avec eux, tous occupés à la même commission.

Certains de ces esprits aventureux, qui n'étaient jamais allés aussi loin que Cardiff de leur vie, rapportèrent, soit recueillis sur place, soit en route, la nouvelle qu'une étrange embarcation avait commencé à fréquenter le fleuve et à jeter l'ancre au large . ancienne digue. On disait que le navire avait été corsaire pendant les guerres du règne précédent et que, même s'il y était apparemment venu chercher du charbon provenant des houillères de sa seigneurie, et que M. Pryse était en étroite communication avec le capitaine, il y avait quelque chose d'assez mystérieux à propos de ce navire. sa cargaison.

Il y avait quelque chose d'assez mystérieux dans sa cargaison.

Il a été sombrement laissé entendre que les barils qui arrivaient par sacoches sur de longues chaînes de chevaux de la mine de Caerphilly chargés de charbon, et étaient transportés à bord pour être vidés, n'étaient pas restitués vides, mais, une fois de nouveau suspendus sur le dos du patient. les bêtes qui attendaient sur le vieux quai ne semblaient pas plus légères qu'auparavant ; et les connaisseurs ont supposé, au soin avec lequel ils étaient manipulés, que des fûts plus petits étaient glissés à l'intérieur des barils de charbon ouverts. Quoi qu'il en soit, on murmurait que les camionneurs s'attardaient longtemps dans les auberges au bord des routes et que certains d'entre eux s'engageaient dans des routes secondaires au lieu de se diriger directement vers la mine avec leurs vides. Et il était certain que les initiés pouvaient se procurer des spiritueux étrangers là où jusqu'alors on ne pouvait se procurer que *du cwrw da ou du cidre.*

Cela durait depuis trois ans quand Evan, le futur marié, se préparait pour son voyage à Cardiff, d'où il proposait d'apporter à Ales son alliance en or, ainsi qu'un certain nombre de petits objets, non compris dans l'ameublement. liste' de marchandises encombrantes - à transporter à travers la rivière pour ensuite être transportées vers son nouveau chalet.

Pour Mme Edwards, le voyage forcé à Cardiff pour payer son loyer avait été un problème et un grief. Elle n'avait pas eu envie d'envoyer Rhys, impétueux, seul dans une ville qu'elle imaginait comme pleine de tentations pour les jeunes hommes, et elle n'avait pas non plus eu envie d'y aller seule. Deux fois, elle avait emmené son fils avec elle ; une fois qu'elle eut fait le pénible voyage en compagnie d'Owen Griffith ; à d'autres moments, elle lui avait confié l'argent du loyer. Mais maintenant qu'Evan était résolu à s'occuper de ses propres affaires, son économie naturelle lui suggéra de l'employer comme son adjoint, afin d'économiser le labeur du voyage et les frais d'aubergiste pour elle et sa bête.

Owen Griffith était également heureux d'avoir un remplaçant digne de confiance ; de sorte que quand Evan embrassait Ales et serrait la main des autres tandis qu'il enjambait le bon vieux Breint à la porte de la ferme, il portait une belle somme sous son nouveau manteau de cheval à frise, dans une poche ou une autre, presque toutes les économies d'Ales. en plus du sien, et des deux loyers.

Son départ fut tout un événement. Owen Griffith et Cate avaient gravi la colline pour lui remettre l'argent et l'accompagner au départ, même s'il était tôt et qu'une pluie battante avait commencé à tomber. Mais la pluie n'était pas une nouveauté dans les montagnes, et personne ne s'en souciait, même si, sans aucun doute, ils auraient préféré un temps beau, car plus propice.

Cependant, Ales lui lança une vieille chaussure et cria :

« Pour la chance, Evan ! »

Il regarda par-dessus son épaule pour hocher la tête en guise de remerciement ; sur quoi elle jeta son tablier sur sa tête et courut dans la maison prête à pleurer parce qu'il avait « gâché sa chance » en regardant en arrière.

Mme Edwards, elle aussi, aurait été plus heureuse s'il avait continué avec le visage tourné vers l'avant, mais elle a crié : « Que Dieu le garde et le ramène sain et sauf ! comme pour contrecarrer le mauvais pronostic. Pourtant, un nuage s'amoncelait sur son propre front, car même si Owen Griffith marchait à côté du cheval sur la pente pierreuse , Cate restait appuyée contre le poteau de pierre du portail, parlant sérieusement avec Rhys, le rouge sur son visage s'approfondissant alors qu'il penchait la tête et baissait la tête. sa voix pour atteindre son oreille seulement.

huzzie au visage audacieux !" » s'est éjaculé la mère alors qu'elle se tournait pour rentrer à l'intérieur. « Ne peut-elle pas laisser Ales sortir de la maison avant de venir chercher Rhys pour s'y vermifuger ! Bien sûr, et elle est très pressée de mettre fin à la vieille querelle et de sécuriser Rhys, et Owen est aussi méchant que sa copine. Mais Ales n'est pas encore parti ! » poussa-t-elle à mi-voix, puis se retint, se demandant ce qui avait bien pu lui mettre ces mots inopportuns dans la tête.

Elle s'était trompée. Cate Griffith n'était pas aussi audacieuse qu'elle l'imaginait. La querelle avait été réglée depuis quelques semaines et, qui plus est, réglée par Rhys, avec une offre claire de faire d'elle sa femme quand Ales serait marié et parti.

Ce qu'il avait dit, alors qu'Evan descendait la colline , était assez singulier : « Nous n'aurons pas longtemps à attendre maintenant, Cate, chérie. Ales sera bientôt partie, et elle manquera tellement à ma mère qu'elle sera heureuse de me voir amener une femme si intelligente et si intelligente à la maison pour occuper la place vacante. Jonet ne pouvait pas le faire. Pas vraiment! Nous n'aurons pas longtemps à attendre, Cate, *fach* .

"Les plans les mieux conçus des souris et des hommes"

Groupe à l'arrière d'Agley.

Des siècles avant que Burns ne cristallise ce sentiment en vers, sa profonde vérité avait été établie. Qui, à part Noé et sa famille, a calculé le déluge ?

Les larmes versées par Ales lorsque son bien-aimé Evan tourna la tête étaient-elles prémonitoires d'un autre déluge ?

C'était une jeune femme forte et en bonne santé, pas une sentimentale puante et affligée de « nerfs ». Elle pourrait bien se couvrir le visage, honteuse de ses larmes, quand il serait de retour avec elle dans quatre jours – ou cinq, au plus !

Pourtant, elle était inexplicablement agitée ces jours-là. Les travaux extérieurs de la ferme se sont déroulés à peu près comme d'habitude, même si le temps était instable. Rhys et Davy battaient et vanneraient dans la grange, et William, s'efforçant de faire le travail de deux, nourrissait et fourrait le bétail, et prenait la place d'Ales à la baratte, pendant qu'elle lavait et repassait, et apportait de petites touches finales à la grange. sa simple parure de mariage, soupirant, de temps en temps, pour l'Evan qui lui manquait à chaque heure de la journée. Lorsque les bougies étaient allumées et à l'heure des repas, le vide causé par l'absence de son visage souriant et de son observation de bonne humeur était ressenti par tous, depuis Mme Edwards jusqu'à William.

Et d'une manière ou d'une autre, au fil des jours, Jane Edwards commença à partager l'agitation d'Ales et, lorsque le quatrième passa et que le cinquième s'épuisa lentement, elle ne put s'empêcher d'éjaculations fréquentes, telles que : « Il est temps qu'Evan soit là ! « Qu'est-ce qui retient Evan si longtemps ? « Bien sûr, rien ne va mal ! » Les bières devenaient immobiles et blanches, avec une étrange peur qui commençait à envahir son cœur.

Evan était parti le lundi matin. Vendredi, avant la tombée de la nuit, William s'est éclipsé et s'est précipité vers le gué, comme pour le rencontrer, dépassant Owen Griffith au pied de la colline, alors qu'il se dirigeait vers la ferme pour exprimer sa propre surprise face au retard du messager.

William attendit et attendit, mais il n'y avait aucun signe d'Evan. Il entendit Griffith interroger Ales sur les diverses affaires que sa chérie avait en cours, la conclusion étant qu'il n'avait pas pu faire tous ses achats, ni les faire transporter à Castella, aussi facilement qu'il l'avait calculé, et que il faut lui accorder un autre jour.

Mais samedi allait et venait sans aucun signe du voyageur , et Ales semblait ressentir l'inquiétude de tous dans son propre cœur douloureux.

Ni Evan ni Ales n'étaient à l'église le dimanche pour entendre les bans lus pour la deuxième fois.

Mais des gens étaient là pour témoigner qu'Evan Evans était arrivé à Cardiff en toute sécurité et qu'il avait été vu en train d'entrer dans le bureau de M. Pryse.

Là-dessus, Owen Griffith et Mme Edwards respirèrent plus librement. Leurs craintes qu'il ait été attaqué et volé ont été apaisées. Il était clair que seules ses propres affaires l'avaient retenu.

William, de sa propre initiative, s'était rendu à Caerphilly et avait rapporté à Ales la nouvelle réconfortante que son Evan avait porté le panier de beurre et de fromage à sa vieille mère et avait organisé son déménagement à Castella avec eux.

Jusqu'à présent, tout allait bien. Mais quand une autre semaine s'est écoulée, et qu'aucun Evan n'est venu la réclamer, ou pour apporter les quittances de loyer, le cœur d'Ales s'est effondré de plus en plus ; chaque murmure dans la maison suggérait le doute et lui transperçait le sein comme un coup de couteau.

Owen Griffith était là tous les soirs pour mener de nouvelles enquêtes, emmenant souvent Cate avec lui, lorsque le cœur d'Ales était serré par des soupçons sous-jacents quant à la fidélité de son véritable amour, sans parler de son honnêteté.

Au bout de trois semaines, lorsque la pauvre fille torturée eut résolu de marcher jusqu'à Cardiff, pour dissiper le doute, le point culminant arriva.

Ce fut comme un coup de foudre, en la personne de M. Pryse, de réclamer avec autorité le loyer semestriel, alors en souffrance.

Ce fut en vain que Mme Edwards déclara que l'argent avait été payé ; qu'elle avait envoyé l'argent par Evan Evans.

— Dans ce cas, vous aurez le reçu. Produisez-le, dit-il avec un ricanement.

«Je ne peux pas», répondit-elle avec beaucoup de perplexité. « Evan n'est pas encore revenu. Mais on l'a vu entrer dans votre bureau ; oui en effet!'

« Oh oui, il est venu à mon bureau pour payer le loyer de votre voisin Owen Griffith et pour demander une quinzaine de grâce pour vous. J'ai eu la gentillesse de vous donner trois semaines, et maintenant il me *faut* le loyer, d'une manière ou d'une autre.

Le mauvais sourire de triomphe sur son vieux visage méchant, alors qu'il disait cela, fut perdu dans la consternation de Mme Edwards.

'Mendier *quoi* ? Je ne voulais pas de grâce de quinze jours. J'ai envoyé les guinées dorées !'

La fine lèvre de M. Pryse se retroussa. « Alors votre homme les a gardés. Et c'est assez étrange qu'il paie le loyer de Griffith s'il voulait s'enfuir avec le vôtre. Il doit y avoir du mensonge et de la malhonnêteté quelque part.

« Oui, en effet », interrompit Ales avec une colère indignée. «Mais pas de ma maîtresse ou d'Evan Evans; ils sont tous deux pieux et vrais.

Un air menaçant fit descendre les sourcils sous le tricorne anglais.

« Silence, espèce de jade impudent, ou je te ferai jeter en prison pour tes viles insinuations. Attendez que votre *honnête* Evan revienne avant de vous risquer à calomnier l'adjoint de Sa Seigneurie. Et il leva sa cravache comme pour la frapper.

Rhys était arrivé sur les lieux au milieu de cette altercation, amené là par un mot de Lewis, qui avait vu l'agent gravir la colline, avec un sourire sinistre sur le visage, et un type voyou derrière lui.

Aussitôt, le jeune fermier au sang chaud, vêtu d'une blouse montrant de nombreuses taches terreuses, s'interposa entre le fidèle domestique de sa mère et l'intendant, sans être impressionné par les dentelles d'or ni les volants visibles sous le manteau ouvert.

«Non, non, nous ne donnons pas de fouet aux femmes d' Eglwysilan , M. Pryse. A quoi sert tout ce tumulte ? Et quelles sont vos affaires ici, monsieur ?

Sa mère a tenté une explication. Ales avait reculé, intimidé.

« Je suis venu pour le loyer impayé et les frais liés à cette demande », a lancé M. Pryse, sans se soucier de l'avertissement de Rhys selon lequel « rien n'était dû » ; « et comme aucun argent ne semble être disponible, je prends possession de la ferme au nom de sa seigneurie, et laisse cet homme responsable des lieux, et je vous mets en garde contre l'enlèvement de bois ou de pierres. Faites l'inventaire, Morgan', à l'homme qui s'était faufilé dans la cuisine et qui avait maintenant pris un air truculent.

Guillaume était arrivé en courant du champ de pommes de terre, mais il s'arrêta net, aussi paralysé que ses aînés.

Sa mère fut la première à rompre le charme.

« Payé ou non, s'écria-t-elle avec la dignité de la vérité et de l'honnêteté, ce misérable ne fera aucun inventaire ici, quoi qu'il en soit. Je ne suis pas sans moyens pour payer votre demande, même si je proteste qu'elle est injuste et qu'elle devra m'être restituée lorsque Evan reviendra avec le reçu, regardez-vous.

'Ah, *quand il le fera* . Mais vous pouvez me croire sur parole, l'oiseau s'est envolé avec vos plumes dorées et il est désormais assez loin du Pays de Galles.

Et une fois de plus , le sourire sinistre illumina le visage maléfique, comme s'il avait de bonnes raisons de savoir qu'Evan était loin et que sa parole pouvait donc *être* prise.

« Je suis heureux de voir que vous êtes si bien pourvu », ajouta-t-il tandis que la veuve comptait sur la table la somme demandée, laissant encore un pécule dans le bas gris. « Votre ferme doit être florissante, et je vous avise par la présente, en présence de mon homme Morgan, que votre loyer sera avancé de dix livres par an après cette date. — Je vous enverrai un reçu .

**« VOTRE LOYER SERA AVANCÉ DE DIX LIVRES PAR AN APRÈS
CETTE DATE », DIT- IL**

« Non, monsieur, » répondit promptement Rhys, « vous allez en donner un à ma mère maintenant. Je vois que votre disciple là-bas a un écritoire et du papier.

M. Pryse se mordit la lèvre inférieure, mais crut bon de comprendre l'allusion.

« Et maintenant, monsieur, » dit Rhys, après s'être assuré que le reçu était exact, « vous menacez d'augmenter le loyer. Vous ne pouvez pas faire cela avant l'expiration du bail.

« Montrez-moi votre bail », exigea l'agent avec hauteur.

« Nous pouvons le faire si nécessaire, monsieur. Sa Seigneurie en aura une copie que vous pourrez consulter, répondit Rhys tout aussi haut.

Et, voyant qu'il avait affaire à un homme adulte et non à une femme qu'il pouvait intimider, M. Pryse tourna les talons et monta à cheval, marmonnant quelque chose de hargneux tout en marchant, son fonctionnaire déçu le suivant sur ses talons.

Une fois de plus , il se rongea les ongles pendant que son cheval le transportait sur le chemin pierreux, car même la pièce de monnaie qu'il emportait ne couvrait pas sa rage déconcertée face à la défaite. Bientôt, ses lèvres minces s'étirèrent en un sourire d'auto-félicitation, et ses paupières se rencontrèrent presque alors qu'il communiait avec lui-même.

« J'ai eu de la chance de ne pas avoir d'abord fait appel à Griffith pour *son* loyer. J'ai mis le doigt sur la fuite malhonnête d'Evan en reconnaissant *cela* . C'est une idée astucieuse de ma part de demander grâce pour la veuve d'Edwards. Il couvre son appel à mon bureau. Je suppose que Jade est la femme qu'il allait épouser. Elle attendra longtemps un mari si elle attend Evan Evans, regarde-toi. Et quant à ce Rhys qui chante du coq, je lui couperai le peigne avant d'en avoir fini avec lui. Il ne me chantera pas impunément ; non en effet. Cette fois, j'ai saigné la vieille femme assez librement. Elle ne s'en remettra pas de sitôt. La ferme ira aux chiens maintenant que le fermier à la longue tête est parti. Louez, en effet ! Je défie tout pouvoir sur terre ou au ciel de les garder dans leur ferme alors que je suis prêt à les expulser. Oui en effet!'

Un défi fort à l' *égard de* M. Pryse, aussi rusé et potentiel que vous soyez !

<hr>

CHAPITRE XV.
Un STOP-GAP.

Dès que M. Pryse fut parti, Mme Edwards se laissa tomber sur la chaise en chêne, épuisée par le conflit de pensées inquiétantes et par la scène harcelante à laquelle elle venait de participer. Le vieux bas-pied, qui avait été sa seule caisse d'épargne possible pendant toutes les années de son veuvage économe, gisait, avec sa main molle, sur ses genoux, dans un état d'effondrement correspondant. Trois semaines seulement auparavant, il était dodu et agréable à contempler, témoignage de l'industrie et gage de prospérité future. Or, au cours de ces trois courtes semaines, la totalité du loyer semestriel avait été une deuxième fois retirée, avec en outre des coûts exorbitants, et le résidu avait suffisamment d'espace pour s'effondrer.

Il y avait un aspect troublé de perplexité soucieuse sur son visage alors qu'elle était assise là, regardant distraitement son stock diminué, s'efforçant de concilier l'inconciliable. Et pendant tout ce temps, Rhys arpentait le sol de la cuisine, avec un bruit de pas bruyant, dans ses chaussures à semelles de bois, irrité et fulminant à cause de l'insolence cruelle de M. Pryse, ainsi que de leur perte, se demandant vaguement s'il pouvait y avoir une vérité. dans ses allégations.

Il n'avait pas entièrement confiance en M. Pryse, mais il n'avait jamais eu la confiance illimitée de sa mère en Evan et, comme Owen Griffith l'avait suggéré, autant d'argent entre ses mains d'un seul coup aurait pu s'avérer une trop grande tentation, ou il aurait pu je me suis saoulé et j'ai perdu la tête, et j'ai eu honte de revenir. (Mais Evan n'a pas bu.)

De temps en temps, un juron aigu et saccadé exprimait ses doutes et ses soupçons grossiers, mais il ne parvenait pas à arracher à sa mère un mot pour renforcer ses soupçons.

« Je ne sais pas quoi penser, Rhys ! » – « Deed, Rhys, Evan nous a bien servi, et M. Pryse est un mauvais homme, votre père l'a dit. perte grave, mais Evan nous a aidés à obtenir l'argent.'—'Oui, oui, Rhys, je sais que tu as travaillé dur aussi ; mais Evan, il nous a appris de nouvelles méthodes – et – après tout, conclut-elle en se levant lentement pour remplacer les bas épuisés dans le coffre, nous pouvons remercier Dieu d'avoir économisé l'argent, sinon notre ferme nous aurait disparu. et nous aurions dû tout perdre. Pensez à la pauvre Ales et ne la laissez pas vous entendre.

Pauvres bières ! William l'avait trouvée dans la laiterie, penchée sur la grande baratte, la tête posée sur ses bras nus et bruns, sanglotant comme si son cœur allait se briser, moins pour elle-même que pour l'insulte jetée sur son véritable et fidèle Evan. Elle avait reculé, non pas devant le fouet de M. Pryse, mais devant une mauvaise langue et une menace pire qu'un coup de fouet.

Les prisons étaient d'horribles repaires avant que John Howard ne passe sa vie à mettre en lumière leurs iniquités et à purifier leurs impuretés. « Prison » était un mot qui intimidait les plus forts, car partout les histoires couraient sur la manière dont un pouvoir sans scrupules poussait des hommes innocents dans leurs murs pestilentiels pour qu'ils périssent, pour aucun crime plus grand qu'une dette ou des paroles inconsidérées.

William réconforta en vain.

« La prison, Willem ! Il a dit qu'il m'enverrait en *prison* , uniquement pour avoir défendu des gens honnêtes. Mais c'est un voyou, Willem, un mauvais et méchant voyou, Willem. Elle sanglotait et frissonnait en haletant en prononçant ces mots. 'Oui,' acte! ce sera ce cruel M. Pryse qui volera à la veuve son argent – et – et à mon pauvre Evan sa réputation. Oui, bien sûr, et moi et mon cher mari, cela aurait été ce jour-là ! Oh, Willem *Fach* , mon pauvre cœur va se briser.

« Chut, Ales chérie ! ne le dis pas, implora le garçon sympathique en posant tendrement sa main sur son épaule. "Les mots méchants sont difficiles à supporter, je sais" - et il soupira - " mais personne ici ne pensera qu'Evan a pris notre argent et le vôtre et s'est enfui de *vous* . " (Il aurait pu changer d'avis s'il avait entendu à travers le mur de pierre ce que Rhys disait.) « Rassurez-vous ; tout ira bien quand Evan reviendra ; oui bien sûr.'

Ales surprit William par la façon rapide et énergique avec laquelle elle releva la tête et parla :

'Revenir? Il ne reviendra que si je peux chercher ce que ce méchant misérable a fait de lui. En serait-il si sûr, ou oserait-il venir ici pour voler votre mère – oui, pour la voler – s'il ne savait pas ce qu'il avait fait pour me garder mon Evan ? Il *l'* a peut-être mis en prison pour y croupir. Oh!' (et elle se tordit les mains, brunes et dures avec un labeur honnête) — « oh ! ou il l'a peut-être fait *assassiner* . Il est déjà assez méchant pour ça !

« Chut, chut, Ales ! M. Pryse ne ferait guère cela ; bien qu'il *soit* un homme méchant, et qu'il ait eu l'air, oh, si méchamment heureux lorsqu'il a renversé la tour de Babel que je construisais. J'ai bien peur, ma chère Ales, qu'il ne s'en tienne pas à grand-chose, ajouta William après un moment de réflexion.

« Nom, ô mon Dieu, mon garçon ! Il ne reculerait devant rien ! s'écria-t-elle en se levant et en prenant son manteau d'une patère dans le cellier à l'extérieur de la laiterie. « Mais je pars à Cardiff pour retrouver Evan ou rechercher la vérité ; et priez pour moi, Willem, afin que je réussisse et qu'aucun mal ne m'arrive avant que je le fasse.

« Reste, reste, Ales », s'écria William en attrapant son manteau dans l'embrasure de la porte ; vous ne pouvez pas faire tout ce chemin à pied et seul, ni à cette heure de la journée.

Sa voix était étrangement calme et déterminée lorsqu'elle répondit :

« Le soleil ne s'est pas couché. J'arriverai à Caerphilly avant la nuit et je pourrai rester et me reposer avec ma mère jusqu'au matin.

" Deed, maintenant, tu ferais mieux de rester où tu es jusqu'au matin, et tu auras un cheval sur lequel monter. Et s'il n'y a personne d'autre pour vous accompagner, j'irai moi-même, bien sûr.

Après avoir été persuadé, Ales consentit à la première proposition, refusant catégoriquement d'accepter l'escorte qu'on lui proposait, disant : « Maintenant, Evan, partez, vous ne pouvez pas être épargné. Et maintenant que l'argent n'est plus là, vous devez cesser de jouer avec les pierres et bien travailler pour protéger la ferme du vieux renard rusé. Ah, bien sûr, et le renard pourrait être heureux d'attraper la jeune oie près de son terrier. Non, non, Willem, *tu* ne dois pas courir de danger. Il n'est pas nécessaire de briser le cœur de votre mère ainsi que le mien. Si Dieu accélère ma course, je ne serai pas seul. Mieux vaut le bras de Dieu que l'armée de l'homme.

Alors que son manteau remontait à la cheville, William se glissa à travers la cour de la ferme et descendit la colline aussi vite que ses jambes le lui permettaient. Davy et Jonet , revenant du champ de pommes de terre où ils avaient travaillé assidûment, tranquilles et inconscients des troubles écrasants plus près de chez eux, l'appelèrent pour savoir où il allait ; mais s'il entendait, il ne répondait pas.

Le dîner – le vieux repas frugal composé de bouillie de poireaux ferme et de lait – était en train de refroidir sur la table lorsqu'il revint essoufflé et murmura à Ales, tandis qu'elle portait le pot de bouillie, que leur ami commun, Robert Jones, avait des affaires à lui demander. le sien à Cardiff, et si elle voulait le rejoindre à sept heures du matin, là où les routes se croisaient, elle pourrait faire tout le trajet avec l'un des membres de son équipe. Il ne lui raconta pas tout ce qu'il avait dit pour enrôler son vieil ami à son service, ni la cordialité avec laquelle le coupeur de gazon avait répondu, ni que la mission de cet homme était principalement pour elle.

Robert Jones en savait plus sur le « vieux Pryse » qu'elle et le détestait tout aussi sincèrement.

Il y avait déjà eu des discussions entre Ales et sa vieille maîtresse au sujet du maintien de la jeune femme à la ferme à moins qu'Evan ne revienne la réclamer.

« Je préférerais vous servir pour rien plutôt que de partir avant que la réputation d'Evan ne soit effacée, c'est ce que je ferais. Et ce sera éclairci un jour , je le sais, quoi qu'en pensent certains.

Elle avait dit cela de tout cœur, signifiant tout ce qu'elle proposait, mais Mme Edwards était trop juste pour accepter le service dans de telles conditions de la part d'une servante éprouvée et fidèle dans son heure de profonde affliction. De plus, elle avait le sentiment que tant qu'Ales serait là, bien entraîné et actif, Rhys aurait moins d'excuses pour amener Cate au foyer. Les motivations sont toujours plus ou moins complexes.

Les objections de Mme Edwards à Cate Griffith l'étaient certainement. Elle aurait admis que « la jeune fille était belle, rapide de pied et agile dans ses mains », mais elle aurait ajouté aussi : « douée avec sa langue, et pas tout à fait simple dans ses manières ». Alors, si elle devait être déposée par la femme de son fils aîné, elle aurait été plus contente s'il regardait plus haut et s'il allait faire sa cour où il y aurait un peu d'argent pour rentrer à la maison avec la mariée. Cate n'en aurait aucun à apporter.

Avec de tels sentiments au premier plan, elle n'envisageait pas l'absence temporaire d'Ales avec trop de faveur , anxieuse comme elle l'était à l'idée d'avoir des nouvelles d'Evan et de son argent manquant.

M. Pryse avait complètement désorganisé le travail aux champs et à la maison pendant une journée. Tout était désormais en retard. Elle-même était bouleversée, et une femme du mauvais côté de la cinquantaine ne retrouve pas trop facilement son équilibre. Le départ soudain d'Ales à ce moment inopportun fut un autre bouleversement.

Mais elle ne voulait pas avouer sa faiblesse à Rhys, de peur qu'il n'en fasse une excuse pour amener Cate à son aide.

Hier – mardi – avait été une journée de pâtisserie. Dans leur ennui, on avait laissé le four refroidir, et le terrier délogé, qui avait montré une série de dents en colère contre M. Pryse, était retourné se reposer en dessous. L'orge et les flocons d'avoine pour le pain gisaient dans le pot brun, tel qu'Ales l'avait laissé, avec le morceau de pâte de la semaine dernière dans un bol prêt à le faire lever. Mélanger, pétrir et cuire au four n'était pas un travail facile, mais il fallait pourtant le faire. Davy, pensif, avait de nouveau chassé le chien de son trou dans le cendrier et avait allumé le feu du four en prévision.

Puis ce fut *le mercredi* , jour du barattage et de la fabrication du beurre. Comment allait-elle cuire et baratter le matin même ? car les deux exigeaient de l'attention, et une fois le dasher à long manche mis en mouvement, il devait monter et descendre jusqu'à ce que le beurre arrive, aussi longtemps que cela puisse être, sinon tout serait gâté.

Jane Edwards, persistante comme ses enfants, était à bout de nerfs, mais elle ne pouvait pas appeler Jonet du champ, car ils étaient en retard dans l'arrachage des pommes de terre, et si le gel arrivait avant qu'ils soient dans les fosses, tout la récolte serait ruinée.

Il fallait ensuite penser au dîner. Ce fut pour elle un soulagement, tout en pétrissant la masse de pâte, d'entendre Davy frotter avec un balai à linge les pommes de terre du dîner dans le creux de pierre sous la source. Mais elle entendit la voix rapide de Rhys le rappelant à son travail sur le terrain, et le passif « J'arrive », qui marquait sa soumission à son frère aîné.

A midi, quand sa famille arriva pour dîner, attendant le repas du mercredi composé de babeurre et de pommes de terre – encore assez frais pour être un régal – bien qu'il y ait une agréable odeur de pain cuit dans la cuisine et qu'on s'attende à une pâte. boulette dans la marmite, il y avait des grognements indubitables et des regards amers parce qu'il n'y avait que du lait frais pour accompagner la racine esculente. (La différence ne doit être estimée que par un essai effectué dans une ferme où le babeurre est frais.)

Jane Edwards était fatiguée et s'est mise en colère. "Vous ne pouviez pas vous attendre à ce que je cuisine et baratte en même temps", a-t-elle lancé avec colère, se sentant déjà réchauffée par son travail matinal.

C'était là l'opportunité que Rhys recherchait.

« Tu ferais mieux d'avoir Cate ici ce matin pour baratter. Vous n'auriez alors pas été aussi pressé et notre dîner n'aurait pas été gâché.

« Vraiment gâté ! J'ai vu le temps où vous auriez tous été heureux de manger des pommes de terre chaudes et du sel, sans lait du tout », rétorqua-t-il.

William et Davy se précipitèrent à son secours, interprétant à juste titre le froncement de sourcils de la mère. «Je vais rester et travailler pour vous», crièrent-ils dans un souffle.

« Vous ne ferez rien de tel. Si ces pommes de terre ne sont pas entièrement recouvertes et recouvertes, elles seront ruinées. Il y a eu un peu de gel ce matin. Et qui doit s'occuper de la traite ? » dit l'autocratique Rhys.

Jonet et William ont proposé leurs services, mais ont été repoussés. Cela fut suivi d'une violente altercation entre les deux frères, élargissant la brèche existante, et bien que William, par égard pour sa mère, qui s'interposait, ne rebondit pas et ne s'absente pas comme d'habitude, cela se termina par l'envoi de Lewis avec un message à Cate et l'arrivée rapide de la jeune fille, comme si elle s'était attendue à la convocation.

Mme Edwards sortait une miche de pain du four lorsque Cate entra par la porte ouverte et posa peut-être le visage rouge de la veuve harcelée à la chaleur du four et non à son humeur.

« Lewis dit que vous voulez que je me désabonne. Je serai heureuse de vous aider de quelque manière que ce soit, commença Cate modestement, comme si elle n'avait pas d'abord échangé une syllabe avec Rhys par-dessus le mur près de la porte d'entrée.

« Oui, oui, bien sûr. M. Pryse a arrêté la cuisson hier, et Ales est parti pour Cardiff, nous sommes donc en retard ; et il faut que je prépare le beurre pour le marché de demain.

Cate tira son chapeau dès les premiers mots d'assentiment ; ses pieds nus trébuchaient légèrement sur le sol en pierre. Elle obtint de la marmite sur le feu un pichet d'eau tiède, pour élever la température du lait, aussi adroitement qu'Ales aurait pu le faire, et bientôt on entendit le dasher claquer dans la baratte avec un battement régulier, comme s'il était soulevé par de forts , mains fermes.

Mme Edwards, en train de faire la vaisselle, soupira profondément, comme si elle n'était qu'à moitié satisfaite, car une nouvelle perplexité était apparue en débattant avec elle-même qui devait aller au marché de Caerphilly le lendemain. Qu'elle y aille ou que Rhys, elle prévoyait la nécessité pour Cate ou pour *quelqu'un* de rester et de prendre la place d'Ales. Cependant, elle ne se souciait pas de laisser la jeune fille comme son propre adjointe avec Rhys à la maison pour aller et venir à volonté.

La question n'était toujours pas réglée lorsque Cate annonça que le beurre était arrivé.

Aussitôt Mme Edwards entra dans la laiterie et, comme si elle était prête à toutes les éventualités, Cate, les jambes nues, attrapa un tabouret de traite et un seau, et s'en alla en chantant ; tandis que l'autre récupérait le beurre de la baratte, le lavait, le salait et le façonnait pour le marché.

Elle revint à temps, le seau plein sur la tête, le tabouret sous un bras, ses épingles à tricoter claquant aussi vite que si elle n'était pas encombrée.

Mme Edwards, moulant son beurre devant la fenêtre de la laiterie, ne pouvait que admettre, en la regardant traverser la cour d'un pied léger et ferme, que Rhys aurait pu choisir pire.

Cette nuit-là, Cate resta à la ferme. Il fut convenu que Rhys devait se rendre au marché de Caerphilly . Il devait charger le poney et le traîneau de pommes de terre à vendre – elles seraient sûres d'en rapporter un bon prix, ne serait-ce que pour les semences, puisque d'autres agriculteurs commençaient à les planter. Lui-même devait partir à pied avec le panier d'œufs et de beurre, puisque Breint , qui aurait tout porté, était parti.

Cate s'est levée avant l'alouette. La traite était terminée, le petit-déjeuner était prêt, et elle était brillante, vive et propre comme une épingle neuve au moment où Rhys et les autres étaient prêts pour le repas du matin.

Elle était certainement pleine de courage, et Rhys avait à peine pu atteindre le bas de la colline avant que les reliques du repas ne soient débarrassées, de nouvelles boules de feu ajoutées à la tourbe sur le foyer, et elle était prête, comme elle l'a dit à Mme Edwards. , pour remplacer Ales sur le terrain.

William rit et se frotta les mains avec joie lorsqu'il vit sa mère si renforcée.

Il a chuchoté à Jonet , alors qu'elle le suivait pour ramasser les racines qu'il avait déterrées et enlever les fanes, ce qui nécessitait vraiment une autre main.

Jonet acquiesça affirmativement.

« Mère, s'écria-t-il, si Cate veut bien prendre la bêche, tu peux rester tranquille et retirer les fanes pendant que Jonet les ramasse. J'ai du travail à faire et Rhys ne me laisse pas entreprendre. Il dit que je ne sais pas comment, peu importe.

Il avait jeté sa bêche et était hors du champ de pommes de terre, franchissant un mur, avant que sa mère ait eu le temps de l'interroger ou de lui faire des remontrances.

Evan avait gardé ses yeux ici, là et partout. Si les boucs gênants butaient contre un mur et déplaçaient une pierre, il réparait immédiatement la brèche pour éviter d'autres dégâts. Rhys s'était montré moins méfiant et, dans son obstination, il ne permettait pas à son plus jeune frère de voir ou d'en savoir plus que lui.

En conséquence, un vieux Billy à barbe grise avait été autorisé à faire une brèche dans le mur du jardin et, bien que chassé avec un gros manche à balai quand Ales ou sa maîtresse pouvait être là pour le voir, il avait fait des ravages parmi les herbes et les plantes à fleurs anglaises. elle avait tellement de peine à se cabrer. Ensuite, M. Billy et ses amis avaient essayé leurs cornes sur l'étable vide , maintenant les porcs étaient retournés se nourrir dans les bois d'automne et y avaient fait de beaux dégâts.

Si Cate maniait un chat avec l'habileté et la vigueur de l'expérience, William maniait les pierres non taillées avec l'inspiration du génie et une longue pratique « en jeu ». Et il travaillait comme si sa vie dépendait de sa rapidité et de son habileté.

Rhys fit un bon marché et revint à la maison avec une complaisance satisfaite à une heure tardive, pour souper et remettre ses gains à sa mère, ainsi que les nouvelles du jour. Mais il n'avait aucune chance d'avoir un mot privé avec

Cate, qui était rentrée chez elle avec son père avant huit heures, très heureuse d'avoir mérité les éloges honnêtes de Mme Edwards, en plus du « paiement en nature » habituel.

Le matin arriva, midi arriva et l'après-midi s'écoulait rapidement avant que Rhys ne découvre que le mur en ruine et l'étable à porc étaient aussi entiers et sains qu'à l'époque neuves.

Il se tenait devant ce dernier avec une surprise vide. Il n'avait donné aucun ordre pour les réparations.

« Est-ce que Morgan, le maçon, est venu ici ? il a hurlé après Jonet et William, qui partaient avec des tabourets de traite et des seaux.

"Non", répondit rapidement par-dessus l'épaule de Jonet .

« Qui a travaillé ici ?

Aucune réponse audible ne vint cette fois, mais, avec un merveilleux scintillement dans ses yeux expressifs et un sourire indubitable sur son visage, Jonet désigna avec le bras tendu, en silence, le jeune frère qui marchait bien en avant.

Ce fut une révélation pour Rhys. Son visage tomba. La sagesse du monde ne reposait pas sur ses épaules individuelles. Il restait là, stupéfait, ne sachant pas vraiment s'il devait être vexé ou content, en colère ou reconnaissant. Il ne l'était certainement pas. Il avait été contourné sournoisement, et c'était irritant, aussi nécessaires que fussent les réparations.

Il entra dans la maison à la recherche de sa mère. Il l'entendit travailler dehors. Ici, une nouvelle illumination l'attendait. Elle s'efforçait de ranger ses plates-bandes derrière un bon mur solide. Sa tâche n'était plus désespérée ; elle pouvait chanter sur son travail.

Rhys n'avait guère besoin de demander à nouveau : « Qui a fait ça ?

Encore moins besoin de froncements de sourcils et de regards maussades.

CHAPITRE XVI.
DÉCOUVERTES.

Robert Jones était veuf sans enfant lorsqu'il a ramassé pour la première fois le petit William qui pleurait dans la ruelle et l'a emmené sur son âne. Il était beaucoup plus âgé qu'Ales, mais il n'était pas trop vieux pour souhaiter avoir une compagne aussi intelligente et compétente dans son propre foyer, où seule sa mère à moitié aveugle se trouvait pour garder tout frais et propre. Il y avait eu de nombreux jeux de mots entre lui et Ales au cours de sa progression de fille à femme, et, si Evan n'était pas entré en scène à ce moment-là, Robert aurait certainement fait une offre pour sa faveur .

Il fut l'un des premiers à s'apercevoir que le jeune homme avait complètement gâché ses chances et fut assez généreux pour se tenir à l'écart et garder pour lui sa déception.

Il était si généreux qu'au lieu d'accueillir avec satisfaction la mystérieuse disparition d'Evan, il piétinait et tendait le poing vers un « vieux Pryse » imaginaire, tout en écoutant le récit de William, et offrait ses services au « pauvre Ales », comme si le rétablissement de son amant perdu ne signifiait pas l'extinction de la dernière étincelle d'une chance pour lui-même.

William n'aurait pas pu trouver pour Ales une meilleure sauvegarde sur son chemin, ni un assistant plus zélé et plus compétent dans sa quête anxieuse.

En effet, à partir du moment où ils débarquèrent à Cardiff, et qu'il lui trouva un logement chez un marchand de tourbe, etc., qui s'approvisionnait chez lui, il lui ôta assez bien l'affaire, ayant, pendant leur voyage, s'est familiarisé avec les courses et les projets d'Evan.

Il lui fit valoir qu'une étrange jeune femme ne pouvait pas se promener dans les rues d'une ville portuaire - bien que, à part le château et le vieux monastère, Cardiff n'était qu'une très petite ville en 1733 - sans éveiller l'attention par ses recherches et vaincre ses propres intérêts. dans un but précis, qu'Evan se tienne à l'écart ou qu'il soit tenu à l'écart par d'autres, même si elle a échappé à une insulte personnelle.

Alors que lui, bien connu, et avec sa charge habituelle de tourbe à évacuer, pouvait aller d'un endroit à l'autre et ramasser, en ragots, sans éveiller les soupçons de M. Pryse ou de qui que ce soit, des faits qui pourraient être cachés . enquête directe.

Et il remplit si bien sa mission que, lorsque les derniers rayons du soleil couchant embrassèrent la rivière et les bois fanés de la vallée de Taff le vendredi soir, Ales, fatigué et découragé, mais n'ayant plus honte, gravit le sentier pierreux de la colline. à la ferme, sur le dos du bon vieux Breint .

Robert Jones s'était dirigé vers sa propre maison, avec son équipe et son chargement de retour, après un très curieux refus de remerciement.

Une partie de ce chargement consistait en une nouvelle pelle à gazon et une petite fenêtre vitrée pour sa cabane. Son besoin nouvellement découvert l'a amené parmi les revendeurs de quincaillerie et les menuisiers, jusqu'à ce qu'il trouve ce qu'il cherchait d'autre. Il faisait de dures négociations et payait en partie avec ses provisions de tourbe pour l'hiver ; mais il emporta plus que ne le supposaient les marchands. Dans un seul endroit, il a observé un ensemble complet d'outils agricoles mis de côté et grossièrement étiqueté « Evan Evans, Castella, *Paid* », et on lui a dit qu'ils étaient restés ainsi, « à abattre l'endroit », pendant trois semaines entières, le l'acheteur ne s'était pas présenté pour les réclamer, bien qu'il ait déclaré qu'il avait l'intention de les remonter le fleuve en bateau lorsque la marée serait bonne.

Un menuisier grincheux, qui avait deux vitres exposées à la vente, était heureux d'en laisser partir une à bon marché, voyant que l'homme pour lequel elles avaient été fabriquées à la hâte trois semaines auparavant avait disparu mystérieusement et n'était même pas retourné à son auberge, sur St. Mary's Quay, pour son cheval.

Ce simple renseignement sur l'auberge avait envoyé le coupeur de gazon parcourir la ville avec ses bêtes, sûr, au moins, du repos et de la nourriture dont il avait tant besoin, toutes les maisons de ce genre, à l'époque des voyages à cheval et des chevaux de bât. moyen de transport, disposant d'un logement suffisamment stable.

Un souper chaud, plus copieux que savoureux, lui avait été servi dans la salle commune, parfumé de fumée de tabac, de rhum, de *café* , de goudron et d'eau salée.

Bientôt, une voix qu'il connaissait l'appela hors de l'odeur de fumée.

« Est-ce que c'est vous, Robert Jones ? « Deed, c'est vous qui devez le dire au propriétaire d'ici, qui possède un vieux cheval laissé ici il y a trois semaines par un fermier, qui se faisait appeler Evan Evans, d'Eglwysilan, et qui est parti sans payer sa facture, regardez-vous ! '

« Ah, comment est-il parti ?

'Bizarre. Il a dit qu'il allait louer un bateau pour transporter son cheval et quelques biens, qu'il devait se rendre à Castella, de l'autre côté de la rivière dans la matinée, mais qu'il n'est jamais revenu ici.

"Non", répondit le propriétaire, "et je ne l'ai jamais pensé, sinon il ne serait pas parti dans le bateau *de l'Osprey* , comme il l'a sûrement fait."

" Acte non ! pas s'il y est allé de son plein gré, dit une faible voix dans un coin ; 'mais j'ai entendu dire'—

"Bien sûr, et M. Pryse n'a-t-il pas dit qu'il s'enfuirait avec beaucoup d'argent ?" a de nouveau frappé le propriétaire, noyant les paroles de l'orateur précédent.

Il s'ensuivit une vive controverse, au cours de laquelle de sombres allusions furent lancées concernant le *balbuzard pêcheur* et le lien de M. Pryse avec celui-ci, toutes liées à l'étrangeté de la disparition d'Evan.

En écoutant, Robert Jones était arrivé à la conclusion que le propriétaire était sous le doigt et le pouce de M. Pryse et, prudemment, n'avait fait aucun commentaire. Mais il gardait un œil sur le propriétaire de la voix faible et, lorsqu'il sortit, il le suivit.

Il avait trouvé l'homme sournois, timide et peu disposé à donner une opinion tacite à un étranger.

Il en était de même pour les transats goudronnés sur le quai le lendemain matin.

« Evans a *peut-être* été kidnappé et emmené contre sa volonté, l'équipage de l' *Osprey* était vraiment bizarre, voyez-vous ; ou bien il pourrait s'enfuir, comme l'a dit M. Pryse – ils ne sauraient le dire.

M. Pryse a peut-être gelé la liberté d'expression, mais Robert Jones a noté que les haussements d'épaules et les hochements de tête étaient plus expressifs que les mots. Puis l'application de deux pièces d'argent sur la paume d'un garçon craintif lui ouvrit les lèvres pour dire qu'il avait vu un homme étrange, à la recherche d'un grand bateau, se précipiter dans le bateau de l'Osprey et le maintenir pendant que l'équipage *ramait* vers la goélette dans la baie. Et quand Ales elle-même a découvert qu'Evan lui avait acheté à la fois une alliance et une broche, la conclusion était évidente.

Elle avait versé ses larmes au cours des trois semaines écoulées. Elle est revenue à la ferme sans larmes, mais rongée par l'incertitude quant au sort d'Evan, mais fière de sa capacité à laver son honnête réputation.

Son histoire était quelque peu incohérente, mais Robert Jones, environ une heure plus tard, l'a étayée avec des détails plus complets et ses propres convictions.

"Oui, oui, en effet, Evan Evans vaquait à ses occupations comme un honnête homme. Il y a encore les pelles et tout ce qu'il a payé, et j'ai une vitre sur laquelle il a laissé son Dieu-penny [12] . Il aurait gardé tout l'argent s'il avait eu l'intention de s'enfuir. Non, non, c'est lui qui a payé tout le loyer, Mme Edwards, quoi qu'en dise M. Pryse.

" Effectivement, cela semble être le cas. Mais pourquoi devrait-il être « pressé » à bord ? » elle a demandé. "Il n'y aura plus de guerre maintenant."

« Pourquoi devrait-on commettre une mauvaise action ? mis à Ales. "Un méchant homme a ses raisons prêtes."

"Oui, oui, et une tête maléfique agite de nombreuses mains maléfiques, Mme Edwards," ajouta Jones, "si, comme le laissent entendre ceux-ci qui n'osent pas dire ce qu'ils pensent, M. Pryse a effectivement affaire avec le bourru capitaine du *Osprey* pour quelque chose de fougueux en plus du charbon de Sa Seigneurie. Ensuite, faire entrer clandestinement un ou deux gaillards robustes à bord pourrait être un clin d'œil, si cela ne faisait pas partie du marché. Et je dis à Ales de ne pas penser qu'ils tueraient Evan. Ils veulent des hommes vivants pour les marins, pas des morts.

« Alors Dieu me le ramènera peut-être un jour, et je prierai jour et nuit pour lui. Oui, oui, même si la journée est longue, il y aura une soirée. Et que M. Pryse ne pense pas à s'échapper...

"Plus tard sera la vengeance de Dieu,

Le plus lourd et le plus douloureux, '"

s'éloigna d'Ales, ses yeux et ses joues s'enflammant comme d'un esprit de prophétie, alors qu'elle se précipitait de la cuisine dans le sombre cellier au-delà pour affronter sa propre agonie en secret.

Puis vint un règlement de compte avec Jones pour la garde de Breint à l'auberge (Ales avait effacé le score d'Evan comme une question d' honneur), et tout en réglant cela avec Mme Edwards, il lui vint à l'esprit que ses fils avaient poursuivi leurs occupations dans un silence inhabituel pendant cette période. exposé de faits et de fantaisies, en particulier Rhys, qui semblait plus intéressé à démêler les mèches de laine qu'il peignait au coin du feu (son peigne sur le foyer) qu'à démêler ce qui semblait être un complot inexplicable contre la servante éprouvée et fidèle de sa mère.

William, tricotant un long bas bleu dans le coin opposé, avait prononcé un mot de temps à autre, mais même lui ne paraissait pas à l'aise.

Les semelles en bois de Davy avaient été entendues claquer à l'extérieur, ainsi que des sons indiquant qu'il se souciait davantage de Breint récupéré que d'Evan absent.

Il arriva de la basse-cour juste à temps pour le souper de bouillie de poireaux chaude que Jonet versa brûlante dans leurs bols, sans en oublier une pour le coupeur de gazon, qui s'assit sans s'excuser, car l' odeur était appétissante .

de nouveau que Rhys et William gardaient un silence maussade l'un envers l'autre, et se demanda quelle nouvelle querelle avait eu là.

Quand le souper fut terminé et qu'il se leva pour partir, William le suivit.

A peine furent-ils hors de portée de voix que le garçon commença à exposer ses griefs sur un ton d'estime de soi blessée.

« Écoutez, dit-il, depuis qu'Evan est parti, on a laissé le vieux Billy se cogner contre les murs, et jamais une pierre n'a été remise pour l'empêcher d'accéder aux écuries, jusqu'à ce qu'elles soient comme s'écrouler. Alors hier, pendant que Rhys était au marché, j'ai travaillé jusqu'à ce que la sueur coule de moi et je les ai tous réparés, pensant que je laisserais Rhys voir ce que je pouvais faire. Et depuis qu'il a découvert cet après-midi ce que je faisais, il ne m'a jamais adressé la moindre parole. Si j'avais fait tomber les murs, il n'aurait pas pu avoir l'air plus maussade. C'est à faire fuir, c'est vrai ! Et sans ma mère et Jonet , je m'enfuirais, "je le ferais". »

« Chut, Willem, ne dis pas ça ; les fils en fuite font des mères tristes. Ne pensez pas à faire quelque chose d'irréfléchi, quelque chose pour lequel vous ne pouvez pas demander la bénédiction de Dieu Tout-Puissant. Peut-être avez-vous négligé quelque chose que Rhys espérait faire, et qui aurait plus d'importance qu'un mur sec. »

« Bien sûr, Cate Griffith était en train de creuser les pommes de terre. Elle ne pouvait pas construire de murs. Je crois que Rhys est vexé simplement parce que sa mère était si contente et a commencé à remettre en état son jardin que Billy et les cochons avaient gâté. Rhys aurait préféré Evan si sa mère lui avait trouvé à redire. »

La tentative amère de justification du garçon fut stoppée par son ami mûr.

« Les défauts sont épais là où l'amour est mince, Willem. Tu n'es qu'un garçon et ton frère est un homme. Ce n'est pas à vous de suivre votre propre chemin et de désobéir volontairement . Mais je regarderai ton ouvrage le matin, quand j'apporterai la chaux pour la terre ; et, peut-être, dire un mot pour ramener Rhys à la raison. Bonne nuit, Willem. Couchez-vous paisiblement. Et n'érignez pas un mur de pensées pierreuses contre votre frère, ne le faites pas. »

Ce furent ses mots d'adieu au garçon irritant, alors qu'ils se tenaient près de la porte, mais, alors qu'il descendait la colline en pleine lumière de la lune, il se dit : « Mieux vaut réparer une brèche entre frères que de construire un mur pour repousser un ennemi imaginaire. »

C'est dans cet esprit que l'homme s'adressa à Rhys le lendemain matin, tout en aidant Lewis à transférer la chaux des paniers sur la terre de pommes de terre fraîchement creusée, ainsi que le chaume non retourné d'avoine et d'orge. Il a déclaré avoir observé des signes de mécontentement entre les frères la nuit précédente et à d'autres occasions, et a exprimé le désir de savoir s'il existait une réelle cause de discorde. C'était une chose très sérieuse pour des frères d'une même maison de se chamailler et de se quereller ; Les petites différences étaient si susceptibles de se transformer en grandes, voire en inimitié et en haine.

Rhys écouta avec inquiétude, s'agita, fronça les sourcils et finit par dire brusquement : « Écoute, Robert Jones, ce garçon Willem est le fléau de ma vie. Il n'acceptera pas d'ordres de ma part. Et qui d'autre devrait donner des ordres si je dois gérer la ferme ? Davy et Jonet obéissent. Mais il ne pense qu'à ramasser des pierres et à construire ; et cela ne fera pas un bon fermier, ni labourera la terre, ni ne paiera le loyer. Il réparait des murs jeudi alors qu'il aurait dû creuser des pommes de terre. Nous pouvons remercier Cate Griffith, ils étaient tous debout et à l'abri du gel de la nuit dernière. Elle a repris la bêche qu'il avait jetée.

« Ah, eh bien, Rhys, tout le monde n'est pas fermier. Le père de Cate est tisserand. Je coupe du gazon et je vends de la chaux, du chaume et tout le reste, pour gagner honnêtement un sou. Mais laissez-moi voir quel genre de jeune constructeur vous avez à la ferme. Vous savez que je parcoure le pays et que j'utilise mes yeux, donc je distingue les bons murs des mauvais.

"Bien sûr, ils sont assez bien pour le travail d'un garçon", a admis Rhys avec un demi-dédain, tout en soulignant les réparations dans les murs et les étables.

Jones leur a donné plus qu'un examen superficiel.

« Oui, oui, Rhys. Mais ils sont « assez bien » pour le travail *d'un homme* , c'est ce qu'ils font. Les pierres sont bien ajustées et fermes. Vous devez au garçon des remerciements, pas du blâme. N'essayez pas de contrecarrer Willem, sinon vous pourriez gâter un bon constructeur pour en faire un pauvre fermier. Une clôture antibruit est l'amie de l'agriculteur. Laissez-le garder vos clôtures en bon état, et il vous aidera à payer le loyer, « il le fera ».

"Je ne vois pas comment."

« Tes yeux sont aveuglés par les préjugés, mec. Une vache, un porc ou un poney égaré qui trouverait un trou tout prêt ne ferait-il pas plus de dégâts aux récoltes en un jour que vous ne pourriez en réparer en un mois ?

Il ne fallait pas nier cela. Mais lorsque le coupeur de gazon insista pour que William revendique une juste considération et une reconnaissance de son service, la fierté de Rhys s'alarma pour sa propre autorité.

«C'est un tel garçon», argumenta-t-il.

« Pas plus un garçon que tu ne l'étais, Rhys, lorsque tu as essayé pour la première fois de remplacer ton père décédé et que tu as dit à ta mère que tu étais « assez vieux pour faire ton devoir ». Avez-vous oublié cela ? Ou êtes-vous *plus jeune* qu'à l'époque ?

Qu'il ait oublié ou qu'il ait choisi de ne pas s'en souvenir, il s'est éteint avec un léger rire et la remarque : « Je ne fais pas mon devoir en restant ici sans rien faire.

Mais la conscience est un moulin qui tourne à toute heure, sans que l'on le sollicite, et Robert Jones avait mis les rouages en mouvement.

« Willem », dit le coupeur de tourbe au garçon déprimé, juste avant de faire claquer son fouet pour lancer son attelage déchargé dans la descente, « si vous construisez votre vie aussi bien que vous avez construit le mur de votre jardin, vous faire. Il est ferme et compact, et les pierres sont serties uniformément. Mais les conflits entre frères sont une mauvaise base sur laquelle bâtir. Et ce n'est pas à un garçon de votre âge d'être indiscipliné et de s'opposer à son frère qui travaille depuis si longtemps pour vous tous. Vous avez suffisamment de temps devant vous pour construire des murs ou des églises, ou ce que vous voudrez ; mais vous n'avez rien à perdre si vous voulez lier le lien de la fraternité autour de vous ou poser les bases d'une vie chrétienne, voyez-vous.

Les yeux de William s'éclairèrent et sa poitrine se dilata sous sa blouse souillée du samedi, alors que son premier ami louait son travail, pour

"La louange est plus agréable que le miel",

et jusqu'alors il n'avait pas été écoeuré par la friandise. Mais son aspect changea. Il n'appréciait pas la dose amère de conseils mêlée au miel, car toute son âme était en rébellion.

Pourtant, aussi rapides et secs que le claquement du fouet de l'homme, la mémoire ramena ces autres mots dans le même sens que l'étranger, M. Morris, avait prononcés il y a longtemps, et chaque battement de sabot de mulet ou d'âne semblait les enfoncer dans son cerveau.

Au bas de la colline escarpée se trouvaient des bêtes et un conducteur avant que William ne se réveille de sa rêverie et ne se précipite après eux en criant tout en avançant. L'homme se tourna.

« Qu'est-ce qu'il y a, Willem ?

« Pouvez-vous m'apprendre à compter ? »

— Oui, jusqu'à cent, par dizaines. C'est ainsi que je compte ma tourbe.

"Oh, je peux compter ça pendant que je tricote."

« Ah, alors, si vous voulez vraiment compter correctement et faire des calculs avec des chiffres, vous feriez mieux de demander à Owen Griffith ; il est vraiment intelligent à ça. Je lui parlerai pour vous.

« Deed, je serais si heureux. »

Robert Jones a tenu parole. Le cottage d'Owen n'était pas sur sa route directe, mais cela ne le dérangeait pas de faire tout son possible pour lui rendre visite.

Le tisserand venait de sortir de son métier à tisser une toile de flanelle bleue finie et s'asseyait en fumant une longue pipe sur le banc à l'extérieur.

Après le premier salut, le coupeur de gazon a commencé par dire : « Avez-vous vu le mur sec que Willem Edwards a construit si intelligemment ?

" Bien sûr, non. Pourtant, il a toujours eu cette idée. J'ai entendu Rhys et Cate en rire à maintes reprises.

" C'est un acte, oui, Owen, mais il ne faut pas se moquer de cela. Ce garçon a une tête, regarde-toi. J'ai déjà vu des murs construits et réparés de manière moins sûre par des personnes âgées.

« Bien sûr maintenant ! Vous ne le dites pas ? J'aimerais qu'il vienne réparer le mien. Il s'est effondré, pierre par pierre, en attendant que Morgan, le maçon, revienne .

«Eh bien, demandez-vous à Willem. Et si vous lui proposiez de lui apprendre à compter avec des chiffres, il serait fier et heureux de le construire. « C'est vrai qu'il le ferait. Il me demande juste de lui apprendre . Mais tu vas regarder son mur. Willem veut encourager, pas se moquer. Il construira un jour plus qu'un mur démoli . — Veux-tu de la tourbe ou de la chaux la semaine prochaine ?

'Ah oui; et si vous pensez que Willem peut réparer le mur, vous pouvez aussi apporter un traîneau de pierres.

Le lendemain, en revenant de l'église, Owen Griffith prit William à ses côtés et le fit compter les arbres au bord du chemin et les moutons sur les collines, comme préalable aux leçons d'arithmétique, mais il ne parla pas de murs brisés. .

Il laissa cela pour l'après-midi, quand Cate et lui se dirigèrent vers la ferme, apparemment pour apprendre les nouvelles qu'Ales avait apportées de Cardiff.

Au-dessus de tout cela, il secoua la tête, ne sachant pas trop quoi en penser, même s'il dit : « Ça a l'air mauvais, c'est vrai .

Mais il n'y avait rien d'incertain dans son exclamation de surprise devant les murs solidement réparés que Mme Edwards montrait si fièrement comme le travail de son plus jeune fils.

Cela a conduit à la proposition ouverte que William devrait remettre ses clôtures en état en échange de cours d'arithmétique, et au consentement de Mme Edwards à cette utilisation de son temps.

Rhys était parti avec Cate pour discuter de la perspective différée de leur mariage et n'avait donc entendu parler de cet arrangement que plus tard, lorsque, pour des raisons qui lui étaient propres, il jugeait préférable de maintenir la paix.

C'était le petit début de grandes choses.

NOTE DE BAS DE PAGE:

[12] Dieu-penny – un dépôt.

CHAPITRE XVII.
OUTILS APPROPRIÉS.

Ales avait repris son travail à la ferme, mais pas avec l'esprit et la vivacité d'antan. Elle avait l'habitude de chanter sur son travail et avait en mémoire une réserve de vieilles ballades galloises. Mais l'oiseau chanteur pleurait en silence son compagnon arraché si impitoyablement, et, à mesure que les semaines, les mois et les années s'écoulaient dans la même morne monotonie de désespoir, son cœur devenait plus froid et plus lourd, et ses prières devenaient comme les lamentations mêmes de désespoir.

Cela la blessa jusqu'au cœur d'entendre Rhys grogner, comme il le faisait, contre l'argent qui leur avait été volé pour payer, non seulement le loyer qu'Evan aurait dû payer, mais les lourds coûts d'une saisie en plus ; et elle résolut plus d'une fois de quitter la ferme à la fin de l'année.

Cependant, après y avoir réfléchi, rien ne conviendrait mieux au jeune homme, et ses grognements mêmes pourraient avoir ce but en vue ; car, une fois débarrassé d'elle, il pourrait demander le consentement nécessaire pour prendre une épouse de bonne grâce.

Son humeur ne s'était certainement pas améliorée. Cela l'avait irrité d'entendre William loué pour les mêmes penchants qu'il avait tenus si peu de compte, voire transformés en ridicule.

Ce n'était pas une satisfaction d'avoir un frère beaucoup plus jeune capable d'agrandir et d'élever les murs de la bergerie, comme il le fit, avant l'arrivée d'un deuxième hiver. Même si les charges d'un maçon étaient économisées, cette économie n'était pas au prix le plus élevé de sa propre suprématie ?

Et pendant les longues nuits d'hiver, quand lui et Davy triaient les toisons, peignaient la laine, ou entretenaient le pot de teinture sur le feu ; quand Ales apprit à Jonet à faire tournoyer le fil de lin tiré de la quenouille, de manière à faire danser le fuseau sur le sol au rythme du rouet industrieux de la mère, comment il mettait sa patience à rude épreuve en voyant William faire des chiffres et des calculs sur une planche. , avec de la craie ou du gouvernail à la lueur de la bougie, tandis que les épingles à tricoter, qui auraient dû rapporter de l'argent, restaient inutilisées à côté de lui.

Il y a des hommes prêts à accomplir des actes généreux, qui sont d'une injustice flagrante, mais qui ne s'en rendent pas compte. Robert Jones avait exhorté Rhys Edwards à « être juste ». Il aurait dû dire « soyez généreux », et Rhys aurait pu répondre à l'appel. Il était mécontent de l'imputation d'injustice.

Pourtant il refusa à son frère les éloges que méritait son service ; il lui reprochait le temps d'acquérir les règles communes de l'arithmétique simple ; peut-être parce qu'il sentait que c'était un pas vers quelque chose au-delà de sa propre réalisation. Il ne considérait pas l'argent économisé dans la maçonnerie comme de l'argent gagné. Il aurait pu être content si William avait été aussi passivement soumis que Davy et Jonet , mais il trouva en lui un esprit audacieusement audacieux pour faire face au sien, et cela le piqua de voir le garçon soutenu dans sa résistance.

Alors les années passèrent. Le troisième hiver passa, les neiges fondirent, les routes furent libres à la circulation, la rivière chanta un hymne à l'approche du printemps, les bourgeons roses et bruns virèrent au vert, les oiseaux chanteurs voltigèrent et voletèrent autour des avant-toits et des branches, tout était vie. et l'activité à la ferme. L' *Osprey* n'avait plus jamais fait escale à Cardiff, où M. Pryse se rongeait les ongles et grondait de manière plus acerbe que jamais, et on n'avait plus entendu parler d'Evan. Alès s'est découragée, elle n'a pas chanté avec les oiseaux ; mais William, n'étant plus snobé, travailla à la ferme avec les meilleurs, jusqu'à ce qu'une autre barrière s'élève entre lui et Rhys, sous la forme d'un autre mur de pierre.

Les haies ont désormais remplacé les murs dans de nombreuses régions du Glamorganshire ; mais à la date de ce récit, les champs et les ruelles étaient universellement délimités par ce qu'on appelle des « *murs secs* », et ils servent toujours de clôtures sur les hautes terres.

Par « murs secs », il faut entendre des murs construits sans mortier ni ciment, à partir de dalles irrégulières et non taillées, assemblées de manière à ce qu'elles soient coincées les unes dans les autres, de manière à tenir fermement là où un mur cimenté pourrait céder sous l'effet des vents violents de l'océan. ces régions élevées, ces mêmes crevasses permettant aux explosions de passer et de réduire ainsi la pression sur la masse. Tels sont les murs de Craven et d'autres régions du nord de l'Angleterre.

Pourtant, il n'est pas rare que les pierres de couronnement soient projetées par un violent vent, ou que de grandes parties de ces murs soient abattues, comme cela s'est produit à Brookside Farm ce printemps en rafales.

C'était là une occasion pour William de mettre à profit son talent et de sauver la poche de sa mère, comme il l'a certainement fait.

Jusqu'ici, tout va bien. Rhys ne fit aucune objection et Mme Edwards était très contente. Davy commençait à se sentir fier de son frère.

Mais il se trouva que Robert Jones, dont la fenêtre avait été installée depuis longtemps par William, vint solliciter ses services, non seulement pour réparer une brèche, mais pour clôturer une partie du terrain en guise de cour de pierre.

Rhys, alors occupé à semer de l'orge sur la terre de navets de l'année dernière, avait l'air aussi noir que deux nuages d'orage réunis en un seul, et sans mâcher ses mots, il refusa catégoriquement.

— Willem n'est pas un tailleur de pierre public, Robert Jones. Il s'occupe maintenant des pommes de terre et ne peut être épargné. Vous m'avez demandé d'être « juste » ; pensez-vous que vous cherchiez simplement à l'éloigner de la ferme en cette saison chargée ? et avec un serment très ferme, il jura : « Willem ne devrait *pas* construire de murs pour lui ou pour quelqu'un d'autre. »

Mais le chef de l'équipe des tourbiers portait une cloche résonante, tout comme le premier animal de tous les attelages de chevaux de bât, afin d'avertir les autres conducteurs, ou les conducteurs de bétail ou de voitures, que la route étroite était bloquée, et l'un d'eux ou l'autre doit attendre dans l'espace élargi le plus proche prévu comme refuge jusqu'à ce que l'équipe qui avance ait dépassé et laissé la route libre. De tels endroits herbeux ouverts peuvent encore être vus dans les ruelles étroites de l'Angleterre, et là les gitans établissent leurs camps. Bien plus, même au cœur de Londres, le vieux Paternoster Row est doté d'espaces où deux charrettes peuvent passer de front.

La cloche, sonnée dans l'air clair de mars à chaque mouvement de la tête du mulet, a amené William à sauter par-dessus les ruisseaux, les crêtes et les sillons, et les clôtures de séparation pour saluer son vieil et véritable ami.

La voix de Rhys, toujours forte et autoritaire, maintenant élevée et véhémente, parvint à William alors qu'il avançait en bondissant.

« Qui a dit que je ne construirais de murs pour personne ? » il pleure. «Je *le ferai*, et personne ici ne m'arrêtera. Pensez-vous que j'ai l'intention de creuser et de fouiller toute ma vie et d'être votre ouvrier ?

' Ouvrier pour moi, espèce de jackanapes ? Pensez-vous que votre travail intermittent paie votre subsistance ? Mais si vous quittez la ferme aujourd'hui pour construire des murs, vous pouvez la quitter complètement. Je ne vais pas user ma vie pour vous soutenir dans l'oisiveté. Chiffrer la nuit, empiler des pierres le jour, se rendre au château de Caerphilly alors que vous devriez être au travail – quel genre de travail appelez-vous cela ?

'Travail de tête; cela ne compte pas pour vous. Mais, voyez-vous, j'irai et je viendrai à ma guise, et je construirai des murs s'il me plaira. Et je ne te possède pas pour maître. Si nous parvenons à retrouver l'ancien bail, il se pourrait que le plus jeune fils soit l'héritier et non l'aîné. Mais laissez-moi vous dire que pour un sou en argent, je quitterais la ferme pour toujours , seulement je sais que c'est ce que vous voulez. Vous seriez heureux de nous faire sortir, moi ou Ales, pour faire de la place à Cate. Mais pendant que nous restons, maman sera ma maîtresse, et elle le sera.

Pendant un instant, Rhys parut abasourdi. Alors il se jeta sur son frère et le saisit comme s'il voulait l'emporter à terre.

Le garçon de quinze ans était trapu et robuste, et tenait bien sa position, mais il n'était pas de taille face à l'homme au cadre plus endurci et aux muscles endurcis.

Les choses se seraient mal passées pour les plus jeunes si le coupe-gazon n'était intervenu et, à force de force, ne les avait séparés.

'Quoi!' s'écria-t-il, êtes-vous deux frères si jaloux l'un de l'autre que vous lutteriez comme Caïn et Abel ? Honte à vous deux ! Voudriez-vous ramener la mort et le chagrin sur le foyer de votre mère ?

Ils restèrent haletants, mais confus, alors qu'il avançait...

« Sûrement, avec une perte après l'autre – l'argent du loyer disparu lors de la disparition d'Evan, la facture cruelle des frais, l'augmentation du loyer, le bail manquant – la pauvre veuve traverse effectivement une mer de problèmes, avec suffisamment de soucis . pour la noyer, sans vous deux, qui devriez être son aide et son réconfort, ajoutant ainsi à la charge. N'as-tu pas honte ?

« C'est la faute de Rhys ! » "C'est la faute de Willem!" pleuraient-ils simultanément, tous deux émus par la référence à leur mère, qu'ils aimaient d'une profonde affection.

« Vous êtes tous deux coupables. Chacun a une raison pour lui ; mais laissez-moi vous dire, les gars, c'est toujours celui qui a le plus tort qui cède le dernier. Maintenant, serrez-vous la main et soyez amis. Je suis venu ici en pensant vous rendre service à tous, car il serait plus rentable pour Willem de construire des murs que de faire des travaux de terrain en commun. Mais je ne veux pas créer de dissension entre vous, alors je vais demander à Morgan, le tailleur de pierre, de construire mon mur.

Les lèvres de William étaient serrées.

Les frères se regardèrent ; Rhys hésita. La référence à un « meilleur salaire » avait touché une corde sensible dans son cœur.

« Si » – commença-t-il.

" *Je* vais construire votre mur, regardez-vous, payer ou pas payer, Robert Jones. Mais tu n'auras pas besoin de moi aujourd'hui, de toute façon ?

« Non, pas avant la semaine prochaine ; mais un travail équitable doit avoir un salaire équitable. Pourtant, qu'en dis-tu, Rhys ?

Il y avait là une échappatoire par laquelle Rhys pouvait se faufiler. "Oh, en effet, si vous ne voulez pas l'arrêter de son travail aujourd'hui ou demain, cela peut être fait."

donc réglée à l'amiable, et lorsque le coupeur de gazon partit, William était à genoux, aidant Rhys à rassembler ce qu'il pouvait de l'orge déversée de son portefeuille de graines pendant leur lutte peu fraternelle.

Il se trouve que le dimanche suivant, le vicaire prit pour texte 2 Pierre Ier . 5, 6 et 7, en m'attardant particulièrement sur le dernier : « *Et à la piété la bonté fraternelle ; et à la charité de bonté fraternelle* »- de telle manière que Rhys et William le prirent à cœur, imaginant qu'il avait entendu parler de leur antagonisme et qu'il leur adressait spécialement son sermon. Il y en avait sans doute d'autres dans la congrégation à qui le sermon pourrait s'appliquer avec autant de force, mais ils gardaient tous deux la tête baissée, comme pour cacher la rougeur cramoisie qui montait à la racine de leurs cheveux bruns, et s'agitaient avec inquiétude sur leurs hauts- siège à dossier.

Quoi qu'il en soit , c'était la fin de leur conflit ouvert. Et lorsque, au bout d'une autre semaine, Guillaume rapporta à sa mère, en bonne monnaie, plus du double du salaire d'un ouvrier des champs , se réservant une très petite part pour lui-même, rien ne fut dit en guise d'objection à cet égard. son engouement pour la construction, ou ses efforts pour atteindre une connaissance plus complète du calcul arithmétique.

Rares étaient ceux qui se rendaient à Brookside Farm, sauf pour affaires, et encore moins se souciaient de demander qui entretenait les clôtures et les latrines en si bon ordre ; et même si la maison d'Owen Griffith se trouvait au bord de la route, les passants ordinaires n'étaient pas susceptibles de s'arrêter et de poser de telles questions, même s'ils jetaient un second coup d'œil aux murs.

Mais Robert Jones était devenu un homme d'affaires prospère. Il avait augmenté le nombre de son équipe et parcourait toujours le pays avec du chaume, de la tourbe, de l'argile et de la chaux. Il n'y avait guère de fermier ou de chalet sur toute la montagne d'Eglwysilan , ou à proximité, qui ne vienne à l'occasion chez lui, soit pour emporter quelques-unes de ses denrées nécessaires, soit pour laisser une commande spéciale. Et c'étaient ces mêmes hommes pour qui les clôtures étaient importantes, ces mêmes hommes qui reconnaissaient un bon mur compact lorsqu'ils le voyaient.

Jones avait la tête longue. Il avait une double motivation lorsqu'il commença à vendre des dalles brisées et invita William Edwards à construire un mur d'enceinte pour ses magasins. Il savait que le mur attirerait l'attention, attirerait l'attention du jeune maçon autodidacte et l'aiderait à vendre sa pierre.

L'événement justifiait ses calculs clairvoyants. Avant qu'un autre printemps ne marque le seizième anniversaire de William, il était connu pour être le meilleur constructeur de murs secs dans une vaste région, et ses services étaient fréquemment demandés.

Il n'y avait plus de snobisme sous le toit de sa mère, car avec une très petite réserve pour ses besoins personnels, il versait tous ses gains dans son giron comme dans un magasin commun ; et augmentant en estime, il fut remercié avec une sincère satisfaction, tant les gains étaient matériels et si nécessaires pour répondre à des demandes croissantes, extorqua M. Pryse, ricanant et souriant de leur incapacité à le confronter à leur bail, ayant augmenté le loyer une seconde fois. , et a menacé de mesures encore plus sévères.

Et personne maintenant ne prêtait une main plus disposée à tout travail de la ferme, lorsqu'il n'était pas employé autrement, que le pensif William, qui voyait avec douleur les mèches blanches entrelacées les cheveux autrefois noirs de sa mère.

Mais William Edwards ne se contentait pas d'être un simple constructeur de murs secs. Il observa la maçonnerie de l'église et du château de Caerphilly et fut conscient qu'il avait beaucoup à apprendre. Comment élargir son fonds de connaissances était un problème. Mais il ne se laissa pas facilement intimider.

Un dimanche, il aperçut une vache et divers moutons s'introduire dans la glebe du vicaire, après avoir franchi une large brèche dans le mur en guise d'invitation. A peine le service terminé, il s'avança hardiment vers le vicaire, lui rappela l'aide promise, expliqua son désir de maîtriser des formes d'arithmétique supérieures à celles qu'Owen Griffith avait la capacité d'enseigner, et proposa modestement de réparer le mur de la glebe si le vicaire acceptait. ses services. Le révérend John Smith sourit et acquiesça volontiers. William se mit au travail sur le mur le lendemain, entrant dans le salon du presbytère lorsque les bougies étaient allumées et faisant le meilleur usage du privilège accordé. Longtemps après que le mur ait empêché les intrus à quatre pattes, on pouvait voir William se rendre au presbytère, après une dure journée de travail, une à deux fois par semaine, un bout de bougie planté dans un navet creux servant à l'éclairer chez lui lorsqu'il rentrait chez lui. il n'y avait pas de lune.

C'est à peu près à cette époque qu'une lueur plus forte éclaira ses ténèbres.

Il était engagé à clôturer un nouveau champ pour un fermier à environ trois kilomètres de Caerphilly . Levant la tête et étirant les bras, son attention fut attirée par un bruit qui ne faisait aucun doute. Il y avait une forge au bord de la route, et presque devant elle, un chargement de pierres était déversé d'une charrette, ou ce qui répondait alors à ce nom dans cette région sauvage. Ce n'était guère plus qu'un traîneau, bas au sol, mais fonctionnant sur de larges roues ou rouleaux en bois massif, ceinturé de bandes de fer et tiré par quatre chevaux.

Sa curiosité était excitée. Un groupe d'ouvriers était là. Qu'allaient-ils faire ? Un homme mesurait le sol, les autres, ôtant leurs manteaux, retroussaient les manches de leurs chemises et se mettaient eux aussi au travail.

Une tranchée a été creusée le long des lignes tracées. Et maintenant, deux mules sont arrivées avec des sacoches chargées. William franchit son propre muret et s'approcha pour observer, son pouls battant rapidement. Il découvrait le secret qu'il avait si longtemps haleté d'apprendre.

Un tas de sable était vidé sur le sol et creusé comme un immense bol peu profond. On y versait de la chaux provenant des autres paniers, puis un homme portant un seau apportait de l'eau d'un ruisseau au bord de la route et la versait sur la chaux. Il n'était pas nécessaire de dire d'où montait ce volume de vapeur pour celui qui blanchissait si souvent à la chaux les bâtiments de ferme de sa mère. Mais le brassage et le mélange du mortier étaient nouveaux pour lui. Et quelle était cette peluche douce qui était sortie d'un sac lorsque la vapeur commençait à se calmer ? C'était quelque chose avec lequel le vent se libérait et soufflait presque comme du duvet de chardon – ouais, presque vers son propre visage. Il attrapa une touffe détachée ; l'a examiné. Ce ne pourrait être que du poil de vache. C'est ainsi que le mortier était lié !

Anon se mit à craquer et à tinter l'acier sur la pierre, ce qui était et n'était pas nouveau pour lui.

de plus en plus , mais craignait toute observation excitante. Il connaissait son propre objectif et avait l'impression que les maçons occupés le sauraient également et le chasseraient avant que son objectif ne soit atteint.

Il a observé le maçon ébrécher et tailler les pierres jusqu'à ce que celle-ci s'adapte à ses semblables, et elles ont été posées côte à côte dans un lit de mortier à l'intérieur de la tranchée, et du mortier frais s'est étalé dessus avec une truelle pour recevoir une deuxième couche de pierres. pour la fondation.

Puis il est retourné dans son propre bâtiment en cloisons sèches. Mais jamais les murs ne lui avaient pris autant de temps auparavant, car jour après jour il observait les maçons à leur travail et apprenait jour après jour quelque chose de nouveau - même l'utilisation de l'équerre et du plomb - jusqu'à ce qu'un hangar de maréchal-ferrant bien construit jouxte la forge du forgeron. avec des piliers légèrement arrondis soutenant le toit.

Il avait appris le secret des outils des maçons, notamment le marteau, avec lequel les pierres étaient taillées et taillées. Contrairement au sien, il était en acier aux *deux* extrémités, une extrémité en forme de hache.

D'un forgeron de Caerphilly , il en obtint un autre avant la fin de la semaine.

Bref apprentissage ! Aucune prime payée ! Pas d'années de servitude envers un maître ! Dieu l'avait doté de facultés particulières. Il avait un parti pris particulier ; il avait aussi de l'intelligence, de la persévérance et de la détermination pour réussir. Il avait jusqu'à présent obtenu un certain succès.

Il commença à spéculer sur un succès qu'il ne pouvait pas mesurer.

CHAPITRE XVIII.
DANS LA POIGNEE D'UNE MAIN FORTE.

Cinq années s'étaient écoulées depuis ce triste mois d'octobre où Evan Evans s'éloignait de Brookside Farm plein d'espoir et d'attente, et pourtant à partir de cette heure aucun mot ni signe de son existence, aucun signe de sa mort n'était venu dissiper le doute fiévreux. .

Cela avait été cinq années inquiétantes et fatigantes. Car bien que Guillaume rapporte ses gains les plus importants au magasin commun, et que ses frères fassent de leur mieux dans la ferme, et qu'il n'y ait eu que des pertes ordinaires, l'argent soustrait n'a jamais été remplacé. M. Pryse avait empêché cela grâce à son augmentation exorbitante du loyer. Puis il avait pris l'habitude de visiter la ferme de temps en temps, faisant des commentaires libres avec des lancers sarcastiques à Rhys et des allusions coupantes à Evans, toujours porté disparu, et au bail manquant, qu'il insistait sur le fait que l'homme avait dû s'emparer, s'il existait un jour. .

Ales a eu beaucoup à supporter pendant tout cela. Chaque allusion douteuse ou cinglante à Evan la blessait comme un couteau. Mais au fond de son cœur, comme dans un puits de vérité et de foi, elle nourrissait la conviction qu'au moment voulu par Dieu, il reviendrait pour la réconforter et confondre ses détracteurs. Et ainsi, année après année, elle gardait sa place malgré les regards noirs de Rhys et Cate.

Robert Jones lui aurait volontiers construit une autre maison. Mais Ales se contenta de secouer la tête et dit avec un profond soupir : « Que ferais-je si Evan revenait ? Non, mieux vaut rester célibataire pour toujours que marié pour toujours . Et trouvant sa constance inébranlable, l'homme a amené une nièce orpheline dans sa maison pour prendre soin de lui et de sa mère, un aveu tacite que son procès était sans espoir.

Une réponse proverbiale de ce type que Mme Edwards a donnée à Rhys à cette époque lorsqu'il a souligné combien il serait mieux d'avoir Cate toujours à portée de main comme épouse, plutôt que de payer pour ses services fréquents, lorsque William était absent pour construire des murs, comme c'était souvent le cas. « D'ailleurs, maman, tu ne peux pas espérer garder Jonet toujours à la maison, dit-il. "Thomas Williams commence à lui parler, et il est clair qu'il envisage de prendre femme, et il a cinq ans de moins que moi, regarde-toi."

"Il lui faudra beaucoup de temps pour réfléchir, s'il pense à Jonet comme épouse et qu'il n'ait même pas construit son atelier", répondit la mère avec décision. « Votre patience tiendra à peine jusqu'à ce que Jonet cède la place à

Cate. Mais en effet, il n'y a pas de place ici pour une femme. Et Cate doit le savoir.

« Nous pourrions faire de la place, si vous le vouliez, » insista-t-il. « Il suffit d'enlever les toisons, les casseroles, les poêles et autres bois de charpente, et de fermer la pièce du fond avec un bout de mur et une porte, et il y aura une pièce aussi grande que la laiterie.

« En effet, et où seriez-vous pour mettre ce que vous appelez du « bois » ?

Rhys hésita, passa deux ou trois fois ses doigts dans ses cheveux bruns détachés, comme pour trouver une idée. Ce qu'il appelait bois d'œuvre était des articles ménagers et des ustensiles communément demandés, y compris les boules de feu et le gazon.

« Oh, bien sûr, je peux en parler à Willem ; » et il s'éloigna à grands pas, les sourcils courbés, laissant sa mère achever de blanchir la façade de la maison et digérer à loisir sa suggestion.

Le Thomas Williams auquel Rhys avait fait référence était le deuxième fils du charpentier qui s'était moqué de la nouvelle idée de Mme Edwards en matière d'hébergement et de nettoyage de ses porcs, mais qui avait cessé de rire des améliorations qui l'avaient amené au travail depuis toujours. rond. En effet, il avait clôturé son atelier et vitré ses petites fenêtres, pour ne pas se laisser distancer par son fils précoce.

Ce fils, Thomas Williams, avait au moins cinq ans de plus que William Edwards, mais les deux hommes s'étaient rapprochés du fait qu'ils se livraient tous deux à des idées originales et qu'ils étaient piqués par le manque d'appréciation à la maison.

ainsi que lorsque Rhys fit entendre à sa mère que Thomas Williams se réconciliait avec Jonet , son propre frère s'occupait d'élever un atelier pour le jeune charpentier à proximité immédiate des locaux de Robert Jones dans la vallée de l'Aber. A la maison, on lui avait dit qu'il était trop jeune pour s'établir, mais il avait fait son apprentissage de sept ans chez son père, avait économisé un peu d'argent et n'était pas aussi jeune que le maçon autodidacte, qui gagnait *sa* première expérience de construction de maisons pour lui.

Dans le foyer de son père, on se moquait de lui pour avoir confié ne serait-ce que la construction d'un atelier aux mains inexpérimentées d'un simple garçon. Ainsi, de ses projets ou de ses intentions ultérieures, il n'y parlait que peu, désireux d'échapper aux inévitables ricanements et au découragement.

C'était à Brookside Farm, au coin du feu, une fois la nuit tombée, que les deux jeunes gens avaient réfléchi ensemble et mûri leurs projets, bien avant qu'ils ne soient mis en service, et c'est là que l'idée originale d'un atelier et d'un salon derrière s'est développée. en quelque chose de plus.

C'est là, nuit après nuit, pendant que Rhys était en bas de la colline chez le tisserand , que Thomas Williams avait des occasions insoupçonnées de constater l'aptitude de Jonet à devenir épouse. Certes, il avait remarqué ses yeux et ses cheveux noirs brillants, son teint clair et son sourire agréable, sa tenue soignée et sa silhouette pimpante, des moments insensés le dimanche, et il avait pensé à la souplesse et à la souplesse de ses mouvements, à sa modestie . Mais c'était sur le foyer de sa mère, soit en tricotant, soit en filant avec sa quenouille, en causant avec l'un ou l'autre et en faisant l'éloge de ses frères, ou en aidant Ales à préparer le souper, qu'il voyait combien elle était prête à préparer le dîner. elle-même utile et agréable également.

C'est ainsi que, à partir du projet initial d'un simple atelier, s'est progressivement formé un projet de construction d'une maison entière.

William Edwards était petit et robuste ; son visage rond était devenu carré, son front large, sa mâchoire inclinée vers le massif ; ses yeux gris perçants étaient profondément enfoncés et pensifs, son nez était large avec de larges narines, ses cheveux brun foncé croustillants comme une couronne – à dix-sept ans, un homme prématuré de pensée et d'action, avec des mains fortes et capables.

couleur saine sur les joues et une coupe de cheveux auburn ondulés ; bref, un beau jeune homme.

Assez beau pour attirer Jonet , et plus que Jonet ; mais il ne fallait pas amener Mme Edwards à accepter trop d'intimité jusqu'à ce qu'elle soit assurée que ni son fils ni son ami n'avaient mal évalué son talent ou ses résultats.

certainement pas le cas de William Edwards.

Les passants ou les personnes ayant affaire avec le coupe-gazon s'attardaient pour regarder le jeune maçon travailler, tandis que les murs s'élevaient progressivement au-dessus des fondations, jusqu'à devenir fermes, uniformes et compacts comme s'ils avaient été posés par un maître. quelques pièces à l'arrière et un grenier indivis au-dessus du tout, le tout était bien visible. Mais avant même que Thomas Williams n'ait posé les derniers chevrons, que le toit de chaume ne soit posé ou que les battants ne soient vitrés, le propriétaire pouvait être vu sur son banc en train de faire du rabot ou de la scie pour rendre l'ensemble substantiel et complet.

La situation avait été bien choisie. La proximité des locaux de Robert Jones constituait une publicité moderne pour les deux jeunes constructeurs. Ensuite, c'était sur la route principale menant à l'église et il était certain d'attirer l'attention et les recherches.

Rhys se tenait devant le chantier le dimanche après l'achèvement, avec Cate et son père, ressentant pour la première fois une sorte de fierté envers son frère autodidacte. Il avait examiné chacun d'eux d'un œil critique, lorsqu'il entendit Robert Jones l'appeler depuis sa porte basse :

« Regardez-vous là maintenant ! Que penses-tu de cela ? Ne vous avais-je pas dit de ne pas gâter un bon bâtisseur pour faire un mauvais fermier ?

" En effet , vous l'avez fait, et je pense que vous aviez raison. Mais où a-t-il appris tout cela me laisse perplexe.

« Ah, eh bien, attendez et voyez. Le petit sera finalement le grand.

Le reste de la famille était arrivé, Mme Edwards entre William et Davy, Jonet étant resté avec le beau Thomas Williams.

Les félicitations arrivaient en masse et rapidement, même de la part de voix étranges.

Rhys saisit la main de son frère et la serra chaleureusement.

«Je n'ai jamais pensé que tu pourrais faire ça, Willem, peu importe. Je suis heureux et fier de le voir.

"Deed, je le savais depuis longtemps, et Robert Jones aussi", a ajouté Owen Griffith.

«J'aurais aimé le savoir. Mais où as-tu appris à construire *ainsi* ?' » demanda Rhys, qui tenait peu ses murs secs.

« Bien sûr, et j'étudiais au château de Caerphilly , où vous pensiez que je oisif. La grande maçonnerie est là ! répondit Guillaume.

Les yeux de Mme Edwards étaient remplis de larmes. Elle voyait un avenir devant son fils et remerciait Dieu en silence.

« Voudriez-vous regarder à l'intérieur ? » dit le propriétaire, qui avait déverrouillé la porte et l'avait maintenue ouverte pendant que Mme Edwards et Jonet entraient.

Le sol de la devanture du magasin était déjà recouvert d'une épaisse moquette de copeaux bouclés et rempli d'étranges morceaux de chêne et de pin façonnés et taillés prêts à être assemblés, un panier d'outils en jonc était posé sur l'établi de l'ouvrier sous la fenêtre, des morceaux de bois étaient dressé contre les murs nus, et il y avait déjà un air d'affaires dans les lieux.

"Tout est rude et vide à l'heure actuelle", s'est excusé Thomas Williams. « Quand les murs seront suffisamment secs pour être blanchis à la chaux, et que ceux-ci (montrant la pile incongrue sur le sol) seront transformés en de solides sièges et en tables, et que mes outils seront mis en ordre, ainsi que la maison, vous devrez reviens voir encore et repose-toi en sortant de l'église.

"Personne ne sera plus le bienvenu, quoi qu'il en soit", ajouta-t-il avec emphase, et un regard caché à Jonet , qui avait les pieds sur une volée de marches étroites en pierre menant vers les hauteurs. Bientôt, elle redescendit surprise.

« Eh bien, maman, regarde-toi ; il y a une grande pièce au-dessus. À quoi ça sert ?

Thomas rougit.

"Deed, William a dit qu'il valait mieux d'abord terminer la maison et montrer ce que nous pouvions faire. Jusqu'à ce qu'on en ait besoin, il servira à garder mon meilleur bois au sec et en sécurité.

"Mais vous ne remarquez pas à quel point les murs sont solides et substantiels." Ceci pour Mme Edwards.

« Oui, oui, bien sûr ! Et je prie Dieu de faire prospérer l'œuvre de vos deux mains.

'Amen!' » est venu avec ferveur de la part des deux jeunes gens, et a eu un fort écho du coupeur de tourbe à l'arrière.

Les nez retroussés et les commentaires ricanants ne manquèrent pas sur la présomption de deux débutants inexpérimentés s'élançant avec tant de prétention ; mais pour eux, le bâtiment substantiel avec ses deux étages était comme un modèle de fabricant moderne et rapportait des commandes à l'un ou aux deux.

Et il arrivait fréquemment que les deux hommes soient engagés pour travailler ensemble, surtout chaque fois que Robert Jones avait l'occasion de dire un mot.

Bien avant que Thomas Williams ait mis de l'ordre dans sa maison ou terminé ses installations en bois, le vicaire lui rendit une visite d'inspection et avec lui un gentleman qu'il appelait M. Morris. Et ce dernier fit une inspection très minutieuse, sondant et mesurant les murs et essayant le ciment.

« Bon travail, extrêmement bon travail », dit-il ; mais je n'en attendais pas d'autre de la part de ce garçon. Je le recommanderai.

Son opinion ou sa recommandation devait valoir quelque chose, car très vite, William Edwards fut appelé à construire une autre maison à deux étages, de dimensions encore plus grandes, plus proche de Caerphilly et de l'étable du maréchal-ferrant où il avait obtenu son diplôme en maçonnerie .

Avant cela, alors qu'ils rentraient chez eux, bras dessus bras dessous, après cette visite dominicale du nouvel atelier, Rhys lui avait exposé le dernier obstacle que leur mère avait lancé sur la voie de son mariage. C'était quelque chose de nouveau pour lui de prendre conseil avec William.

« Ah, eh bien, Rhys, » acquiesça-t-il, « maman est vraiment quelque chose de déraisonnable. Elle est pire que Laban, car tu cherches Cate depuis plus longtemps que tout le service de Jacob, et tu as été un fils dévoué en attendant si longtemps. Je vais bientôt vous faire une chambre quelque part, bien sûr.

Laissant Rhys au pied de la colline, il fit demi-tour pour aider sa mère à gravir la montée raide, elle ayant marché jusqu'à l'église.

La trouvant de la meilleure humeur , il défendit la cause de son frère avec tant de succès que, au moment où ils furent au sommet, il obtint son consentement pour construire une pièce supplémentaire au bout de la cheminée de la maison, acceptant que, si le Si la chambre était prête, le mariage pourrait avoir lieu à Hollantide, ou plus tôt, si toutes les récoltes étaient récoltées et entreposées.

« Prêt, et May est toujours en fleurs ? » William rit en rassemblant ses matériaux et en déblayant suffisamment de terrain, cela semblait si peu de chose. Mais avant qu'il ait un mur de deux pieds de haut, la commande inattendue d'une maison à deux étages , également nécessaire dans un temps donné, vint mettre un terme à son arrangement fraternel.

C'était un moment de fierté pour le jeune constructeur, même si Rhys semblait vide et que tout n'était pas clair devant lui.

« Peu importe, Rhys, dit-il ; 'votre place sera prête à temps. J'aurais aimé être aussi sûr de l'argent nécessaire pour poursuivre les autres travaux. J'ai l'intention de gérer ça, mais je n'aime pas demander à nouveau à ma mère mon argent. Jones a proposé de trouver la pierre et d'attendre le paiement, et Williams les boiseries ; mais il y aura les salaires des ouvriers et d'autres choses. Je dois y réfléchir.

Il n'eut pas l'occasion de perdre beaucoup de temps en « réflexions ». La mère et les frères convinrent que la majeure partie de ses contributions à la bourse générale devait être considérée comme un fonds de réserve à son usage, sans aucun doute que cela serait mutuellement avantageux.

Ainsi sa nouvelle entreprise fut planifiée, commencée et menée à bien, au profit commun de lui-même et de ses amis, et à la satisfaction de son employeur. Non sans un ou deux accrocs et une réflexion considérable, car il était à la fois architecte et constructeur ; et sûrement jamais aussi jeune et autodidacte auparavant. Mais je raconte des faits et non des fables.

À cette époque, si les gens travaillaient de longues heures, ce n'était pas à vitesse rapide. Il n'y avait pas de « camping », car la durabilité était un objectif.

Il fallut donc attendre la fin du mois de septembre avant que William ait le temps d'ajouter une autre pierre au mur de Brookside, et même alors , il dut donner un coup de main dans les champs de récolte.

Il avait cependant donné parole à Rhys, et il n'y avait aucune crainte qu'il ne la rompe. Sa promesse signifiait une performance, par gré ou par escroc.

D'ailleurs, ce n'était pas bien grave, et bientôt Thomas Williams fit préparer les solives et autres boiseries au sol, et les installa dans l'encadrement de la porte, car le jeune maçon, monté sur une planche élevée sur des mottes, ajustait le couronnements du nouveau pignon avec un aspect de contentement de soi.

L'heure du dîner approchait et Cate, aussi impatiente que Rhys, s'était précipitée vers le devant de la maison avec Jonet pour constater les progrès et avait applaudi de joie de constater que la maçonnerie était si proche d'être terminée.

À ce moment-là, William baissa les yeux. Un « Ugh ! » révélateur de l'agacement qui jaillit de lui. «Voici venir ce méchant vieux Pryse», cria-t-il. « Que veut-il ici ?

La route qui montait serpentait jusqu'à la cour de ferme à l'arrière. Un montant donnait accès à l'enceinte en face et un espace étroit plus loin. Ici, à l'échalier, il descendit de cheval, jetant les rênes par-dessus le poteau latéral.

« Ah, bien sûr, dit-il avec ce sourire franc qu'il rendait si offensant, les choses doivent prospérer chez vous. C'est bien d'avoir un maçon dans la famille quand la maison est trop petite. Il faut bien que quelqu'un s'aventure sur une femme ; ou peut-être que Mme Edwards est fatiguée de son veuvage ?

Comme son regard était mauvais dans ses yeux mi-clos, tandis que William répondait depuis son estrade :

« Rhys va se marier, monsieur. Avez-vous quelque chose à dire contre cela ?

« Oh, chérie, non. Rhys, en effet ! Permettez-moi de le féliciter pour cette perspective propice et pour la prospérité qu'elle indique. Sa Seigneurie sera ravie, j'en suis sûr, d'apprendre ces ajouts à la ferme et à la famille. Et tout en parlant , il passa lentement une main maigre sur l'autre…

« Se laver les mains avec du savon invisible,

Dans une eau imperceptible'—

avec une apparente satisfaction née de tout sauf de la bonne volonté.

Rhys et Mme Edwards arrivèrent sur les lieux, les mêmes salutations simulées furent offertes, le ricanement étant si palpable que Jonet se rapprocha involontairement de Thomas Williams, et Cate attrapa le bras de Rhys comme pour se protéger.

Pour une fois, il déclina l'hospitalité qui leur était offerte, se contentant d'une corne de cidre. Le repas végétarien d'un agriculteur de montagne ne lui plaisait guère, et il savait que la viande était réservée aux dimanches et aux rares fêtes. Puis, montant à cheval , il parcourut la ferme au trot, calculant la valeur des récoltes entassées ou debout, ainsi que des moutons et des vaches paissant sur le flanc de la montagne, comme si les produits avaient été les siens et non ceux du fermier.

Sa présence jette une tristesse temporaire sur la famille. Il était considéré comme un oiseau de mauvais augure.

Mais le nuage se dissipa rapidement et la construction continua joyeusement. Au début d' octobre, les chevrons étaient en place, et William avait commencé à les recouvrir de chaume et envisageait l'opportunité de recouvrir toute la maison de chaume, lorsque leurs plans furent soudainement interrompus avant la Saint-Martin.

Guillaume, monté sur une échelle, prenait un fagot de paille fraîche à son jeune ouvrier , lorsqu'un homme au visage rouge, dont il semblait se souvenir de façon désagréable, s'avança hardiment par-dessus le montant, sortit de sa poche graisseuse un papier plié et demanda : insolemment voir « Jane Edwards, la locataire à volonté ».

Il était le truculent messager officiel de M. Pryse, et le papier qu'il fourrait dans la main tremblante de la veuve était un « avis d'expulsion » formel de la ferme !

La main maigre de M. Pryse s'était refermée sur la famille avec une poigne semblable à celle d'un étau.

CHAPITRE XIX.
AVEC L'OR DE GRAND-PÈRE.

Si le papier remis à Mme Edwards contenait un fusible enflammé pour mettre le feu à toute la propriété et la réduire en cendres, cela n'aurait guère pu créer une plus grande consternation.

Le sourire sur le visage du porteur et le cri de consternation de sa mère firent descendre William de son échelle en toute hâte et envoyèrent le garçon John Llwyd partir à toute vitesse pour porter l'alarme d'une calamité inconnue aux autres.

Un à un, Rhys, Davy et Jonet se précipitèrent dans la maison pour trouver leur mère, son tablier jeté sur la tête, se balançant d'avant en arrière sur le fauteuil du vieux grand-père, se tordant les mains et gémissant d'extrême détresse : cela leur semblait inexplicable.

' Oh , que je devrais vivre pour voir ce jour ! Oh , que les choses devraient un jour en arriver là ! Bien sûr, ce sera ma mort !

William, à ses côtés, s'efforçait de maîtriser le jargon juridique d'un document entre ses mains ; tandis qu'Ales, les bras et le tablier mouillés par la baignoire, se penchait sur sa maîtresse et faisait de son mieux pour réprimer l'explosion de chagrin à sa manière lapidaire.

« Nom de Dieu, Jane Edwards, vous faites comme si M. Pryse était Dieu Tout-Puissant ! Bien sûr , la bataille n'est pas perdue avant d'être menée. « Deed, tu ne pourrais pas t'inquiéter plus si Rhys avait été enlevé comme mon Evan. Regardez à Dieu, maîtresse ; Son souffle peut ratatiner M. Pryse comme une feuille dans un vent d'est.

Mais le choc était trop récent pour une consolation immédiate. La philosophie n'est pas un pansement pour une blessure à vif.

Pendant ce temps, William avait lancé à Rhys la « notice » à travers la table, avec la remarque sur laquelle il posait ses dents fortes et blanches : « Le vieux cerf-volant maigre a aiguisé son bec et pense bien à nous déchirer avec ses serres ; mais si je ne lui coupe pas les griffes avant la fin de l'année, je ne m'appelle pas William Edwards.

"La meilleure façon d'y parvenir serait de trouver le bail", a ajouté Davy. « Je me demande où grand-père l'a caché ?

« Je le découvrirai si je démolis la vieille maison, pierre par pierre », s'écria William avec passion ; » ajoutant sur un autre ton : « Écoute, maman, pleurer ne répare pas un œuf cassé. Montrons au vieux misérable une façade audacieuse, et qui sait si Dieu ne nous aidera pas à retrouver le bail et à garder la ferme malgré lui. Mais sinon, dans douze mois, *je* vous ferai peut-être un foyer, ferme ou pas.

Rhys seul n'avait pas parlé. Jonet s'était approchée de sa mère et, agenouillée à côté d'elle, lui avait murmuré des paroles réconfortantes, tandis que des larmes coulaient sur ses propres joues.

Rhys jeta le journal sur le sol et sortit à grands pas, un cri réprimé d'angoisse amère jaillissant de lui. Il ne pouvait pas demander à Cate de se marier maintenant, avec la ruine qui pesait sur eux ! Il chancela presque contre la porte de l'annexe nouvellement érigée et gémit à haute voix. Il avait l'impression que le coup était dirigé contre lui, contre lui avant tout.

« J'étais si heureux, murmura-t-il, et maintenant… Oh, Cate, chère Cate, comment puis-je vous annoncer la terrible nouvelle !

Davy avait suivi Rhys.

"Deed, je serai d'accord pour le dire à Cate, si cela peut t'épargner de la douleur," suggéra-t-il doucement. "Peut-être qu'elle prend mieux ce que je fais."

"Bien sûr, Davy, tu as toujours été un bon garçon", fut tout l'assentiment de Rhys. Mais sans se retourner, il étendit sa large main brune pour rencontrer l'étreinte chaleureuse de Davy, qui, une minute plus tard, descendait régulièrement la pente.

Les deux frères s'attendaient probablement à des crises de colère de la part de Cate Griffiths suite au changement soudain de ses perspectives matrimoniales. Mais pour une fois, c'était la mère, et non la fille, qui se mettait en colère contre ce qu'elle considérait comme l'échec final de projets de longue date.

Pendant un instant, Cate parut abasourdie. « Pauvre Rhys ! C'est tout ce qu'elle a dit ; il aura besoin de quelqu'un pour le réconforter, et de votre mère aussi.

Dix minutes plus tard, Rhys, appuyé bêtement contre l'encadrement de la porte où Davy l'avait laissé, sentit une paire de bras chauds se glisser autour de son cou, et une voix aimante dire : « Pauvre Rhys ! Qu'importe ? Il y a d'autres fermes disponibles. Nous ne nous perdrons pas si nous attendons. Vous avez un bail *quelque part* qui va bouleverser le vieux Pryse. Et écoute, Rhys, ni Pryse ni sa seigneurie n'ont de bail sur leur vie. Il ne vivra peut-être pas assez longtemps pour vous chasser. Ne vous découragez pas. Faites confiance à Dieu, faites votre devoir et laissez-lui le reste !

Pauvre Rhys ! Les premiers mots de sympathie étaient entrés dans son âme. Il n'avait jamais connu Cate aussi aimante de toute sa vie. Elle avait été capricieuse, taquine et alléchante , mais jamais ainsi. Son procès a échoué dans la nouvelle découverte. Il la serra contre lui et reprit courage. La moitié de sa peur était de la perdre.

Un appel bruyant d'Ales rappela Rhys à des tâches négligées, et Cate, pieds nus, se précipita vers la maison pour avoir une compétition acerbe avec sa mère, qui renouvela un vieux cri selon lequel "Cate n'a pas besoin de gâcher son marché pour Rhys Edwards, quoi qu'il en soit."

La nouvelle se répandit rapidement que Mme Edwards avait été informée de quitter la ferme à la Saint-Michel , et la commisération était générale.

Mais lorsque Jane Edwards, soutenue par Rhys et Owen Griffith, entra dans l'appartement de M. Pryse à l'auberge le 9 octobre, jour de la foire de Caerphilly , ni elle ni Rhys ne firent aucune allusion à l'avis reçu ni ne parurent intimidés.

Elle déposa son argent et demanda son reçu.

L'agent l'a regardée avec curiosité, mais face à deux témoins, il a exigé de garder ses propos.

Alors que Mme Edwards examinait attentivement le reçu qu'il avait donné, il remarqua avec son sourire sinistre :

« Sa Seigneurie vous demande de tenir dûment compte de l'avis d'expulsion qui vous a été signifié. Il ne peut permettre *aux locataires de construire à volonté* sur son terrain sans autorisation expresse.

' *Si* Sa Seigneurie sait quoi que ce soit à propos de cet avis d'éjection, il saura qu'il ne s'agit que de vieux papiers. Bonne journée Monsieur.'

Il ouvrit grand les yeux pour une fois et la regarda, mais sans un autre mot, Mme Edwards quitta la pièce, suivie de Rhys et Griffith, qui avaient auparavant payé son loyer.

« Vous l'avez touché là, » dirent-ils tous deux dans un souffle, une fois sortis de l'auberge.

Ils en auraient été sûrs s'ils l'avaient vu sursauter de son siège et saisir les accoudoirs de son fauteuil en s'écriant en retombant :

« Confondre cette femme ! Que voulait-elle dire ? Le bail est-il retrouvé ? Et que signifiait son insinuation à propos des connaissances de Sa Seigneurie ? Ils ne peuvent pas l'avoir… mais… non, non ! Et là, il restait assis, rongeant ses longs ongles, perplexe, indifférent aux coups fréquents à la porte ou aux locataires qui attendaient leur tour dans le couloir.

Non, le bail n'avait pas été trouvé, mais quelque chose d'autre avait été trouvé, ce qui a donné du courage à Mme Edwards.

Dans le premier élan de son indignation , elle avait interdit à William de procéder à son chaume. Mais il était tout aussi persistant.

« Quoi, maman ! s'écria-t-il avec chaleur, laisser ce petit endroit sans toit pour dire au vieux Pryse que nous sommes effrayés par son papier sale ? Pas moi. Et je crois que Sa Seigneurie n'en sait pas un mot, quoi qu'il en soit.

Les mots sortaient de ses lèvres comme une inspiration. Sa mère les a rattrapés.

William, prenant le mors entre ses dents, gravit son échelle, accompagné de John Llwyd , avant qu'elle n'ait pleinement maîtrisé les probabilités de l'affaire.

Ce ne fut pas une longue affaire, car, vu l'état des choses, il n'eut pas la témérité de refaire le toit de toute la ferme. Mais pour faire un travail soigné, il dut enlever les bords usés et déchiquetés du vieux chaume pour réaliser un joint uniforme.

Ce faisant, créant un espace, quelque chose tomba à l'intérieur de la cuisine avec un bruit sourd et un cliquetis.

« Nom, mon Dieu, qu'est-ce que c'est ? » s'écria Ales depuis la cheminée, perdant presque la prise du pot en fer qu'elle accrochait au crochet. « Est-ce que vous allez mettre la maison autour de nos oreilles ?

Un autre instant, elle poussa un cri : « C'est trouvé ! C'est trouvé ! Dieu merci!'

Mais avant qu'elle puisse mettre la main sur le prix, William était dans la maison et avait ramassé une petite boîte en chêne couverte de poussière et de moisissure .

Le cri d'Ales fit sortir Mme Edwards de la cour de ferme avec un tablier rempli d'œufs qui tombèrent avec fracas sur le sol.

Qu'importaient les œufs ? La vue de cette curieuse vieille boîte a fait perdre la tête aux œufs !

« Oh, mon Dieu, Willem ! C'était la boîte de ton grand-père ! Votre pauvre cher père a fait bien des chasses pour cette boîte. Ouvre-le, vite !

« C'est fermé à clé, maman. Je ne peux pas forcer le moraillon, il est tellement serré.

« Ah oui, j'oublie. J'ai gardé la clé toutes ces années. Ici, ici, dépêchez-vous !

Comme ses doigts tremblaient lorsqu'elle tirait de sa poche profonde la grosse clé du coffre, et la petite si bien conservée pour... ça.

Un papier plié, et une multitude de pièces !

John Llwyd jetant un coup d'œil par la porte, brutalement chassé par Ales, tel un autre Mercure aux pieds ailés, survola les champs et les jachères, faisant écho à son cri : « C'est trouvé ! C'est trouvé !

Avant que le journal puisse être lu ou que les pièces de monnaie aient été comptées, il y eut d'autres échos que celui de William au pieux « Merci à Dieu !

Le papier était un *testament*, dûment signé et attesté, par lequel William David Edwards léguait à son fils William, et à son fils aîné Rhys après lui, le bail de la ferme et tous les biens fonciers détenus en vertu de ce bail, avec quoi que ce soit. le bétail et les récoltes pourraient s'y trouver à son décès. Et il restait en outre tout l'argent qui pourrait être trouvé avec ce testament pour l'usage de ce fils, William, si la nécessité s'en faisait sentir, mais lui chargeait de ne pas diminuer mais d'ajouter au magasin, à partager entre David et tous les futurs enfants. né desdits William et Jane Edwards, afin de les aider également à faire un début dans la vie.

Quel cri s'est élevé lorsque le « *bail* » a été nommé ! Ce n'est plus un fait contesté. Il s'agissait là d'une preuve légale qui pourrait leur être très utile si le bail lui-même ne pouvait être trouvé. Sans doute le prudent grand-père – décédé subitement dans une crise – l'avait-il caché ainsi que le testament qui venait de tomber au grand jour. Cela pourrait arriver n'importe quel jour.

L'espoir était au rendez-vous. Et maintenant pour les pièces. Certaines – les pièces de cinq livres et de deux livres de William et Mary – étaient inconnues des jeunes hommes, bien qu'elles aient été inventées pendant la virilité du collectionneur ; mais le reste, des guinées et des demi-guinées provenant des monnaies de William et de la reine Anne, n'étaient pas encore retirées de la circulation, bien qu'elles soient rarement vues. À l'exception de quatre pièces de couronne ternies, il n'y avait pas d'argent.

C'était un héritage en or dont ils pouvaient se régaler. En tout cent quarante-cinq livres. Un tel magasin n'avait jamais rencontré leur vue auparavant.

Pourtant, avec cette nouvelle possession s'ajoutait la peur des voleurs. Ales a conseillé le silence.

" C'est vrai, et il vaut mieux que les dents protègent la langue. Ce serait une illusion de montrer au vieux renard le nid de poule. Celui qui pourrait voler mon Evan pourrait poser ses griffes sur votre or.

C'était un bon conseil et sagement suivi.

John Llwyd avait vu un papier déplié, mais pas d'or ; donc ce qu'il avait à dire n'avait pas beaucoup d'importance pour les auditeurs indifférents.

Mais, couplé au comportement de Mme Edwards et de son fils, cela a mis M. Pryse dans l' incertitude .

Le toit de chaume fut achevé, mais aucune autre petite cachette secrète ne fut trouvée, et la découverte s'arrêta là.

C'était la saison des réparations générales des clôtures et des murs secs, et William était très occupé.

L'hiver touchait à sa fin lorsque, par l'intermédiaire de son ami Thomas Williams, un autre coup de chance lui vint.

Bien que j'aie appelé ce dernier charpentier, le mot doit être pris dans son sens le plus large ; il était également menuisier et aspirait à devenir mécanicien de chantier. À l'époque où il effectuait son long apprentissage, on attendait d'un homme qu'il maîtrise son métier dans tous ses détails et branches, et qu'il y consacre son esprit , s'il en avait un. Il était plus âgé que son ami, et la nature même de son métier avait élargi le cercle qu'il observait.

Inconnu de tous sauf de William Edwards, son grenier était rempli de modèles de meules et de machines à différentes étapes, sur lesquelles il travaillait lorsque son atelier était fermé.

Un matin, alors que la neige de février gisait encore sur le sol, un gros meunier nommé Owen Wynn, dont le vieux moulin menaçait de basculer dans le ruisseau, arrêta son cheval à la porte du charpentier et demanda brusquement « si c'était l'un des bâtiments d'un un jeune homme nommé Edwards avait supporté.

Ayant reçu une réponse affirmative, il demanda la permission de visiter les lieux, ajoutant :

"Bien sûr, j'ai entendu dire qu'il était le meilleur maçon qui ait jamais assemblé de la pierre dans ces régions, et j'aimerais voir par moi-même, quoi qu'il en soit."

Sans réticence, Thomas conduisit l'étranger à travers l'ensemble des locaux (petits, comme *on* devrait le penser), lui indiquant les points particuliers de l'excellence du constructeur.

«Oui, oui», dit-il, «j'observe», et il monta aussitôt les escaliers du grenier sans y être invité.

Les modèles ont retenu son attention. 'Hah, bien sûr ! tu es un mécanicien de chantier, n'est-ce pas ? Est-ce que ce sont des améliorations ?

Thomas Williams « pensait modestement qu'ils l'étaient ».

« Alors vous et cet Edwards pourriez construire une usine importante entre vous ? »

"Sans aucun doute, peu importe."

« Est-ce que le maçon est là ?

"Deed, mon apprenti est parti pour lui.' Le jeune homme prémonitoire avait déjà flairé les affaires.

Aussi robuste et autonome que puisse être William, et plus âgé que son âge, on ne pouvait pourtant pas confondre dix-huit avec trente.

Le meunier sursauta lorsqu'il s'approcha, son tablier enfilé, son marteau à la main. Il le trouvait bien jeune pour avoir acquis une telle réputation.

Cependant, avant de se séparer, les deux hommes avaient été chargés de construire son moulin à eau et sa maison, et un délai avait été fixé pour trouver un endroit convenable.

Ils étaient tous deux conscients que c'était *une entreprise* , et celle de William une grande. Ils avaient l'impression que la création ou la ruine de leur vie était entre leurs mains. Mais ils n'étaient pas intimidés.

« Si des difficultés surgissent , nous devons les surmonter », dit résolument Guillaume avant que ses plans ne soient dessinés. « Comme je ne peux pas trouver de livres que je puisse lire, je dois à nouveau étudier le château. »

Il n'existait pour lui aucun livre gallois ayant une quelconque valeur technique ; Anglais qu'il ne savait pas lire. Heureusement pour lui, les murs, les tours et les arches du château de Caerphilly étaient comme les feuillets d'un livre ouvert et intelligible, un ouvrage sur la maçonnerie ancienne qu'aucun volume imprimé ne pouvait surpasser.

Il lui fallait maintenant bien l'étudier, apprendre le secret de l'arche et comment construire un tunnel pour évacuer le trop-plein d'eau de la roue du moulin.

Apprenez-le, le jeune maçon l'a fait, et cela efficacement.

Ils travaillèrent dur, eux et leurs hommes, tout au long des mois d'été, bâtisseurs de pierre et de bois, et avant que les gelées de l'automne ne viennent poser un doigt destructeur sur le mortier, il y avait un beau moulin au bord de la rivière, à un étage . s'élevant au-dessus de l'étage et de la voie navigable creusée dans un tunnel , ferme et compacte, seules quelques boiseries et le toit en dalles doivent être ajoutés.

Cela avait été une période de grande anxiété pour les deux jeunes hommes, car outre les risques liés à tout travail expérimental, Edwards était inquiet du fait que sa mère possédait la ferme, et Thomas Williams avait résolu de chercher Jonet pour épouse si leur travail était un succès . .

Il ne savait rien de ce qu'il pouvait attendre d'elle.

Le blé était mûr pour la faucille, mais aucun bail n'avait encore été trouvé. Septembre illumina le pays et l'affaire devint urgente.

Un soir, alors que les maçons avaient déposé leurs outils pour la nuit, le bon vicaire reçut une visite. William Edwards désirait plus particulièrement voir le révérend John Smith.

IL A TROUVÉ M. MORRIS ASSIS À LA TABLE AINSI QUE LE VICAR

salon aux plafonds bas , il trouva M. Morris assis à la table ainsi que le vicaire, examinant manifestement un certain nombre de spécimens géologiques à la lueur de quelques bougies.

William avait récemment rencontré M. Morris à plusieurs reprises en train de briser des roches avec un marteau, mais il ne s'attendait pas à le rencontrer là-bas et aurait pu se passer de sa présence.

« Eh bien, Edwards, qu'est-ce que tu fais ? » demanda le vicaire après les premières salutations. « Vous ne devez pas hésiter à vous exprimer ; M. Morris est autant votre ami que moi. Qu'est-ce que c'est? Quelque chose concernant le beau moulin que vous construisez ?

« Non, monsieur, il s'agit bien de la ferme… et de M. Pryse.

Les messieurs échangèrent des regards autour de la table. Le changement dans la voix franche et dans les manières de William ne leur avait pas échappé.

William déposa le testament de son grand-père devant le vicaire.

« Nous l'avons découvert l'automne dernier, caché dans une petite boîte sous le toit de chaume, monsieur.

« Vous n'avez pas trouvé le bail manquant avec, n'est-ce pas ?

'Non monsieur. Et nous ne pouvons pas le trouver, ni haut ni bas. Mais vous verrez, monsieur, que le bail sera nommé ici plus d'une fois. Et en se rapprochant du curé, il désigna du doigt.

« Oui, je comprends. Eh bien, cela prouve certainement que vous *aviez* un bail.

« Bien sûr, monsieur. Mais pensez-vous que cela servirait, à la place du vrai bail, à empêcher M. Pryse de nous expulser de la ferme ? interrogea William avec un visage très inquiet.

« Euh… euh… euh… eh bien, je n'en suis pas si sûr. Nous pourrions avoir une opinion s'il y avait un avocat dans les parages, pas sous le doigt et le pouce de Pryse. Vous devez savoir, Morris, dit le vicaire en se tournant vers son ami, que le père de ce jeune homme a offensé mortellement Pryse en affirmant sans détour qu'il allait trop loin. Depuis, il en veut à la famille et a fait tout ce qui était en son pouvoir pour évincer la veuve de son exploitation. Vous vous souviendrez qu'on a parlé, il y a six ans, de la disparition d'un jeune homme de Cardiff, qui était censé être parti à bord du mystérieux *Osprey* avec de l'argent et non le sien - certains disaient qu'il avait été « emporté » de force. Quoi qu'il en soit, c'était le domestique de Mme Edwards, qui était sur le point de se marier – car j'ai lu les bans – et il avait avec lui à la fois ses propres économies et l'argent nécessaire pour payer le loyer semestriel de la veuve. On l'a vu entrer dans le bureau de M. Pryse. Il a commandé et acheté des choses pour créer une exploitation agricole et en *a payé* certaines. Trois semaines plus tard, M. Pryse a procédé à une saisie de la ferme pour loyer impayé, déclarant l'homme défaillant. Heureusement, Mme Edwards avait les moyens de répondre à ses demandes. Depuis lors, il a augmenté le loyer à deux reprises, en insistant sur le fait que la veuve n'est qu'un locataire à volonté, et le dernier Martinmas lui a signifié un avis d'expulsion qui entrera en vigueur ce mois-ci, en insistant sur le fait qu'il n'existe aucun bail. Il se trouve que le père et le grand-père sont décédés trop subitement pour pouvoir faire des révélations ou prendre des dispositions. Le bail manque donc , et ce testament vient tout juste d'être découvert. Regardez-le et dites ce que vous pensez.

« Asseyez-vous, William. Je n'ai pas remarqué que vous étiez debout pendant tout ce temps", a-t-il ajouté.

M. Morris secoua la tête en pliant et en rendant le document. « Pour toute personne impartiale, cela dissipe tout doute sur l'existence d'un bail, et le double doit être en possession de sa seigneurie ou de son agent. Mais il ne précise ni les termes ni la date du bail, et *là* M. Pryse a l'avantage. Il est peut-être au courant d'une clause que vous avez violée.

William soupira lourdement. « Alors il n'y aura plus d'espoir pour nous. Cela brisera le cœur de la pauvre mère, en vérité, ce sera le cas. Nous ne pensons pas que Sa Seigneurie sache un mot. Si seulement je pouvais le voir. Mais là, M. Pryse arrêterait ça ! et il se leva pour partir.

'Reste, reste!' s'écria M. Morris ; 'peut-être que je peux vous aider à ce moment-là. Trouvez-moi un stylo, de l'encre et du papier, M. Smith.

William regardait avec perplexité tandis que la plume de M. Morris grinçait sur le papier, ou qu'il mordillait le bout du stylo dans une pause pour réfléchir ou pour répondre à une question.

Après un temps qui paraissait des heures à William, il jeta le papier au vicaire par-dessus la table.

« Voilà, dit-il, un bref exposé de l'affaire, telle qu'elle m'a été détaillée. Si vous le trouvez correct, priez pour que vous apposiez tous les deux vos signatures. Ce seront mes soins *qui* parviendront à Sa Seigneurie elle-même, bien qu'il soit maintenant à la cour et que le temps presse. Si vous laissez le testament à la charge de notre bon vicaire, j'en ferai une copie nette et je l'y joindrai, ainsi que quelques renseignements personnels de ma part concernant M. Pryse. Bonne nuit, jeune homme. Dis à ta mère de ne pas se décourager.

CHAPITRE XX.
JUSTE À TEMPS.

« Nom de Dieu, qu'est-ce qui empêche Willem de sortir si tard ? dit sa mère en regardant dans la nuit. « J'espère qu'il ne s'est plus arrêté à l'auberge, et lui avec ce testament en poche. Il devient vraiment instable depuis qu'il a ces grands endroits à construire.

" Deed, sa soudaine ascension lui fait tourner la tête. Il se peut qu'il fasse une chute aussi soudaine un de ces jours, commenta Rhys.

Mais quand William arriva une demi-heure plus tard, aussi calme et sobre que ses frères, et expliqua de manière satisfaisante pourquoi il était par hasard si en retard, il n'y eut plus qu'une voix de gratitude pour se faire entendre. Il avait quitté le presbytère presque étouffé par ses propres remerciements inarticulés.

« Il était tout à fait providentiel que M. Morris reste au presbytère », a déclaré Mme Edwards. "C'est un homme formidable, bien sûr, et gentil."

— Oui, oui, et c'était providentiel que *j'aille* consulter le vicaire, au lieu de Rhys. M. Morris ne saurait rien de *lui* , quoi qu'il en soit, ajouta William plutôt fièrement.

Il est vrai que ses succès hors du commun le rendaient quelque peu autonome. Mais Rhys l'avait été aussi , avec moins de raisons.

Les semaines s'écoulaient lentement les unes après les autres.

Au nouveau moulin, maçon et mécanicien de chantier se félicitaient mutuellement des difficultés dangereuses surmontées. Le toit était jusqu'au dernier drapeau. Le tunnel voûté était solide et ferme. La machinerie fonctionnait bien et la roue tournait allègrement. Lorsque les peintres débarrassaient leurs pots de peinture, ils pouvaient remettre triomphalement la clé au meunier.

A la ferme, l'espoir avait cédé la place au doute, et le doute sombrait dans le désespoir. La prière de la foi était timide et hésitante. Il ne restait plus qu'un jour avant le redoutable 9 octobre, et jusqu'à présent rien n'avait été entendu ni de M. Morris, ni du vicaire, ni de Sa Seigneurie. Un mal imminent ternit la satisfaction de William.

La matinée du mardi 8 s'est levée sombre, morne et déprimante, avec une épaisse brume sur la montagne et dans la vallée, qui, vers huit heures, s'est résolue en une pluie bruine, qui a fait baisser la tête au bétail et le les moutons se rassemblent pour un confort mutuel.

des voisins bien disposés avaient offert entre eux un logement et un abri temporaires pour la famille et tout ce qui pouvait être mobilier. Thomas Williams a vidé son grand grenier pour leur logement, et Robert Jones a promis de garder son équipe prête à enlever les articles ménagers ou les récoltes nouvellement récoltées à tout moment.

On ne faisait rien à la ferme qui ne rendît nécessaire le soin commun des vivants, bipèdes et quadrupèdes. Mais une fouille générale de la maison et des granges était en cours pour découvrir le bail disparu, et tout était sens dessus dessous. Jamais le cellier n'avait été aussi fréquenté depuis des années. Jonet et Cate , aux yeux rouges, déchiraient les lits et les oreillers, retournaient les sacs, plongeaient parmi les toisons. Pour la vingtième fois, Mme Edwards vida le grand coffre en chêne et feuilleta la grande et vieille Bible, le visage gris et figé comme un roc.

Les bières seules avaient un visage joyeux et préparaient le pain de la semaine comme à l'ordinaire.

« Écoutez, Jane Edwards, dit-elle, cela ne sert à rien de vous inquiéter et de vous irriter. Ce que Dieu veut, nous devons le supporter. Mais il n'est pas nécessaire de se charger du fardeau avant qu'Il nous ordonne de le prendre.

Mme Edwards soupira lourdement. « Ah, oui, Ales, c'est vrai ; mais un bon serviteur n'a jamais besoin de rechercher un bon service. Nous pouvons chercher loin une bonne ferme.

« Vous n'êtes pas encore éteint. Et je suis fermement convaincu que vous garderez la ferme malgré le vieux Pryse. Le doigt de Dieu est plus fort que le bras de l'homme. Vous attendez et soyez patient. Je n'ai pas rêvé d'Evan nuit après nuit pour rien. Il semble dire : « J'arrive, j'arrive » ; et j'ai l'impression que Dieu le ramenait, regarde-toi. Je fais!'

« Ah, pauvre et stupide Ales ! vos désirs créent vos rêves. Evan doit chercher aussi loin que notre bail.

« Peut-être, et peut-être pas. J'ai l'impression qu'il était aussi proche et aussi chaud que le pain qui vient de cuire, regardez-vous. Et je ressens, je ressens'—

"Vous avez l' air à moitié fou, Ales", dit Mme Edwards, dans un grave reproche, se levant de sa quête désespérée et fermant à nouveau le coffre. "Ce n'est pas le moment de parler de rêves insensés."

« Mère, appela Jonet depuis la chambre qu'ils fouillaient, il y a un homme étrange avec un paquet sur un bâton qui passe par le montant, et il est trempé. »

Ales a crié, s'est précipitée vers la porte ouverte, et avant que Mme Edwards ait pu la suivre , elle a été serrée dans les bras d'un homme à l'air rude et criant : « Je savais, je savais ! Dieu merci!' Un instant plus tard, elle sanglotait et riait hystériquement sur sa poitrine en réaction à son étrange excitation.

« Nom de Dieu, ça ne sera jamais toi, Evan ? » éclata Mme Edwards avec un étonnement total.

EVAN, PERDU LONGTEMPS, ÉTAIT REVENU.

"Oui, oui, c'est moi, c'est certain", répondit joyeusement, tandis que l'homme robuste et non rasé la frôlait, portant sa chérie molle dans la cuisine et la chaise à dossier rigide de grand-père, sans se soucier de la traînée humide qu'il laissait sur le sol.

Imaginez l'excitation. Des Ales fortes et hystériques ! Jonet et Cate se précipitaient sauvagement et criaient qu'Evan, perdu depuis longtemps, était revenu ! William et Rhys accouraient, étonnés et ravis, suivis de Davy, pour une fois pressés ; et Evan, réticent à libérer Ales, perplexe de trouver des mains à serrer tous en même temps, et également perplexe de savoir comment composer Ales, qui sanglote et rit tour à tour.

L'instinct de femme au foyer, ou une fumée particulière dans ses narines, agit comme un réparateur. "Le pain brûle", halète-t-elle et Cate se précipite à la rescousse des pains brûlants, oubliés dans la confusion et l'excitation.

Suit ensuite une série de questions, serrées les unes sur les autres, mais avant qu'on puisse répondre à aucune , Mme Edwards dit tristement : « Ah, Evan, nous sommes reconnaissants de vous revoir, mais vous êtes venu dans un triste jour pour autant. .'

'Ai-je? Puis, en effet, cela avait été presque plus triste car en traversant le gué, soit je me suis trompé de profondeur, soit l'eau monte, car elle est montée jusqu'à ma ceinture et m'a presque emporté de mes pieds. Mais je ne vais pas me noyer, c'est clair, tant que je n'aurai pas réglé avec ce vieux voyou de Pryse, dit-il avec une emphase et un regard qui sont en eux-mêmes des anathèmes.

« Ah, je vous l'avais bien dit », s'écrie Ales. « Malheur à l'homme qui rend cent personnes tristes ! mais au milieu d'un chœur affirmatif survient une interruption sous la forme du vieux chien de maison brun, remuant la queue et laissant tomber un gros paquet enveloppé dans une toile à voile aux pieds d'Evan, puis sautant pour demander de la reconnaissance et des remerciements.

On voit alors qu'Evan se tient dans une mare d'eau, sur quoi Mme Edwards lui ordonne de changer ses vêtements mouillés pour les secs de son paquet, pendant qu'elle et les autres femmes se mobilisent pour mettre le dîner sur la table. Les bières font toutes sortes d'erreurs dans le processus.

Ce n'est en aucun cas un dîner courant sur une table de ferme galloise à cette époque, bien qu'il ne comprenne que du porc, des pommes de terre et des légumes verts, bouillis dans la même marmite avec les boulettes de pâte. Mme Edwards le marque avec révérence alors qu'ils prennent place.

« Rendons grâce à Dieu Tout-Puissant que la bonne nourriture fournie pour notre dernier dîner sous ce toit soit devenue, par sa bénédiction, un festin d'action de grâce ; car celui que l'on suppose mort est à nouveau vivant, celui qui est perdu est retrouvé.

Le « Amen » général était particulièrement solennel, et Evan se rendit compte que pour une action de grâce, il y avait plus de chagrin que de joie.

Puis la première salutation de Mme Edwards lui revint, accompagnée de la remarque concernant un « dernier dîner » ; et bien que la saveur fût appétissante et que son jeûne ait été long, il n'aurait pas pu toucher un morceau avant que ses doutes ne soient résolus. Il posa sa question, et plusieurs voix lui répondirent rapidement :

« Oh, Evan, nous ne trouvons pas notre bail, et M. Pryse va nous chasser de la ferme demain.

C'était à son tour de paraître solennel. "C'est un acte, et c'est vraiment mauvais. Vous avez un bail, bien sûr ?

'Oh oui. Willem a trouvé le testament de son grand-père et le bail a été laissé à Rhys ; mais nous ne trouvons aucun bail nulle part.

« Où cherchiez-vous ?

Toutes sortes de lieux probables et improbables ont été nommés.

« Mon premier maître a gardé son bail dans la Bible. Avez-vous regardé là-bas ?

« En effet, oui, Evan », dit Mme Edwards avec un soupir découragé ; «J'ai retourné chaque feuille.»

« Oh, je veux dire sous la vieille couverture en tissu. Il a gardé le sien là-bas.

Un moment d'étonnement haletant, un lever général de table !

Mme Edwards était à genoux et déverrouillait le coffre.

Une minute plus tard, la Bible était sortie ; la housse en tissu épais s'est arrachée. Là gisait le parchemin, plat et propre, comme lorsqu'il y était déposé des années et des années auparavant par des mains maintenant dans les griffes de la mort.

« *Dieu merci !* " s'écria Mme Edwards, toujours à genoux. « Mes enfants, le doigt de Dieu est là-dedans. Notre recherche fut vaine jusqu'à ce qu'Il envoie Son propre messager pour le signaler. Comme l'a dit Ales, le doigt de Dieu *est* plus fort que le bras de l'homme ; fort pour sauver. Remercions-le encore une fois.

Le soulagement avait été immense. L'action de grâce était forte et profonde. La réaction fut presque trop forte pour parler. Le dîner, presque froid, se fit en silence ; mais c'était le silence de l'espoir, pas du désespoir.

Cela a été suivi par un cliquetis et un bavardage de langues déliées, des devinettes sur la consternation de M. Pryse le lendemain, et des questions sur la disparition et les aventures d'Evan, auxquelles nous pouvons laisser ce lendemain pour répondre.

Même s'il était méchant dans toutes les fibres de son être, M. Pryse était somptueux en ce qui concerne son propre confort. Pourtant, il parvenait même à en obtenir un grand nombre gratuitement auprès de locataires qui l'aimaient peu et le craignaient beaucoup, ou auprès de capitaines obséquieux dont la cargaison n'était pas entièrement du charbon ou du fer, des capitaines qui avaient des marchandises à ramener à terre sans compliments aux agents de la douane. Et c'était tout sauf l'époque du libre-échange.

Il s'asseyait à son aise entre un feu douillet , qui ne lui coûtait rien, et une table ronde pour le petit-déjeuner, sur laquelle se trouvaient des restes de poulet, de jambon et d'œufs, tous également bon marché. Un arôme parfumé de café moka persistait encore autour de la tasse, de la soucoupe et de la cafetière en porcelaine étrangère, dont aucune n'avait rendu service au monarque d'Angleterre, pas plus que le mouchoir en soie de Barcelone posé légèrement sur le genou qu'il soignait indolemment sur l'autre. tandis qu'il s'appuyait en arrière sur sa haute chaise, se curant les dents, et un sourire de contentement et de joie absolus plissait la peau parcheminée sous ses vieux yeux méchants.

« Oui, » dit-il à voix basse ; ils partent demain, du stock et beaucoup ! Et laissez-les trouver une autre ferme là où ils le peuvent. Louez, en effet » – et il rit. « S'ils avaient pu trouver un bail à montrer, il n'y aurait pas eu d'envoi de vaches, de moutons et de céréales au marché. Ah oui, je vais bientôt payer mon ancienne dette à cet homme qui s'est noyé comme un imbécile. Oui, et obtenir un loyer plus élevé, maintenant que son fils constructeur a agrandi la ferme.

Le rire n'était pas sorti de sa gorge maigre lorsque la porte s'ouvrit, et il retint son souffle, car un messager spécial de Sa Seigneurie, botté et éperonné, comme quelqu'un qui chevauche en toute hâte, entra à l'improviste, et avec la simple remarque qu'il "J'ai eu une traversée plutôt difficile à travers la Severn depuis Bristol ce matin-là, et j'ai trouvé l'air âpre et froid", présenta un paquet scellé, marqué "Immédiat et important".

S'il avait dit avoir traversé la frontière à bord d'un véhicule du fisc, M. Pryse n'aurait peut-être pas compris aussi facilement l'allusion lancée.

En fait, il s'excusa de la froideur du petit déjeuner et sortit d'un cabinet privé une bouteille de véritable Hollands - qui n'était jamais passée par une douane - et, la présentant à son visiteur inattendu, l'invita à se servir lui-même.

« J'espère que Sa Seigneurie va bien ? dit-il doucement, mais tout à fait naturellement.

'Non; il était dangereusement malade quand je suis parti, dit le courrier avec une franchise surprenante.

Quoi? Son maître facile à vivre est malade ! peut-être en train de mourir ! M. Pryse est devenu gris cendré. « Vous ne le dites pas ! » » s'écria-t-il en haletant, les doigts tremblants, tandis qu'il dépliait enfin la dépêche et commençait à lire, à peine conscient que l'homme, faisant claquer ses lèvres sur la Hollande enflammée, l'avait observé depuis tout ce temps avec des yeux vifs et observateurs.

Malgré toute la maîtrise de soi de M. Pryse , le papier claquait entre ses doigts pendant qu'il lisait. Ce n'était pas une longue épître, et seule la signature était celle de Sa Seigneurie ; la lettre venait de son fils et héritier. Son seul objectif était de prévenir l'injustice, comme l'acte d'un mourant.

En termes sévères et péremptoires, il interdit à Simon Pryse de harceler ou de déranger la veuve Edwards dans sa propriété, car il devait savoir que la propriété était louée pour trois vies et ne tomberait pas avant le décès du fils aîné de William Edwards, alors vivant. De plus, il lui fut ordonné de rembourser, sur sa propre bourse, tout excédent de loyer qu'il avait extorqué à la veuve, *mais non inclus dans ses comptes* . Et il devait fournir une déclaration véridique et juste de tout l'argent en sa possession et de toutes ses relations et transactions au nom de sa seigneurie, sans omettre la part qu'il aurait prise dans l'enlèvement d'un certain Evan Evans, sept ans auparavant. à cette date.

« Cela sera fait », dit M. Pryse d'une voix rauque, tandis que le messager se levait pour partir, pleinement satisfait du résultat de ses observations.

"Oui, ce *sera* fait!" » s'écria l'agent furieux, lorsque l'homme fut parti, se levant d'un bond avec un terrible juron. — Mais pas comme le propose sa seigneurie ou son héritier. Dois-je renoncer à la vengeance que j'ai nourrie pendant des années, alors que quelques heures mettront la tribu détestée entre mes mains ? Non; Je mettrai mes pieds sur leur cou si je meurs pour ça ! et un autre anathème féroce entrouvrit ses lèvres minces.

Tout d'un coup, il s'arrêta net et se mordit vicieusement ses longs ongles. « Quelqu'un est-il devenu traître ? murmura-t-il entre ses dents serrées. « Ces pauvres idiots d'agriculteurs n'ont pas pu remettre une lettre entre les mains de Sa Seigneurie. Peu importe. Le verrou est tombé plus tôt que prévu, mais croyez-moi, je serai pris au dépourvu. Il est tombé à temps. Dans une heure, le *Cambria* aurait appareillé.

A l'étage, trois pas à la fois comme un garçon, il courut, exultant de ses propres stratagèmes astucieux pour déjouer la justice ; Il tira son rideau à carreaux bleus et blancs sur la fenêtre de sa chambre – un signal concerté pour le capitaine *du Cambria* – troqua ses petites culottes de kerseymere contre sa culotte de cavalier en cuir et se retrouva en bas dans son bureau privé comme d'habitude, mais pas comme d'habitude. Il était à genoux devant son coffre-fort et son dieu d'or.

Grâce à ses connaissances coupables et à sa ruse, il s'était préparé des années auparavant à un vol d'urgence. Il avait déposé une partie de ses vols à la Wood's Gloucester Bank, sous un nom fictif. Pourtant, comme il n'existait à cette époque aucune autre banque provinciale en Angleterre et au Pays de Galles, ni aucun billet de banque d'une valeur inférieure à 20 £, l'échange n'était pas facile. Les loyers, etc., étaient payés en espèces. Specie fut également transmis à Sa Seigneurie sous stricte garde. Chaque fois que l'occasion se présentait, l'agent convertissait les pièces de monnaie en billets et les mettait dans la ceinture de sa culotte de cuir. Pourtant, des pièces de monnaie s'étaient accumulées dans son coffre-fort, toujours bien emballées et sécurisées par des triples serrures, prêtes à être retirées dans un bref délai, même si leur poids démentait leur volume.

Le signal a amené le capitaine. Il y avait déjà une entente tacite entre les deux dignes hommes, et leur conférence fut brève. Des dispositions ont été prises pour que le *Cambria* descende la rivière avec la marée du soir et se couche à l'extérieur dans la baie. Le capitaine aurait voulu que M. Pryse monte à bord avec son coffre-fort et fasse toutes les voiles en même temps.

Non non; il ne voulait pas renoncer à sa vengeance ni à la perspective d'ajouter une succession de rentes à ses gains mal acquis ; ainsi, un bateau à quatre rames devait le rencontrer le lendemain au débarcadère de Taff's Well, en amont de la rivière, et attendre son arrivée, voire même jusqu'à minuit.

Ses amis espiègles, l'Avarice et la Malice, étaient de plus puissants conseillers que le capitaine méfiant ; alors, avec un haussement d'épaules, il se retira et obéit.

« Vous avez une lourde charge, messieurs », cria un marin aux deux autres en transportant à la goélette le coffre-fort recouvert d'une bâche, comme pour le protéger de la pluie. Mais ils ont simplement répondu : « Oui, oui » et ont refusé toute aide.

L'après-midi était alors bien écoulé, mais deux chevaux se tenaient à la porte, et quelques minutes plus tard, M. Pryse, botté et éperonné, et vêtu d'une longue redingote, était en selle, les rabats de son chapeau à trois cornes. on déposa, comme c'était ordinairement le cas par temps pluvieux, de manière à le transformer en une sacoche à larges bords, une paire de sacoches en bandoulière devant lui, ainsi que des étuis, munis de pistolets, soigneusement chargés.

Il s'éloigna au trot de la porte qu'il ne devait plus jamais revoir, mentant à sa gouvernante, et, suivi de son domestique à l'attirail moins élaboré , prit le nouveau Merthyr . Tydvil Road, qui non seulement était parallèle à la rivière en ligne directe autant que possible, mais évitait le long détour par Caerphilly , où aucun loyer ne serait payé jusqu'à la Foire de Saint-Martin.

Il avait des loyers, et plus que des loyers, à percevoir lorsqu'il s'arrêtait dans des maisons au bord de la route, ou soi-disant auberges, le long de la route directe, et il ne fallait pas les refuser, bien qu'un jour avant l'échéance. Il réussit donc à empocher une grosse somme d'argent avant, à une heure tardive, de s'arrêter pour la nuit à l'ombre du Castel Coch , perché sur une falaise, pour sécher son pardessus trempé, manger un copieux dîner et se retirer pour *se reposer* , laissant l'ordre qu'il devait être en selle au petit matin.

Il était désespérément pressé de régler ses agréables affaires avec Mme Edwards, mais ne pouvait s'empêcher de saisir autant de pièces de monnaie qu'il pouvait en passant, sans jamais penser que sa main trop tendue était susceptible de saisir les ombres.

CHAPITRE XXI.
LE DOIGT DE DIEU.

Les fortes pluies avaient cessé dans la nuit. Le ciel était dégagé, les avant-toits et les arbres avaient oublié de s'égoutter, la brume se dissipait du sommet des montagnes et de la rivière surchargée, lorsque, après une succession d'appels profitables, entre neuf et dix heures du matin, le maître et l'homme gravit la montée accidentée jusqu'à Brookside Farm, et, descendant de cheval, entra dans la maison avec une supposition insolente, et, n'y trouvant que Mme Edwards, demanda grossièrement :

« Est-ce que le loyer semestriel est prêt ? Bien sûr, c'était son premier soin.

« Il n'y a aucun loyer à payer, monsieur.

« Que veux-tu dire, femme ?

« Je veux dire que vous avez été payé, et surpayé, et je ne vais pas vous payer un sou de cuivre.

Il devint livide, serra les dents et eut l'air de vouloir la jeter à terre.

'On verra. Vous aviez un préavis de démission. Vous êtes resté à la ferme au mépris de la loi, et maintenant, d'ici (et il a prêté serment), vous vous retrouverez sans bâton ni bois. Morgan,' par-dessus son épaule vers l'homme, 'appelle les autres hommes. Nous verrons bientôt qui est le maître ici. Je saisis au nom de Sa Seigneurie.

"Et *je* l'interdis au nom de Sa Seigneurie", a déclaré M. Morris, dont l'ombre dans l'embrasure de la porte avait été confondue avec celle de l'homme Morgan.

M. Pryse recula. M. Morris ne lui était pas étranger ; et aucun de ses amis, il le savait bien. Qu'est-ce qui l'a amené là, ou le vicaire, à ses trousses ?

— De quel droit prétendez-*vous* intervenir ? » demanda-t-il hardiment.

«Par *ceci* , monsieur», dépliant une lettre. « Je suppose que vous connaissez la main et le sceau de Sa Seigneurie. *Vous* n'étiez pas le seul pour qui le courrier avait une dépêche hier.

M. Pryse semblait se rétrécir dans ses vêtements. Une teinte verdâtre recouvrait le jaune de sa peau. Une rosée moite jaillit sur son front. Avait-il ignoré les sages conseils du capitaine pour venir ici uniquement pour cela ? C'était exaspérant d'y penser.

Il a tenté de s'en débarrasser effrontément, comme dernière ressource.

« J'agis dans l'intérêt de Sa Seigneurie, monsieur. Il a été désinformé sans vergogne. Ces gens n'ont pas payé plus qu'un loyer équitable. Et ils n'ont jamais eu de bail.

« Comment appelez-vous *cela* , monsieur ? Et Rhys se pressa devant lui et leva le bail, à bonne distance, car M. Pryse semblait prêt à bondir dessus comme un chat sauvage.

« Et maintenant, monsieur, » dit sévèrement M. Morris, « vous allez devoir dégorger. Ce sont les ordres de Sa Seigneurie. Vous voyez, nous avons une quittance correspondant à six mois de loyer. Evan, apporte le reçu.

Si un fantôme était sorti de la tombe pour lui faire face, M. Pryse n'aurait pas pu paraître plus consterné ou terrorisé, lorsqu'Evan s'avança par derrière dans la lumière, avec le reçu fané à la main.

Déconcerté, vaincu, confronté, pour ainsi dire, aux morts.

M. Pryse poussa un cri, tomba à genoux, se couvrant les yeux de ses mains tremblantes.

« Vous êtes ici ? — *vous* ? J'avais cru que tu étais descendu avec l' *Osprey* .

« Vous l'entendez, messieurs ? Vous l'entendez ? Il a sa part dans mon enlèvement ! Non, vieux voyou de contrebande, quand l' *Osprey* s'est effondré sur les rochers du Land's End avec son équipage ivre et sa cargaison - moi, oui en effet *moi* , messieurs, qui avais été traîné à bord lié comme un voleur - j'ai été le seul sauvé. J'avais été envoyé en l'air pour me punir parce que je ne voulais pas rejoindre le méchant équipage, et lorsque le mât est passé par-dessus bord, j'ai tenu bon jusqu'à ma vie. J'ai été récupéré le lendemain par un Indien des Indes orientales en partance, alors qu'il ne me restait plus que peu de vie. Mais je ne devais pas me noyer avant d'avoir réglé mes comptes avec ce vieux scélérat d'ici, qui m'a envoyé à la dérive avec des coquins comme lui, et qui a volé la veuve a noirci mon honnête réputation.

"Non, M. Pryse, même si j'ai navigué sur les mers toutes ces années douloureuses dans une embarcation ou une autre, menotté, frappé, à moitié affamé, utilisé pire qu'un chien, et jamais capable de retrouver ma chérie. ou à la maison, sans un autre naufrage, je ne serais jamais ici maintenant. Un commerçant de Liverpool m'a emmené, moi et deux camarades de bord, sur un radeau au milieu de l'océan, alors que nous étions à moitié fous de faim et de soif, et le bon capitaine, que Dieu le bénisse, m'a envoyé à terre à Fishguard, pour rentrer chez moi. à ma chérie aussi vite que possible. Et je n'avais pas besoin de mendier, car j'avais de l'argent caché sous ma ceinture. Et je remercie Dieu, messieurs, de m'avoir amené ici à temps pour confondre ce méchant vieux lâche grelottant. J'ai l'impression que je pourrais secouer chaque os de sa peau laide, mais Ales m'ordonne de le laisser à Dieu et à son maître.

"Deed, il mérite d'être botté du haut de la colline jusqu'en bas", lança le fougueux William.

Pas un mot n'avait été prononcé par l'intendant détecté, mais ses traits et ses doigts fins travaillaient de manière vindicative, comme s'ils avaient envie de saisir la gorge de ceux qui parlaient.

Tout à coup, il cria :

« Ce reçu est un faux, un ignoble faux. Regardez-le, messieurs. Ce papier n'a jamais été dans l'eau salée. Pouah! Comment un simple marin pourrait-il garder un morceau de papier non porté et au sec pendant six ans et à travers deux naufrages ? C'est absurde.

Reprenant du courage grâce à sa propre suggestion ricanante, M. Pryse se leva, s'attendant peu à la réponse qui venait de William.

« Acte, non, messieurs. Ni notre reçu, ni celui d'Owen Griffith ici, ni l'argent d'Evan n'ont jamais été plus près de la mer que la selle du vieux Breint . Il avait fait une poche privée sous la doublure, et là, ils l'attendaient, oui, bien sûr.

"C'est bien qu'ils l'aient fait, car ces voleurs de l' *Osprey* m'ont dépouillé de tout ce que j'avais", a ajouté Evan.

Et maintenant, M. Morris déclarant les reçus authentiques, a insisté pour que M. Pryse rembourse sur place le loyer supplémentaire extorqué d'année en année à Mme Edwards, en donnant une quittance à jour en raison du reçu.

Mais M. Pryse avait retrouvé courage et habileté. Il a commencé à fanfaronner. Refusé de reconnaître l'autorité de M. Morris ou du vicaire. Il était responsable devant Sa Seigneurie. A lui seul il rendrait compte. Il leur disait bonjour.

« Eh bien, monsieur, » dit M. Morris, « je ne peux pas appliquer les ordres de Sa Seigneurie sans mandat légal. Mais si j'avais su tout ce que j'ai entendu depuis mon arrivée ici, j'aurais dû être muni d'un mandat d'arrêt contre votre arrestation, M. Pryse. Et je vous préviens que le règlement des comptes viendra plus tôt que prévu.

Beaucoup plus tôt !

Il sortit de la ferme la tête haute et provocante, comme s'il avait remporté une victoire. Il ordonna à Morgan de payer ses myrmidons et de le suivre ; puis il descendit la colline , déconcerté, mais pas complètement vaincu. Il n'avait pas dégorgé un sou, il avait ajouté d'autres rentes au fur et à mesure qu'il avançait vers le trésor qu'il emportait. Mandat, en effet ! Il serait bientôt hors de portée des mandats !

« Non, » répliqua-t-il avec un grognement, « les hommes menacés vivent longtemps ; mais avant d'avoir atteint le niveau, un sentiment de vengeance insatisfaite a dû le piquer, car il a éperonné son cheval et s'est précipité, éclaboussant à travers le ruisseau gonflé et tournant au coin du gué - non de la grande route - comme s'il est poursuivi par une troupe de démons.

Aveuglé par ses propres passions mauvaises, exultant de sa fuite, mais alarmé par le bruit des sabots derrière lui, il poussa son cheval vers le gué incertain dans la même hâte, ne voyant rien d'autre que son propre besoin de traverser.

Aveuglé par la passion, il a poussé son cheval vers le gué incertain.

Son disciple entendit un cri, mais atteignit le bord de la rivière juste à temps pour voir une masse tourbillonnante de quelque chose au loin en aval de la rivière remplie de pluie.

M. Pryse était allé à la rencontre du bateau *du Cambria d'une autre manière que celle qu'il avait envisagée.*

Ses éperons emmêlés dans les étriers, ses poches et ses sacoches alourdies de pièces de monnaie mal acquises, le cheval et l'homme allaient de pair.

Un Gallois dans un coracle [13] a appelé le passeur de Taff's Well Ferry, et lui a appelé les hommes *du Cambria* qui ramaient en amont, et parmi eux, ils ont attrapé un cheval haletant, à moitié mort, à terre, pour trouver ce qui *avait* été M. Pryse *en dessous* , s'agrippant à la selle retournée et aux sacs avec la poigne qui ne se relâche jamais – la poigne de la mort.

Couvrez-le. Que les hommes du service préventif, poursuivant l'autre bateau, se battent avec pistolet et coutelas pour la possession du mort, de son or et de ses papiers incriminants, tandis que l'intelligent coupeur préventif dans la baie monte à bord du Cambria en désavantage numérique et le *remorque* . prise confisquée au port, coffre-fort du mort inclus. Le noyé ne se soucie guère de ce que devient son trésor. Il est allé à son règlement final avec un Seigneur qu'il avait oublié, un Seigneur qu'aucun homme ne peut tromper ou tromper.

La nouvelle de sa mort punitive arrive à la famille joyeuse à la ferme avec un choc qui donne à réfléchir, mais personne n'a l'intention de se lamenter. Et partout dans le vaste domaine de sa seigneurie, les hommes opprimés respirent plus librement grâce à la mort de cet homme.

"L'homme délibère, mais Dieu délivre", dit en retenant son souffle le plus que sentencieux Ales, tandis que Mme Edwards insiste sur le fait que sa mort est un jugement pour ses critiques envers son mari perdu.

Et tandis que les restes non honorés de l'agent frauduleux sont déposés sur la terre, à Cardiff, sans personne d'autre que sa gouvernante, le vicaire d' Eglwysilan lit à nouveau les bans pour Evan et Ales, ainsi que pour Rhys Edwards et Cate Griffiths.

Grande est l'agitation de la préparation. Il y a de l'argent en possession et de l'espoir dans l'avenir.

Il n'est pas nécessaire de demander des contributions lors des « enchères », même si les invités sont nombreux.

La nouvelle chambre que William a construite est aménagée avec un peu plus d'attention à la santé et à la décence qu'on ne l'a fait jusqu'à présent. Cate apporte à son époux plus que ce qu'elle attendait : des draps et des couvertures en dowlas, filés et tissés sous le toit de leur propre cottage, ainsi qu'un bon lit de troupeau et des oreillers provenant de la même source. Elle n'avait alors pas chômé, et si l'on ne portait pas de sous- *vêtements* à cette époque, dans ce climat humide, elle disposait d'une bonne provision de flanelle et de laine de lin pour robes et tabliers, toutes de sa propre filature. Oui, et elle avait des bas tricotés, prêts à assumer sa nouvelle dignité.

Le chalet de Castella est occupé depuis longtemps par d'autres locataires. M. Morris propose à Evan une petite ferme entre Caerphilly et Cardiff, à des conditions très faciles. Les marchandises qu'il avait achetées et payées ont été vendues, mais des marchandises neuves sont facilement fournies ; et Robert Jones transporte généreusement les articles ménagers d'Ales depuis longtemps thésaurisés dans sa nouvelle maison, sans frais ni guéridon, et, avec eux, un magasin d'hiver de tourbe et de chaume comme cadeau de mariage.

Tant au cottage d'Owen qu'à la ferme, les femmes sont occupées comme des abeilles, cuisinant et faisant bouillir pour le festin de mariage, pour lequel Thomas Williams installe de longues tables en planches dans la prairie qui descend jusqu'au pied de la colline, l'ascension vertigineuse vers la la ferme étant une considération à une telle occasion.

Car on suppose que les mariées ne veulent pas se marier, ni que leurs amis se séparent d'elles, et il y a des courses et des poursuites pour récupérer les mariées en fuite, et des concours simulés pour en prendre possession, dans lesquels les poneys des montagnes jouent bien leur rôle. Puis, les mariées étant capturées, c'est la course effrénée vers l'église, de mauvais augure pour tout piéton imprudent qu'ils pourraient croiser. C'est un vestige d'une vieille coutume barbare dont on ne peut se passer, et tous les jeunes et les jeunes filles, partout dans le monde, se joignent à la course. Le retour n'est guère moins bruyant, lorsque la cérémonie est terminée et que chaque mariée est montée derrière son mari, Rhys et Cate prenant la priorité.

Assurez-vous qu'ils aiguisent l'appétit au festin, où d'énormes morceaux de bœuf bouilli sont accompagnés de tas de pommes de terre et de navets fumants, les esculents à la robe brune étant encore un mets délicat pour la multitude. Ensuite, il y a d'excellents pichets de *cwrw da* et de babeurre pour les gorges assoiffées. Et s'il y a un manque de verres et de couverts, selon nos idées, tout est comme il se doit pour les convives, qui sont nés et non pointilleux, et qui jettent leurs contributions au festin dans les bols de terre avec bonne volonté.

race en déclin, qui leur chantait des chansons d'Arthur et de Llewellyn, et faisait tinter sa harpe pour des danses animées sur le green lorsque le les conseils d'administration ont été effacés et pourraient être tenus responsables de plus d'un match décidé ce jour-là. Certes, Thomas Williams a obtenu la timide promesse de Jonet de l'épouser au printemps si sa mère y consentait ;

et même Davy a fait la connaissance de la nièce de Robert Jones, ce qui allait probablement déboucher sur quelque chose de plus à la fin.

C'était un rassemblement tout à fait exceptionnel, car pas une goutte de pluie n'est tombée de toute la journée pour gâcher la fête, et, si courte qu'elle ait été, une bonne lune ronde et glaciale a offert sa lampe brillante pour éclairer le couple d'âge moyen et leur escorte jusqu'à leur nouvelle maison au-delà de Caerphilly , et pour rendre même la traversée du Taff sûre pour le contingent venant des montagnes au-delà. Tout le monde était « joyeux comme la cloche d'un mariage ».

Et ici, mon histoire pourrait être censée se terminer ; mais pour mon héros – et je considère William Edwards comme un héros – une ère nouvelle était sur le point de s'ouvrir.

J'ai indiqué que des mines de charbon et de fer étaient exploitées dans le Glamorganshire, mais que le manque de routes et de ponts pour le transport et la communication retardait le développement de ses innombrables ressources minérales. Ensuite, la nature dure du charbon déjà extrait le rendait impropre, sauf comme chaume, à un usage domestique ou à des fins de fusion dans les fourneaux qui existaient, où le combustible était principalement du charbon de bois.

Mais à cette époque, des expériences étaient faites pour tester son utilité, et M. John Morris, qui depuis des années avait fait de la géologie dans les montagnes, fut l'un des premiers à suggérer sa faisabilité. Il avait fait des expériences sur une petite échelle, mais M. Pryse avait fait obstacle à une plus grande fonderie dans le voisinage de Cardiff, où le fleuve et la mer étaient proches du transport si son projet réussissait.

« C'était trop près du château. Sa Seigneurie n'aurait pas de fourneaux puants si près de sa résidence. Il n'y avait pas de terrain à vendre, etc., etc.

M. Morris ne devait pas être rabaissé par M. Pryse. Il s'était adressé non pas au vieux vicomte, mais à son fils et héritier, qui n'avait pas été trompé par M. Pryse, et avait cordialement appuyé la proposition. Le vieux vicomte était déjà sur son lit de mort. La succession du nouveau, peu après que M. Pryse ait été incarcéré dans sa cellule étroite, a laissé M. Morris libre d'agir.

La veille du double mariage, il expliqua son point de vue à William Edwards et lui fit une proposition.

Il arriva donc que, pendant que Rhys et les autres s'amusaient, William était la moitié du temps perdu dans ses pensées, et l'un ou l'autre le ralliait à son insociabilité, alors qu'ils y réfléchissaient.

Il envisageait simplement sa capacité à entreprendre la construction des fourneaux de fusion que John Morris avait en vue. Il n'avait pas beaucoup de doute sur sa propre capacité à accomplir tout ce qu'un autre homme pouvait faire ou avait fait, si l'occasion lui était donnée d'étudier ce qui avait déjà été fait. Mais il fallait ici quelque chose de différent de tout ce qui avait existé auparavant ou de ce qu'il connaissait.

M. Morris lui avait laissé du temps pour une réflexion approfondie. Il avait une grande confiance dans la capacité du génie autodidacte, et plus encore dans sa détermination indomptable à surmonter les difficultés.

Pourtant, il n'en avait aucun qui lui fournisse les informations dont il avait besoin. Il avait fait ce qu'il pouvait pour suppléer aux défauts de son éducation, grâce au vicaire. Mais il était toujours ' Cymro uniaith , un Gallois parlant une seule langue ; et, bien que la littérature du Pays de Galles remonte certainement au XIIe siècle, et qu'elle remonte au VIe siècle, ses anciennes légendes, ballades et poèmes ne lui apprendraient pas comment construire des fourneaux qui convertiraient le charbon gallois en charbon. esclave de la fonderie.

S'il existait des livres anglais sur le sujet, il l'ignorait et n'aurait pas pu les lire s'ils lui avaient été présentés.

Il n'avait pas le droit de perdre son temps en regrets inutiles.

Avant que quiconque ne se lève, il était sur la route vers le nord, en direction de Merthyr. Tydvil , déterminé à examiner le processus de fusion du fer au fur et à mesure. Le nom de John Morris lui a valu une admission facile aux œuvres. Mais, bien qu'ils existaient depuis quelques siècles et que les forêts anciennes aient été vidées de leurs chênes géants pour alimenter leurs fourneaux, ils n'avaient pas encore de fourneau capable de fusionner le minerai avec le charbon seul, et les chênes étaient se raréfie.

William repartit en secouant la tête et en marmonnant tout en avançant à grands pas : « Bien sûr, si ce sont leurs fourneaux de fusion, il y en a un aussi bon au Château. Ils veulent effectivement une explosion plus forte s'ils utilisent du charbon. Ce sera un travail de construire des fourneaux qui brûleront le charbon de pierre, dit M. Morris, qui donne une si grande chaleur sans flamme ni fumée. Mais je vais sûrement essayer ce que je peux faire. Bien sûr, je ne suis pas prêt à céder sans essayer, regarde-toi !'

Et dans cet état d' esprit , il rentrait chez lui pour faire des calculs, des croquis, et réfléchir, marchant de long en large devant la maison, la tête baissée et les mains derrière le dos.

« Au ralenti », disait sa mère. Rhys était devenu plus sage.

" Deed, mère, Willem a ses "pensées". Mieux vaut le laisser tranquille.

"Mais il ne tricote même pas, regarde-toi !"

« Peu importe, mère *Fach* ; il « étudie » , comme il dit. Nous travaillons de nos mains ; Willem travaille avec sa tête, oui, oui.

Le lendemain, il était de nouveau absent, au grand dam de sa mère, comme l'avait toujours été son humeur silencieuse et errante.

Si elle l'avait suivi, elle aurait pu le suivre jusqu'à son ancien entrepôt de connaissances, le château de Caerphilly , et tout en bas d'un escalier de pierre en ruine jusqu'à une curieuse voûte située au-dessous du niveau des douves, et, sous cette merveille de merveilles, le reste , tour en surplomb.

Il avait compris, après s'être renseigné auprès du vicaire et d'autres personnes, qu'il y avait ici autrefois un fourneau pour la fusion de métaux destinés à la monnaie et à d'autres fins ; et qu'il était censé avoir été employé, pendant un siège, pour faire fondre le plomb qui se déversait des créneaux sur les assiégeants ; et, en outre, que soit les assiégeants, soit quelque traître à l'intérieur, parvinrent à laisser entrer un jet d'eau des douves sur le métal en fusion, provoquant la terrible explosion qui déchira la tour de haut en bas, et laissa la solide construction à moitié suspendue onze heures. pieds hors de la perpendiculaire, comme témoignage des âges futurs.

Mais ce n'était pas à des batailles ou à des sièges que William pensait, à moins qu'il ne s'agisse de son propre conflit avec une difficulté. Il était là pour examiner l'ancienne fournaise, sans personne pour parler ou interrompre, et pour fonder ses propres théories à ce sujet.

En très peu de temps, M. Morris eut sa réponse.

« Oui, monsieur, je pense que je peux entreprendre votre travail. »

C'était une entreprise audacieuse pour un fils de paysan, autodidacte et âgé de seulement vingt ans.

NOTE DE BAS DE PAGE:

[13] Un bateau ovale en osier recouvert de peau, avec un seul siège, tel qu'utilisé par les anciens Britanniques et par les Gallois jusqu'au siècle présent.

CHAPITRE XXII.
UN INSTRUCTEUR AVEUGLE.

Mme Edwards ne s'est pas facilement réconciliée avec la perte de sa fidèle servante Ales. Encore moins facilement à la substitution de Cate, car, maintenant qu'elle était l'épouse de Rhys, elle prenait un autre pied sur le terrain que lorsqu'elle était Cate Griffith, et elle ne permettait à personne d'oublier que la ferme avait été léguée à Rhys par son père. le testament de son grand-père et, par conséquent, il était le maître, ce qui impliquait qu'elle était la maîtresse.

Jusqu'à présent, Mme Edwards était à la tête de tout. Comme elle l'avait dit à M. Pryse, « *elle* était la fermière ». C'était à elle de dicter, aux autres d'obéir.

Or, comme elle l'avait prévu, le mariage de Rhys avait bouleversé tout cela. Non pas que Rhys lui-même ait changé ses manières envers sa mère, mais il. s'était longtemps considéré comme compétent pour gérer la ferme sans conseils ; et lorsqu'il n'y avait pas d'Ales capable d'anticiper ses souhaits, et que même les ordres qu'elle donnait à sa propre fille Jonet étaient susceptibles d'être contestés et annulés par la jeune épouse, elle se sentait un peu comme une reine déposée. Elle n'abandonna cependant pas volontairement son sceptre , mais poursuivit sa propre voie comme autrefois. Jonet n'était pas non plus disposée à recevoir des ordres de sa belle-sœur.

Le résultat fut de la confusion, de la mauvaise gestion et des altercations, la voix de Cate étant soudainement devenue aiguë et forte.

Bien sûr, Rhys a pris le parti de sa femme – quoique de façon douteuse – tandis que William et Davy se sont rangés du côté de la mère ou de Jonet ; de sorte que, même si l'oppresseur n'était plus et que le soleil de la prospérité se levait sur Brookside Farm, la paix déployait ses ailes fatiguées pour s'envoler.

À l'extérieur, Jonet avait un allié en la personne de Thomas Williams, et il faisait de son mieux pour la consoler avec la perspective de s'échapper vers le statut d'épouse et d'avoir sa propre maison - une maison pour laquelle sa propre quenouille et le rouet de sa mère étaient occupés à se préparer. .

William, colérique, fut cependant le premier à secouer la poussière de la vieille maison de ses pieds bien chaussés.

C'est après une vive altercation sur la question épineuse de l'autonomie domestique, qui avait laissé Jonet et sa mère en larmes, qu'il les fit sursauter en disant :

— Eh bien, eh bien, vraiment, je ne m'attendais pas à tourner le dos à l'ancienne demeure avec plaisir. Mais je vais à Cardiff la semaine prochaine pour faire quelques travaux de construction pour M. Morris ; et, regardez-vous, je serai heureux de laisser tout ce bruit et cette dispute derrière moi.

'S'en aller!' » fut l'exclamation générale haletante, avec divers ajouts.

"Deed, et bien sûr, vous êtes le bienvenu ! Vous êtes effectivement le plus obstiné et le plus colérique de tous », de Cate.

« Eh bien, Willem, je serai désolé de vous voir derrière ; mais bien sûr , et c'est peut-être le meilleur pour tous », a ajouté Rhys.

« Quoi, y aller avant de me marier ? interrogea Jonet ; "mais je ne m'étonne pas, n'importe qui serait heureux de s'enfuir."

« Vous allez à Cardiff ? Oh, mon cher garçon, mon Willem, que ferai-je sans toi ? Serez-vous loin ? s'écria sa mère.

« Bien sûr, et je ne peux pas le dire, maman chérie. Je ne reviendrai peut-être jamais vivre ici. Et je suis réticent à vous laisser derrière vous pour être en proie au « abandon continu » d'une femme querelleuse, mais j'espère avoir un jour ma propre ferme que vous pourrez gérer, voyez-vous.

Davy, épris de paix, a maintenant adressé sa parole, à voix basse, à William et à sa mère.

" Deed, et je pensais depuis un moment que la ferme n'était pas assez grande pour accueillir Cate et moi. Mais si tu pars, Willem, je resterai ici pour m'occuper de ma mère, jusqu'à ce que je puisse lui faire un foyer... oui, oui ! et il serra la main de William en signe d'amour fraternel et de confiance.

Quelques jours plus tard, William était en route pour Cardiff, après avoir fait ses adieux reconnaissants au vicaire le dimanche ; car, bien que Cardiff fût à peine à plus de dix-neuf milles, même par la route de Caerphilly , ils étaient plus que égaux à quatre-vingt-dix à l'époque de la vapeur et du chemin de fer.

Sa mère le quitta avec beaucoup de regrets et de bons conseils pour résister aux tentations qui l'assiégeraient certainement dans une méchante ville portuaire, tout comme une mère de campagne anxieuse pourrait de nos jours mettre en garde son fils inexpérimenté contre les innombrables pièges de Londres. Et tandis qu'elle cousait pour lui ses chemises les plus chaudes et qu'elle regardait ses bas nouvellement tricotés, ses larmes coulaient silencieusement sur eux comme ses prières.

Ses effets personnels n'occupaient pas beaucoup de place. Quelques outils, chapbooks et papiers, et toute sa garde-robe étaient confortablement rangés dans les vieilles sacoches en peau de chèvre de son père ; et Robert Jones, avec qui il avait eu plusieurs conférences ces derniers temps sur les qualités de la pierre provenant de différentes carrières, lui trouva un bon cheval stable qui pouvait être laissé à l'Angel Inn jusqu'à ce que Robert le réclame lors de sa prochaine course à Cardiff.

Robert Jones lui rendit un autre service, dont ni l'un ni l'autre n'estimait alors l'importance. Il lui recommanda de demander un logement chez un boulanger aveugle, nommé Walter Rosser, dont la femme et la nièce étaient sûres de le mettre à l'aise.

La boulangerie était facile à trouver, mais on hésitait un peu à admettre un étranger comme détenu.

« Qu'est-ce qui vous a poussé à venir ici pour chercher un logement ? placez l'aveugle, la tête de côté, comme s'il écoutait la réponse. « Et quelles peuvent être vos affaires en ville ?

« Robert Jones, le coupeur de tourbe, m'a conseillé de venir ici. Il a dit que vous étiez honnête, respectable et instruit, et que vous traiteriez équitablement avec moi. Et que votre femme gardait votre maison aussi douce et propre que ma propre mère entretenait la ferme. Mon affaire est de construire pour M. John Morris, regardez-vous !

« Il y a une sonorité claire dans votre voix, jeune homme, dit alors le boulanger. « Et quel peut être votre nom ?

« Je m'appelle Willem Edwards, de Brookside Farm, Eglwysilan », répondit-il avec une décision fière, juste un peu agacée par le catéchisme de l'aveugle.

« Oh, » dit l'autre, « je crois avoir déjà entendu parler de vous. Vous avez construit le moulin à farine d'Owen Wynn. Oui, oui, nous serons heureux de vous avoir, monsieur. Vous voyez que mon infirmité m'oblige à être attentif à ce que nous recevons sous notre toit, puisque j'ai ici une jeune nièce qui n'a ni père ni mère pour veiller sur elle, et nous sommes obligés d'être prudents pour elle.

"Oui, oui, bien sûr, tout à fait vrai", acquiesça le jeune homme après avoir jeté un coup d'œil au-delà du boulanger et de sa femme vers une demoiselle rougissante dans l'ombre.

Les magasins de cette époque étaient construits à l'instar des magasins turcs encore aujourd'hui. Très peu avaient des fenêtres vitrées. La nuit, ils étaient fermés par des volets à battants divisés horizontalement ; dont la moitié inférieure était abaissée pendant la journée pour servir de table ou de comptoir pour l'exposition des marchandises, la moitié supérieure étant reliée par une tige de fer de manière à servir d'écran contre le soleil ou la pluie. Les portes des magasins étaient divisées de la même manière, la moitié supérieure étant reliée au plafond bas de l'intérieur. J'ai connu de nombreuses portes de ce type dans des villes de campagne en Angleterre, dont certaines existent sans aucun doute encore aujourd'hui.

On comprendra facilement que les magasins de cette description, si petits soient-ils, avaient un fond sombre, et pour des yeux moins perçants que ceux de William, le rougissement d'Elaine Parry serait passé inaperçu. Il fallait une observation ultérieure pour percevoir combien elle était toujours soignée et soignée, combien timide et réservée, et combien ses mouvements étaient calmes et sobres ; quelle lumière constante dans ses yeux clairs et noisette, et quelles jolies fossettes sur ses joues quand elle souriait.

Il remarqua alors seulement qu'elle restait silencieuse lorsque son oncle criait :

« Entrez, monsieur, entrez ! Je veillerai sur votre cheval pendant que ma bonne dame vous montrera la chambre que nous pourrions vous louer.

Montant un ou deux petits escaliers avec des paliers tournant dans un sens ou dans l'autre, puis descendant une marche dans un passage ou un renfoncement court et sombre contenant deux portes, il fut conduit dans une petite chambre qui, pour lui, était la perfection de l'ordre et de l'ordre. le confort, voire le luxe. Il est vrai qu'il n'y avait qu'un lit en camion étroit, avec un lit en troupeau dessus, des draps dowlas [14] et une couverture de laine bleu foncé , mais il n'avait jamais été habitué à quelque chose de mieux ; et il y avait une fenêtre à carreaux de diamant, avec une table devant, sur laquelle se trouvaient un bassin et une aiguière en faïence grossière, et, accroché au mur, un miroir de la taille d'une feuille de papier à lettres, toutes indications luxueuses. que ses ablutions personnelles pourraient être faites en privé. Ensuite, il y avait une cheminée dans la pièce – juste quelques courtes barres de fer encastrées dans la maçonnerie – et à côté, dans un renfoncement, un meuble qui intriguait extrêmement William. Pourtant, ce n'était rien d'autre qu'un bureau en chêne dont Mme Rosser ouvrait les tiroirs pour montrer qu'ils étaient à son usage s'il devenait leur détenu. Le mystère du rabat rabattable pour écrire, des supports coulissants pour supporter son poids et des casiers fermés pour les papiers fut une révélation pour l'avenir.

Il avait presque peur de demander « Combien ? » et il fut merveilleusement heureux de trouver les termes au-dessous de ses calculs, et aussi de savoir qu'il devait prendre ses repas avec la famille.

Tout cela réglé, la porte du passage sombre fut ouverte et une pièce avec un battant plus grand fut révélée. Ici, tout était également propre, depuis le sol bien nettoyé jusqu'à la table centrale et les chaises hautes alignées avec une précision raide contre les murs, tandis qu'un large siège sous la fenêtre contenait des piles de livres et que la cheminée vide était ornée de grandes conques.

"Vous pouvez venir vous asseoir ici si vous voulez être tranquille et ne pas faire de détritus", a déclaré Mme Rosser. « Nous utilisons rarement la salle, sauf lorsque mon mari enseigne.

'Enseignement?' répéta William avec curiosité.

'Oh oui; tu ne sais pas qu'il apprend aux gens à lire l'anglais ?

'Fait quoi?' il haleta presque.

Mme Rosser répéta ses paroles.

"Alors Robert Jones m'a rendu le meilleur service qu'il ait jamais fait, car, regardez-vous, cela fait plusieurs années que je veux apprendre à lire l'anglais."

Comment il était possible à un aveugle de donner une telle instruction dépassait sa compréhension. Il accepta cette déclaration comme une merveille de plus qu'il avait découverte dans la confortable maison du boulanger ; et il apporta ses sacoches, et confia son cheval au boulanger, comme s'il n'était pas sûr d'être bien éveillé.

Il découvrit très vite que c'était la différence entre vivre dans une ville ancienne à proximité d'une ville maritime prospère comme Bristol et vivre isolé au milieu des montagnes sauvages, privé de tout contact général et dépendant des hommes de transport itinérants pour tout sauf pour la maison. produire.

Même dans ses repas, il y avait une certaine différence. S'il déjeunait encore avec du porridge, il n'était pas habitué à voir quotidiennement de la viande ou des œufs sur la table, ni à voir le four remplacer la grande marmite dans la cuisine, et les pommes de terre qu'on s'adonnait à la ferme lui manquaient.

Lorsque la timidité entre lui et Elaine Parry, la jolie nièce de Mme Rosser, se fut quelque peu dissipée, il lui dit ceci.

« Oh, dit-elle, ils sont trop chers pour nous. Ils coûtent deux shillings la livre sur le marché de Cardiff.

'Non en effet! Ensuite, je le dirai à Robert Jones. Les agriculteurs plantent effectivement ; ils seront bientôt moins chers, regarde-toi.

Et peu de temps après, Robert Jones déposa un sac de bonnes pommes de terre à la porte du boulanger, un cadeau de Brookside Farm.

Entre-temps, William Edwards n'était pas resté inactif. Le site choisi pour les fonderies se trouvait juste à l'extérieur de Cardiff et à proximité de la rivière.

Là, des matériaux avaient été rassemblés et, avec la seule aide de John Llwyd , il construisit, dans un premier temps, un haut fourneau à petite échelle, effilé comme un cône, dont le minerai et le combustible devaient être fournis par le haut. , il y a un orifice en dessous duquel le métal en fusion s'échapperait dans un courant.

Un soufflet de forgeron ordinaire, actionné par Llwyd , fournissait le souffle, un bon feu de tourbe et de charbon de bois étant bien allumé avant que le charbon et le minerai brisé ne soient jetés. Il répondait équitablement pour un essai, mais une fois allumé, il ne pouvait pas refroidir la nuit. ou jour. Mais le four étant construit et en état de marche, il n'y eut aucune difficulté à trouver des hommes pour l'entretenir et le faire fonctionner.

Bien entendu, il s'agissait d'une expérience à trop petite échelle pour un succès commercial. Quoi qu'il en soit, William Edwards avait maîtrisé le grand problème de l' utilisation de l'anthracite ou du charbon pour la fusion du fer. Il brûlait là, sans fumée ni flamme, et déversait un mince filet de métal en fusion dans les moules de sable qui le façonnaient en barres ou en fonte.

M. Morris a posé sa main sur l'épaule de William et l'a félicité pour sa réussite.

« Maintenant, Edwards, dit-il, vous ne devez pas perdre de temps pour installer un ou deux autres fourneaux à plus grande échelle. Montrons au monde ce que le génie et la persévérance peuvent accomplir.

« Oui, oui, monsieur ; mais j'aimerais améliorer *cela* », soulignant ce qu'il avait déjà fait. « Et avant de construire un fourneau plus grand, je devrai réfléchir à la manière dont le souffle le plus puissant doit être entretenu. Ce serait une tâche trop lourde pour le travail manuel si nous devions conserver de grandes quantités de cette houille à la chaleur de fusion pour des tas de minerai correspondants », fut la réponse fière du jeune homme.

« Sans aucun doute, sans aucun doute », acquiesça M. Morris. — Mais vous serez certain d'y parvenir d'une manière ou d'une autre. Et vous savez que vous êtes libre d'employer les ouvriers ou les matériaux que vous jugez les meilleurs. Oh oui; quand vous posez le pied sur une difficulté, vous êtes sûr de la fouler.

« En effet et en vérité, monsieur, je ne veux pas être battu, et je n'ai pas l'intention de céder avant d'avoir vaincu les obstacles ici, regardez-vous, » dit-il avec un visage ferme et résolu.

Comment il a surmonté la difficulté mécanique, je n'ai aucune donnée permettant de déterminer après ce laps de temps ; mais j'incline à penser qu'il a amené son ami Thomas Williams à construire une roue, mue soit par un cheval, soit par l'énergie hydraulique, pour fournir le levier nécessaire pour maintenir le monstre en mouvement. Vingt ans plus tard, Smeaton invente la machine de soufflage pour la fonderie Carron, en Écosse ; mais William Edwards était maçon et architecte, pas ingénieur en mécanique ; et lorsqu'il eut achevé son grand fourneau, capable de fondre du charbon dur, il avait remporté une victoire susceptible de révolutionner les industries minières et sidérurgiques du sud du Pays de Galles, voire presque de les créer. Il avait sauvé ses arbres forestiers de l'anéantissement total. Il avait ouvert la voie à Smeaton.

Une autre fournaise s'éleva. Les forges de John Morris s'étendirent et trouvèrent du travail et du pain pour des centaines d'ouvriers en plus de ceux qu'il employait. De nouvelles mines de charbon et de fer furent ouvertes autour de Castel Coch et ailleurs. Des attelages entiers de chevaux de trait, entretenus par des femmes et des garçons, étaient toujours sur les routes, apportant du minerai brut et du charbon aux fonderies, le tintement de la cloche de chaque chef, ou cheval de cloche, sonnant une note prophétique de progression. Il fallut quelque temps avant que l'invention d'un chariot bas, à larges roues , tiré par quatre ou six chevaux, ne mette de côté ces vieux attelages ; pas, en effet, jusqu'à ce que quelque chose ait été fait pour rendre les routes plus praticables. Et bien avant cela, de nouveaux navires recherchaient les anciens quais de Cardiff pour transporter la fonte brute jusqu'aux fabricants finaux, tant en Angleterre qu'à travers les mers. Les fonderies de Morris semblaient avoir réveillé la ville stagnante de la léthargie des siècles.

Tout cela n'était pas la croissance d'un an ou deux. William Edwards a travaillé pendant huit années complètes pour M. Morris et, consciemment ou non, pour le progrès et la prospérité de son pays. Il n'était pas le seul à ériger des fourneaux. De nouveaux ouvriers et leurs familles avaient besoin de nouvelles maisons, et qui d'autre que William Edwards possédait le bâtiment ? Et pour l'époque, ils étaient mannequins. Son nom et sa renommée en tant que bâtisseur ont voyagé bien plus loin que ses propres pieds.

Mais on ne peut pas supposer qu'il soit resté immobile pour laisser passer le courant du progrès, maintenant qu'il avait ouvert grand les vannes.

Des relais d'hommes alimentaient et entretenaient les fourneaux incandescents nuit et jour. Le fier jeune architecte et son équipe ont réalisé leur maçonnerie pendant la journée.

Cela ne signifiait pas pour lui un repos inerte ou une dissipation. Il prit des vacances une fois son four d'essai terminé, pour rendre visite à sa mère et à ses frères et participer au mariage de sa sœur Jonet ; mais son cerveau était activement à l'œuvre tout le temps, et c'est même lors de cette occasion chargée qu'il faisait travailler le cerveau mécanique du marié également pour un bénéfice mutuel.

Et chaque fois qu'il y avait un intervalle entre un grand travail et un autre, il louait un cheval et rentrait chez lui pour un jour ou deux, jamais sans quelques cadeaux utiles ou rares pour tous, et jamais sans faire appel à ses vieux amis Robert Jones. et Evan Evans d'ailleurs.

C'étaient ses seuls répits du travail. Son travail manuel – car il travaillait aux côtés de ses hommes et ne permettait aucune gambade ni esquive – se terminait au crépuscule. Mais à peine avait-il déposé ses outils et lavé les traces de son métier, qu'il avait à la main un livre, généralement un livre anglais, qu'il s'efforçait de déchiffrer seul pendant ses repas, en vue de préparer son voyage. des cours particuliers, que l'aveugle lui donnait près du foyer de la maison, ou dans son fournil, ou avec la classe d'adultes se réunissant deux fois par semaine dans son salon à l'étage pour lire l'anglais.

Dans le fournil, Rosser conservait un alphabet dont les lettres individuelles étaient façonnées et cuites avec de la pâte ordinaire. Et lorsque l'étudiant enthousiaste en avait maîtrisé la prononciation anglaise, que l'aveugle pouvait distinguer au toucher, il traçait des syllabes et des mots dans son médium plastique, jusqu'à ce que bientôt un livre bien connu et bien feuilleté soit mis dans la main de l'apprenant. mains à épeler ou à lire à haute voix au fur et à mesure de sa progression.

Le boulanger aveugle était fier de son élève.

« Vous êtes l'érudit le plus prometteur que j'aie jamais pris en main, dit-il ; "mais votre diligence est inlassable et l'échec est impossible."

Oui, il était si appliqué qu'à force de s'absorber dans son nouveau bureau, la timidité d'Elaine Parry en sa présence s'estompait peu à peu, et quand elle l'entendait trébucher sur un mot, elle le prononçait pour lui involontairement, sans même regarder. après avoir cousu ou tricoté.

Bien plus, la timidité devint plutôt de son côté en trahissant sa propre ignorance devant une jeune fille, capable, grâce à une éducation supérieure, de corriger ses erreurs et ses erreurs. Mais très vite, il accepta naturellement ses allusions verbales.

Plus tard, en difficulté, il n'hésitait pas à se lever de son siège et à traverser l'âtre pour montrer une phrase ou un passage qu'il ne parvenait pas à traduire. Et elle, par hasard, déposait son travail, jetait un coup d'œil à son livre et le regardait calmement en face tandis qu'elle donnait la vraie lecture d'une voix claire et ferme.

ÉLAINE PARRY.

Au bout d'un moment, pour s'y référer plus facilement, il rapprocha son propre siège du sien, afin de pouvoir avoir son aide sans se lever. Et, bien que sa tête brune et sa tête claire fussent ainsi souvent rapprochées, sa seule idée le possédait si profondément que son désir résolu de savoir désarmait l'apparente familiarité de toute intrusion.

Certes, ni lui ni Elaine n'avaient la moindre idée que quelque chose était enseigné ou appris autre que l'anglais du roi.

Elle était trop réservée et trop sage pour se faire remarquer par un étranger, de sorte qu'après cette première impression générale que la nièce du boulanger était une jeune femme jolie et soignée, il ne lui accorda guère une seconde pensée.

L'indication stupéfiante de Mme Rosser selon laquelle son mari avait appris aux Gallois à lire l'anglais avait englouti toutes les considérations mineures, tout comme le River Le Taff engloutissait toutes sortes de cours d'eau affluents dans son cours vers la mer.

Ensuite, outre ses études linguistiques, la construction de fourneaux était toujours dans son esprit. C'était une entreprise très grande et nouvelle, et toute la force de son intelligence y fut mobilisée.

De sorte que, même si elle se déplaçait devant lui dans ses occupations quotidiennes et s'occupait de ses besoins à l'heure des repas, c'était comme si une sœur avait été continuellement devant ses yeux. Certes, elle portait toujours des chaussures et des bas, et, le dimanche, l'ensemble même de son manteau et de son grand chapeau, ainsi que la bordure de son bonnet de toile blanche, avaient une grâce et une forme très convenables. Et elle portait son livre de prières anglais à l'église si discrètement et trouvait sa place si facilement qu'il devait forcément le remarquer ; mais *là*, une certaine envie émoussa le bord de l'admiration.

Son influence était celle de la rosée d'été sur la végétation. Il rafraîchit insensiblement et imperceptiblement. Si elle s'était agitée bruyamment, s'il y avait eu une discorde entre elle et sa tante, cela aurait attiré son attention avec l'effet discordant d'un orage.

Dans l'état actuel des choses, elle devenait partie intégrante de sa vie quotidienne, et ce n'est qu'après avoir passé environ trois ans à Cardiff qu'une légère maladie qui la retint dans sa propre chambre pendant une semaine ou dix jours lui fit prendre conscience à quel point il lui devait beaucoup pour le confort et la luminosité de son environnement.

Aussi intelligent que puisse être un compagnon, Walter Rosser – et il pouvait parler à la fois du monde et des livres, ayant connu les deux avant que la cécité ne s'installe – il lui manquait juste la touche d'appréciation bienveillante si gratifiante pour l'estime de soi du jeune constructeur en pleine ascension après des années de snobisme à la maison ; le mot ou deux d'opinion discriminante que sa nièce donnait si pensivement chaque fois que des doutes et des difficultés l'assaillaient dans l'exécution de ses plans ; car tout n'était pas facile, aussi intelligent qu'il fût, et il y avait des moments où il se réjouissait d'avoir une oreille compatissante.

Il était agité et inquiet tout le temps qu'elle restait malade à l'étage, et était prêt à saccager la ville pour trouver du thé, des oranges ou tout autre luxe d'outre-mer dont elle pourrait avoir envie. Et il n'a plus jamais été le même pour elle, ni elle pour lui, après son retour près du feu de la maison, plus pâle, mais oh ! comme c'est infiniment plus cher !

Le contact de sa main cornée et le ton adouci de sa voix en disaient plus que ses mots de salutation banals : « Deed, Elaine, je suis vraiment heureuse que nous puissions vous revoir en bas. Vous nous avez terriblement manqué.

Et il y avait plus que le tremblement de faiblesse physique dans sa réponse basse : « Oui, et je suis heureuse d'être ici. C'est misérable d'être enfermé loin de vous tous, ce qui donne tant de problèmes à votre tante et à vous ; mais nous pouvons supporter la maladie quand les amis sont si gentils.

NOTE DE BAS DE PAGE:

[14] Dowlas, une sorte de lin grossier.

CHAPITRE XXIII.
CONSTRUCTION DE PONT.

Il se trouve que lorsque William Edwards avait pris ses premières vacances, en 1741, pour être garçon d'honneur lors du mariage de sa sœur Jonet avec son ami Thomas Williams, il avait trouvé Caerphilly , voire tout Eglwysilan , en état de fermentation, à cause de à la présence passionnante parmi eux du célèbre prédicateur, le révérend George Whitfield, qui fut pendant de nombreuses années le collègue du révérend John Wesley, et qui ne s'est séparé de lui que récemment en raison d'une divergence doctrinale.

Ils avaient également quitté leurs chaires dans l'Église pour aller prêcher et enseigner à travers le pays, sur les routes et les chemins détournés, dénonçant le vice, la folie et le péché qui sévissaient alors, appelant les pécheurs à la repentance, exhortant leurs auditeurs à conduire simplement, des vies pures et semblables à celles du Christ, et prêchant l'année agréable du Seigneur, en tenant en même temps, pour ainsi dire, l'épée flamboyante de la colère de Dieu sur les impénitents.

Il faut dire ici que, trouvant sa chère mère méprisée par Cate et mise de côté sur la ferme si récemment la sienne, William avait lui-même saisi la première occasion qui se présentait pour l'emmener avec Jonet dans une ferme qu'il avait acquise . dans la vallée de l'Aber, non loin de son ami Thomas Williams, une ferme que sa mère et Davy doivent gérer ensemble.

Sa route jusqu'ici, bien sûr, passait par Caerphilly ; et après avoir laissé la ville derrière lui à près de deux milles, il fut surpris de trouver un attroupement de gens dans un champ au bord de la route, non loin de sa propre maison, écoutant un homme en robe de clergé et en bandeaux, qui se tenait sur un tas de pierres et, d'une voix et d'un geste passionnés, il a supplié ses auditeurs de « fuir la colère à venir ». Son texte avait évidemment été : « Aujourd'hui, si vous entendez sa voix, n'endurcissez pas votre cœur » ; [15] et il a martelé le « aujourd'hui » jusqu'à l'enfoncer dans le cœur de nombreuses personnes autour de lui. Les femmes pleuraient, les hommes tombaient à genoux et criaient à haute voix tandis que l'émotion les emportait, et William resta assis comme une statue jusqu'à ce que le dernier mot soit prononcé et que le prédicateur, épuisé par sa propre ferveur, se retourne pour partir avec quelques amis . .

William, comme des dizaines d'autres à ses côtés, était allé à l'église et avait lu sa Bible par devoir ; il avait appris le catéchisme que le bon vicaire inculquait à la jeunesse de son troupeau ; mais au-delà de cela, sa religion n'allait pas très profondément.

Le sermon de George Whitfield, sur lequel il était venu si brusquement, était comme l'arc tendu au hasard, la flèche aiguë dont il frappait le roi d'Israël entre les jointures de son armure ; car cela transperça le cœur du jeune homme, dont les pensées mêmes, ces derniers temps, étaient de construire des fourneaux et d'étudier l'anglais.

Le visage, la voix, les manières du prédicateur sérieux ne le hantaient pas moins que ses paroles d'éveil. Et lorsque Davy, qui avait également écouté, posa la main sur la bride du cheval et lui parla, il sursauta comme quelqu'un qui sort d'un rêve.

Pour des raisons de commodité générale - y compris celle du vieux vicaire - il avait été arrangé que Jonet et Thomas Williams se marieraient à St. Martin's, Caerphilly - alors seulement une chapelle d'aisance à Eglwysilan ; et là, une nouvelle surprise attendait William Edwards, car lorsque, le lendemain, les noces réunies de Brookside et d'Aber se précipitèrent en désordre le long de la route menant à l'église, dans leur course pour attraper la mariée, il aperçut un cortège gravement vêtu. à pied, un peu devant eux, avançant calmement dans la même direction. Et, lorsque leurs propres chevaux haletants eurent été laissés dans une auberge commode, il remarqua que, parmi les noces les plus convenables entrant sous le porche de l'église, le marié, un homme d'environ vingt-sept ans, n'était autre que ce même révérend. ... George Whitfield, dont les paroles s'étaient gravées dans son cœur pour ne jamais être effacées, et son épouse, Elizabeth James, qu'il connaissait de vue.

Il pouvait à peine détourner ses yeux de l'homme, ni détourner son attention de l'affaire qui l'attendait. Pourtant, il ne pouvait manquer de remarquer que le vieux vicaire, qui devenait faible et tremblant, était apparemment conscient qu'il n'avait pas devant lui de couple ordinaire à unir dans un saint mariage, et il accomplit la cérémonie pour les deux parties avec une impression inhabituelle, sans être dérangé par les bruits. de rires et de gloussements à l'arrière.

De tels rires et gloussements étaient monnaie courante, tout comme la lutte acharnée pour le premier baiser de la nouvelle mariée, et le révérend John Smith n'élevait aucune voix pour réprimander ou protester lorsqu'une telle précipitation était faite vers Jonet .

Ce n'est pas le cas de l'époux évangélique. A peine leurs noms furent-ils signés sur le registre, que, son épouse au bras, il quitta l'église. Puis, la remettant aux soins du garçon d'honneur calme, il monta sur une pierre tombale et, la main et la voix levées, exigea de l'attention.

La procédure était si inhabituelle que même les plus hilarants s'arrêtèrent et s'approchèrent par simple curiosité ; mais lorsqu'ils quittèrent le cimetière, ils avaient reçu une telle leçon sur le respect dû au lieu sacré, sur la solennité de la cérémonie dont ils étaient témoins, et sur la portée pour le temps et l'éternité des vœux prononcés là en présence de Mon Dieu, une telle conférence que peu de ceux qui étaient là étaient susceptibles d'oublier.

À la fin, William, s'éloignant de ses compagnons, s'approcha de M. Whitfield et le remercia chaleureusement pour ses discours, là-bas et l'après-midi précédent. « Vous m'avez tiré d'une apathie spirituelle et d'une insouciance dans lesquelles je ne sombrerai plus jamais », dit-il avec une décision caractéristique. "Et si vous venez à Cardiff avant de quitter le sud du Pays de Galles, vous pouvez compter sur moi comme un auditeur éveillé."

L'influence du prédicateur ne s'est pas éteinte de sitôt. Guillaume eut d'autres occasions de se joindre aux services dirigés par le prédicateur enthousiaste et, dans son zèle, il poussa le boulanger aveugle et sa nièce à lui tenir compagnie. L'infirmité de Rosser le renversait beaucoup en lui-même. Elaine était naturellement d'un milieu sérieux, et l'éloquence du puissant revivaliste les émut tous les deux grandement.

C'était bien avant la maladie de la jeune fille dont j'ai déjà parlé. Mais alors que William et son oncle discutaient ensemble des grandes vérités qu'ils avaient entendues si puissamment exposées, ou se joignaient à la prière familiale, il ne fait aucun doute qu'un lien s'est forgé et renforcé pour rapprocher les jeunes, même insensiblement, que s'ils avaient passé leurs loisirs en bavardages légers et en plaisanteries frivoles. Pourtant, rien n'avait été dit au cours des années d'amour ou de mariage.

Pendant ce temps, William s'était familiarisé avec l'anglais. Puis, à la demande de Rosser, il se procura les ouvrages de Sir Isaac Newton et se consacra à l'étude de la géométrie et des sciences apparentées avec l'assiduité d'un homme avide de succès.

A peine avait-il terminé ses fourneaux pour M. John Morris que des propositions pour un travail similaire lui parvinrent d'autres côtés, lui offrant les conditions les plus libérales et les plus gratifiantes.

C'est alors, et pas avant, qu'il ouvrit tout son cœur à Elaine et, fier de la distinction que cela impliquait, la pressa de devenir sa femme avant de conclure ses fiançailles avec son premier patron, ou d'en nouer de nouvelles qui l'éloigneraient. lui à distance.

Il avait croisé Elaine au crépuscule alors qu'elle se tenait derrière le comptoir à rabat de la boutique ouverte de son oncle, avec quelques pains invendus sur le plateau, et, ravi par la perspective qui s'offrait à lui, il n'avait jamais douté d'elle qui était devenue si chère à son oncle. son cœur mettrait volontiers sa main dans la sienne pour partager sa fortune montante.

Il la rapprocha de lui alors qu'il se tenait à côté d'elle dans l'ombre, et ne rencontra aucune répulsion, car elle reconnaissait qu'elle connaissait sa valeur et l'aimait tendrement, mais son esprit élancé baissa ses ailes sous un coup d'arrêt soudain.

« Non, non, cher William, dit-elle au milieu de larmes qui coulaient lentement, cela ne peut pas être le cas. Comment tu vas me manquer et combien je pleurerai pour toi en ton absence, on ne sait pas ; mais bien que je ne puisse épouser personne d'autre, je ne peux pas quitter mon oncle et ma tante, maintenant qu'ils vieillissent. Ils sont tous les père et mère que j'ai connus.

« Mais, ma très chère Elaine, les filles ne quittent-elles pas leurs parents pour devenir épouses ? Je ne m'attendais pas à une telle réponse de *votre part* . Sûrement, lorsque j'ai pris cette ferme dans la vallée de l'Aber il y a des années, n'avais-je aucune intention plus profonde que de rendre ma mère et David plus à l'aise ? Ne vous doutiez-vous pas qu'un jour j'aurais envie d'y installer ma femme et d'y faire un foyer pour nous deux ?

Ses larmes coulaient sur la main forte qui tenait la sienne dans son fermoir, mais elle ne répondait jamais un mot.

« Elaine, chère Elaine, poursuivit-il, je peux agrandir la ferme et étendre les terres agricoles, afin que votre oncle et votre tante puissent vivre avec nous tous sous un même toit, si vous y consentez.

«Ne fais pas ça, mon cher William», sanglotait-elle. « C'est très, très gentil de votre part, mais il ne répondrait jamais. Il ne faut même pas suggérer une chose pareille à mon oncle. Il est fier de sa double vocation de boulanger et d'enseignant. Combien de fois l'avez-vous entendu dire avec fierté « il a nourri à la fois le corps et l'esprit ; et aucun homme avec ses deux yeux ne pourrait faire plus » ? Non, vous blesseriez son autonomie. J'honore votre bon cœur, mais ... je ne peux pas les quitter.

« Personne d'autre ne peut prendre ta place, Elaine ? Comment puis-je vous laisser seul ici ?

Elle secoua la tête. «Ils n'ont personne d'autre que leur fille mariée à Bristol. Quelle sorte d'épouse devrais-je faire si j'ai manqué à mon devoir envers eux ? De plus, une femme à l'heure actuelle ne ferait que paralyser votre liberté d'action. Nous sommes tous les deux assez jeunes pour attendre.

« Assez jeune si vous le souhaitez. » Son caractère obstiné montait.

« Si telle est la volonté de Dieu, cela devrait être notre volonté. » Tout en parlant , elle se retira de son étreinte.

«Regardez, Elaine!» s'exclama-t-il avec un peu de son ancienne passion. "Plus une corde est tendue, plus vite elle se casse." Et il s'en alla avec un grand mécontentement, la laissant là , évanouie, dans ses propres efforts pour se réprimer.

Cela ne s'est pas arrêté là. Il était persistant. Elle était ferme. Et il n'avait ni obtenu son consentement à se marier, ni accepté la construction d'une nouvelle fonderie, alors qu'un autre projet était en cours, qui devait faire ou gâcher l'homme.

J'ai dit que les routes étaient défectueuses et que des ponts étaient nécessaires pour enjamber les rivières qui coupaient la communication entre les villes, les comtés et les comtés, et enfermaient les vastes richesses minières du sud du Pays de Galles.

Herbert, le nouveau seigneur de Cardiff, avait fait du château sa résidence, les découvertes relatives à M. Pryse l'ayant déterminé à voir de ses propres yeux et à ne déléguer à personne une autorité irresponsable. Il renforça les mains de M. Morris dans ses efforts pour utiliser le fer et le charbon du comté et pour fournir un travail rémunérateur à la population déprimée. Et il fit ce qu'il pouvait pour améliorer non seulement la ville en ruine, mais aussi le reste de ses vastes possessions dans le Glamorganshire. Il devint bientôt très conscient de la nécessité d'une meilleure communication avec sa propriété de l'autre côté du Taff que celle du ferry, du gué ou du coracle.

En cela, il n'était en aucun cas seul.

D'autres propriétaires terriens, magistrats et hommes qui voyaient des fortunes enfouies sous le sol, ou y perdant la moitié de leur valeur faute de marchés accessibles, se plaignaient et grondaient dans leur propre foyer, ou entre eux lorsqu'ils se rencontraient par hasard, jusqu'à ce que le mécontentement devienne si général que les chefs du comté se sont réunis en conclave à l'Angel Inn à Cardiff et ont décidé de l'érection d'un pont de pierre sur le perfide Taff .

Puis vint la question : « Qui devrait être le constructeur ? »

« Il n'y a pas de meilleur constructeur dans tout le sud du Pays de Galles que M. William Edwards », dit M. Morris avec décision.

« En effet, et c'est la vérité », sont venus simultanément plusieurs orateurs.

"Mais il n'a jamais construit de pont et il est si jeune", répondit un autre d'un ton dubitatif. « Ce sera un travail difficile. Nous devrions engager un architecte de réputation établie.

« Il n'a jamais construit de moulin avant de construire le moulin à farine d'Owen Wynn, et il n'a jamais construit de fournaise avant de construire le mien », répondit M. Morris ; 'et vous savez tous ce que c'est. Mais, aussi jeune qu'il soit, vous pouvez me croire sur parole, il n'entreprendra rien pour lequel il n'est pas compétent, et il est certain d'accomplir tout ce qu'il a décidé.

De nombreuses discussions animées ont suivi ce discours.

L'ancien orateur a maintenu sa suggestion selon laquelle « quelqu'un de plus éminent devrait être engagé, par exemple un homme comme M. James Gibbs, un architecte de renom ».

Sa Seigneurie secoua la tête. 'Oui; M. Gibbs est un architecte ecclésiastique remarquable, mais vous avez besoin d'un pont, pas d'une église, ou d'un...

'Quoi? Ce vieil *Écossais* ! jaillit des lèvres impatientes. « A-t-il déjà construit un pont ? Et que devrait savoir un Écossais de nos rivières galloises ? Et combien facturerait-il ?

Cette suggestion d'un coût exorbitant a pratiquement réglé l'affaire avant que M. Morris ne se lève de nouveau et, d'un geste de la main pour calmer le brouhaha patriotique, remarque :

« Je pense, messieurs, que vous devrez vous rabattre sur M. William Edwards. Il est sans conteste le meilleur constructeur de tout le sud du Pays de Galles : un constructeur pratique, pas un simple architecte. Il n'avait qu'un garçon d'environ neuf ans lorsqu'il m'a dit que son père s'était noyé en traversant le gué d'Eglwysilan et que lorsqu'il serait un grand homme , il y construirait un pont pour sauver d'autres vies. Croyez-moi, il mettrait tout son cœur à l'ouvrage. Et *ce* n'est pas un extraterrestre.

Le lendemain, 16 septembre 1746, trois messieurs, vêtus de gilets profonds, de jupes amples et de tricornes, plus ou moins conformes à l'usage anglais, se présentèrent à la boulangerie et demandèrent à voir M. ...Edwards.

salon de la classe , puis elle frappa doucement à la porte de William en face dans le passage sombre et lui dit qu'il était recherché.

Il était en ce moment assis, la plume à la main, devant son bureau, avec devant lui une feuille de papier sur laquelle il avait commencé à inscrire son acceptation de la proposition de la fonderie.

Qui pourrait avoir envie de lui ?

Sa plume tomba ; il enfonça ses bras dans le manteau à queue courte qui pendait sur le dossier de sa chaise, se secoua et, en moins de deux minutes, il se retrouva face à face avec M. Morris et deux étrangers, auxquels il fut formellement présenté sous le nom de M. *William* . Edwards. C'étaient des magistrats et des hommes de renom dans le comté, chargés de lui présenter le projet de pont sur le Taff et de vérifier sa volonté d'entreprendre sa construction.

M. Morris s'était installé sur le large siège près de la fenêtre, ses amis avaient rapproché quelques chaises à haut dossier entre la fenêtre et la table pour les rapprocher l'une de l'autre, et tandis que William se tenait là, dans la pleine lumière du soleil couchant. Ses traits un peu carrés, ils pouvaient le voir sursauter et poser une main forte et nerveuse sur la table, tandis que ses larges narines frémissaient, ses yeux clairs et brillants s'illuminaient et son visage rougit, pour ensuite blanchir sous l'excitation de leur proposition, et le souvenir de la lettre inachevée sur son bureau.

Il ne pouvait y avoir aucune seconde réflexion quant à son acceptation.

« Voulez-vous l'entreprendre, messieurs ? dit-il à bout de souffle. 'Compétent? C'est mon rêve depuis mon enfance ; bien que je doive la première suggestion à une allusion plaisante de M. Morris. Reste, je vais te montrer.

En moins de trois minutes, il était allé chercher dans le bureau de l'autre pièce, où il avait laissé une lettre froissée, plusieurs dessins de ponts à tous les stades de finition architecturale, depuis la première conception grossière de sa jeunesse jusqu'aux études plus approfondies de virilité.

Au moment où son contrat avec M. Morris a expiré, sa conception du pont proposé avait été étudiée et approuvée, tout comme le site, à proximité du gué d'Eglwysilan , à mi-chemin entre Merthyr Tydvil et Cardiff, afin de réunir les routes déjà battues.

Il était ravi et optimiste face à la confiance qui lui était accordée ; bien que Rhys, sa mère, Davy et d'autres amis aient été appelés à contracter des cautions pour l'exécution de son contrat, puisqu'il devait être payé au fur et à mesure de l'avancement des travaux.

Le futur fondeur, désireux de s'assurer ses services, consentit à attendre qu'il soit de nouveau en liberté.

L'orgueil du jeune architecte n'avait qu'un défaut. Il ne pouvait pas ébranler la fidélité d'Elaine envers son oncle et sa tante. Elle ne les abandonnerait pas dans leur vieillesse.

« Il vaudrait mieux que vous vous rendiez à ce grand travail sans être entravé par une épouse », argumenta-t-elle courageusement.

Mais il ne voulut pas voir le sacrifice personnel qu'elle avait fait et s'en alla finalement en colère.

« Cette nouvelle affaire sera son réconfort », a-t-elle déclaré. «Je dois me contenter de faire mon devoir et laisser le reste à Dieu.»

Et ni sa tante ni son oncle aveugle ne savaient à quelle tentation elle avait résisté pour eux, même s'ils la trouvaient plus calme qu'auparavant.

Elle avait raison. Sa nouvelle entreprise laissait à William peu de temps pour regarder en arrière.

Il s'était rendu à Bristol pour engager des maçons, en plus de ceux qu'il avait déjà formés, avant de finalement prendre congé.

Ensuite, il n'y a pas eu de retour en arrière. Son premier devoir était d'ériger des huttes ou des maisons pour ses ouvriers et leurs familles ; et il veilla à ce qu'ils soient tels qu'ils devraient être utiles lorsque le but temporaire était atteint.

Il avait depuis longtemps fait de John Llwyd son contremaître, un bon adjoint sur lequel il pouvait compter ; tout comme il pouvait compter sur son vieil ami Robert Jones pour obtenir le meilleur de la pierre provenant des meilleures carrières locales, ou pour son sable et sa chaux. Pour le transport d'autres affaires, il s'en remettait à Hughes, le jeune partenaire actif de Robert, pour qui la nièce du coupeur de tourbe avait délaissé le facile à vivre Davy.

Mais avant que les fondations du pont ne soient posées et solides, le constructeur avait engagé son beau-frère, Thomas Williams, pour fournir les charpentes en bois sur lesquelles ses arches devaient être montées et ajustées. Et ainsi, avec des coadjuteurs dignes de confiance comme ceux-là, le travail se poursuivit régulièrement.

Au début, il dut se battre contre la rivière trompeuse ; mais lui et ses hommes surveillaient le ciel et faisaient de leur mieux pour éviter le désastre, même s'il y en eut plus d'un.

Mais la résolution de leur maître semblait imprégnée des hommes. S'il y avait le moindre doute ou le moindre danger, il prenait les outils lui-même et travaillait jusqu'à ce qu'ils aient honte de rester en retrait.

Bien qu'il ait sa propre ferme à environ trois kilomètres de là et que la ferme de son frère soit à proximité, il occupait l'un des nouveaux cottages avec Llwyd et était donc toujours sur place.

En plus de cela, il s'en sort presque comme ses hommes. Si la femme ou l'enfant d'un ouvrier tombait malade, il les aidait de ses propres provisions ou de sa poche ; et ses hommes travaillaient d'autant mieux grâce à sa gentillesse attentionnée.

Sa construction de ponts avait amené sur place toute une colonie, non seulement d'ouvriers, mais d'autres, qui découvraient qu'ils avaient de l'argent à dépenser et voulaient être approvisionnés.

Bientôt, il prend conscience d'un autre besoin. Le révérend John Smith, le bon vieux vicaire, était mort quelques années après le mariage de Jonet, et le nouveau vicaire ne semblait pas reconnaître les étrangers comme faisant partie de son troupeau. Alors Guillaume, voyant que la non-observance du sabbat conduisait au désordre, appela les gens autour de lui et, depuis la pierre à bascule des druides, leur lut des passages de l'Écriture, s'aventurant de temps en temps dans ses propres exposés.

Ainsi, les semaines et les saisons s'écoulèrent jusqu'à ce qu'au bout de deux ans se dressât un beau pont à trois arches sur la rivière, qui devait être inauguré avec de grands acclamations et réjouissances - un pont que les garants excités déclaraient suffisamment ferme et solide pour tenir aussi sûrement debout. soixante-dix ans comme sept ans, période pour laquelle sa stabilité était garantie.

'En effet!' s'exclama le fier jeune bâtisseur. « Il est plus probable qu'il tiendra bon pendant sept cents ans !

NOTE DE BAS DE PAGE:

[15] Psaume xcv. 7, 8.

CHAPITRE XXIV.
PONT-Y-PRIDD.

Ce fut un jour glorieux pour l'architecte autodidacte. Les bois suspendus des deux rives de la rivière abritaient presque autant de spectateurs que les arbres, tandis que le long des routes étroites arrivait une multitude hétéroclite à pied ou à cheval, ou dans des voitures encombrantes et lourdes en cuir, tirées par quatre chevaux (moins pour l'État que nécessité), pauvres et riches s'étant rassemblés de toutes parts pour assister à l'ouverture du nouveau pont qui devait faire tant pour le comté.

«Pour assister à mon triomphe», a déclaré William Edwards. Mais ce n'est pas trop de méfiance qui a conduit à l'échec de la famille. Et, pour un autodidacte, ce *fut* un triomphe.

Il n'y avait pas de place pour que deux voitures puissent passer de front, mais les quelques voitures rassemblées se croisaient alternativement, les chevaux cabrés du vicomte ouvrant la marche. Puis il y eut un afflux de monde, à cheval et à pied ; chevaux, poneys, mulets et ânes galopaient pêle-mêle dans une confusion et un enchevêtrement si sauvages, au milieu de cris et de cris intraduisibles, qui mettaient certainement à l'épreuve la stabilité de la structure. Et les félicitations adressées au constructeur étaient telles qu'elles étaient de nature à faire tourner des têtes plus expérimentées que la sienne.

Davy, plein de fierté et d'affection fraternelle, avait amené sa mère sur un passager derrière lui ; et là, entourée de ses enfants et de ses petits-enfants, la vieille dame, envahie par son émotion d'opposer le présent au passé, et témoin du grand travail de son fils et de son accueil par la noblesse, sanglotait à haute voix, les grosses larmes coulant. sur ses joues bronzées et ridées.

"Nom, mon Dieu, mère, je ne sais pas pourquoi tu dois pleurer, peu importe. Les gens vous regardent ! » remarqua sèchement Rhys, suite à un indice de Cate.

" Deed, je pleure de joie. Je ne m'attendais pas à voir un jour comme celui-ci.

"Laisse maman tranquille, Rhys," remontra rapidement Davy à voix basse. « Son cœur est plein, et il doit déborder, regarde-toi.

Evan Evans et Ales se tenaient là, vêtus de leurs plus beaux habits du dimanche pour la grande occasion, un garçon nouvellement en culotte à la main.

«J'aimerais que Jane Edwards ne lave pas le nouveau pont avec ses larmes, Evan - 'en effet, je le fais», lui murmura Ales.

« Ah, oui, ce serait un mauvais baptême », répéta-t-il en secouant la tête, qui était pleine de superstitions à bord du navire. "Et j'espère que la pluie s'arrêtera, car les nuages s'amoncellent sur Garth Mountain, regardez-vous."

La pluie s'est arrêtée pendant deux ou trois heures, jusqu'à ce que les poignées de main et les discours soient terminés, et que les gens importants se soient dispersés, et tous ceux qui n'étaient pas restés pour festoyer étaient sur le chemin du retour, reconnaissants d'avoir pu le faire. pouvoir désormais traverser la rivière à pieds secs et hors de danger, quelle que soit l'heure ou le temps, l'« astuce » du fils de la veuve Edwards étant sur toutes les lèvres.

Ce fils, cependant, avait été rassasié d'éloges et se déplaçait parmi la foule avec une réaction irritable, à la recherche de quelqu'un qu'il n'avait pas trouvé, quelqu'un dont l'approbation aurait surpassé la plus haute.

Enfin, alors qu'il était prêt à se mordre les lèvres de dépit, un garçon, arrivé en toute hâte de Cardiff Road, lui mit une lettre à la main et s'attarda comme s'il attendait une réponse.

L'écriture était celle d'Elaine.

La lettre fut déchirée avec impatience.

Seulement quelques mots effacés :—

> « CHER AMI , — Nous apprenons que votre travail méritoire est terminé et vous envoyons nos salutations les plus sincères ; mais nous avons de gros ennuis, car oncle Rosser a eu une crise la nuit dernière et n'a plus parlé depuis. Tante est pleine de chagrin. Elle a envoyé chercher mon cousin à Bristol, car l'apothicaire dit que mon oncle ne peut pas vivre. Vous me pardonnerez notre absence aujourd'hui ; et crois-moi, ton sincère bienfaiteur,
>
> ' ÉLAINE PARRY .'

Deux heures plus tard, il avait quitté les festivités et était en selle, emmitouflé dans un épais manteau de cheval, se dirigeant à toute vitesse vers Cardiff sous une pluie battante et les ombres sombres du soir.

Lorsqu'il se dirigea vers la porte du boulanger , il était trop tard pour tout sauf une consolation. L'aveugle avait ouvert ses yeux longtemps fermés sur les glorieuses merveilles de l'éternité.

Jamais Elaine n'avait autant ressenti le besoin de son bras fort et de son individualité autonome qu'à ce moment-là, dans leur affliction écrasante. Son arrivée inattendue a touché une corde sensible et a fait tomber les barrières entre eux. Elle se précipita vers lui et s'accrocha à lui en pleurant, comme elle ne l'avait jamais fait auparavant.

La stupéfaction arrêta pour le moment le flux des larmes de Mme Rosser ; et quand il tendit la main pour saisir la sienne, elle aussi sentit qu'il y avait un ami fort sur qui compter dans leur extrémité.

C'est alors qu'on remarqua pour la première fois qu'il était mouillé ; et dans les soins hospitaliers prodigués aux absents depuis longtemps, la première acuité de la douleur était quelque peu émoussée.

Après cela, comme s'il avait été le propre fils de Mme Rosser, il enleva tous les détails misérables de leurs mains féminines. C'est lui aussi qui rencontra la fille, Mme. Elton - et son mari bristolien à leur arrivée, et leur a fait part de cette nouvelle pénible.

La mort implique des changements. A peine les morts furent-ils enterrés qu'on discuta ouvertement de l'opportunité d'une future résidence de la veuve avec sa fille. La considération pour Elaine semblait être le seul obstacle au projet.

"Je suis tout à fait disposé à fonder un foyer pour ma belle-mère", a déclaré M. Elton en privé à M. Edwards, avec une démonstration de libéralité complaisante, un peu comme s'il se félicitait d'un mérite louable. le sacrifice, ignorant les économies des années susceptibles de lui supporter la compagnie ; mais je ne puis consentir à m'encombrer de la jeune femme. Et elle ne peut pas vraiment s'y attendre. Elle n'est pas une de mes relations ni celle de ma femme. Elle doit faire attention à une situation. Elle bloque complètement la voie à un règlement amiable des affaires, ajouta-t-il avec irritation.

William a rapidement retiré *ce* bloc de leur chemin.

« Ne vous inquiétez pas au sujet d'Elaine, monsieur, » intervint William avec raideur. "Une situation l'attend depuis plus de deux ans."

M. Elton a ouvert les yeux. 'En effet!'

'Oui Monsieur. Il y a deux ans, je l'ai pressée de devenir mon honoré *épouse* , mais son fort sens du devoir la força à réprimer ses propres inclinations et à me renvoyer sans femme plutôt que d'abandonner sa tante et son oncle dans leur vieillesse. Vous pouvez régler vos affaires indépendamment d'Elaine Parry, je peux vous l'assurer. Un bon foyer et un accueil affectueux l'attendent.

M. Elton a été snobé et l'a regardé.

Moins de trois mois plus tard, un mariage très calme eut lieu à Cardiff et Elaine partit avec son mari dans sa ferme, à mi-chemin entre son pont et le château en ruine de Caerphilly, où vivaient sa vieille mère et Davy, à proximité de Jonet et de Davy . son mari. Les quelques maisons se sont multipliées depuis pour former un village qui porte le nom d'Aber.

Au début, la vieille Mme Edwards eut l'impression qu'elle allait être destituée une seconde fois. Et elle s'attendait à ce que les habitudes urbaines d'Elaine entrent en conflit avec celles de sa campagne. Mais lorsqu'elle découvrit qu'Elaine s'en remettait à elle comme elle l'avait fait à sa propre tante et qu'elle désirait être instruite sur tout ce qui concernait ses devoirs à la ferme, il n'y avait pas de mot trop bon pour l'épouse intelligente de son «intelligent fils William». '

Elle savait déjà tricoter et filer, et avait apporté son propre tour, ainsi qu'une étagère remplie de livres et quelque chose en espèces sonnantes et trébuchantes, de sorte que, comme le disait Davy, elle constituait « une véritable acquisition à la ferme ».

William avait construit la maison selon ses idées élargies sur le confort domestique. Il y avait deux étages , et malgré la taxe très lourde sur le verre, il brillait à toutes les fenêtres, et celles-ci étaient de dimensions utiles. Il avait emporté avec sa femme le bureau qu'il avait trouvé si utile pour ses papiers et les gardait ainsi que ses livres dans une pièce qui lui était réservée.

Une fois le pont achevé, il abandonna à John Llwyd la maison qu'il avait érigée au bord de la rivière, son nouveau fourneau étant à une distance suffisamment accessible de la ferme, pourvu qu'il puisse laisser sur place son efficace contremaître et son les ouvriers aussi. Il était heureux d'avoir construit des maisons permanentes et spacieuses pour les hommes, au lieu de huttes temporaires, puisqu'il y avait encore du travail pour tous. Des explorations de fer et de charbon étaient en cours dans les environs. Celles-ci créèrent une nouvelle demande de main-d'œuvre et une demande correspondante de toits pour abriter les nouveaux arrivants.

En voyant la nouvelle colonie d' ouvriers et de directeurs s'élever, pour ainsi dire, sous ses auspices, son cœur se gonfla d'orgueil et d'inflation autosuffisante.

« Ah oui, disait-il à sa femme, tout cela est de ma faute. J'ai dit à Rhys que je serais le plus grand homme. Oui, il doit en être propriétaire maintenant, s'il ne le voulait pas alors. Regardez mon magnifique pont. Cela durera pour toujours.

Il disait quelque chose de ce genre un matin, alors que son premier-né, un garçon qu'il avait nommé David en hommage à son frère, avait environ dix-huit mois. Il avait alors l'enfant sur ses genoux.

Elaine avait un frisson de terreur sur elle chaque fois qu'elle entendait ses paroles vantardes.

« Oui, mon cher William, » dit-elle sobrement, « nous savons que votre talent est grand, mais j'aimerais que vous ne vous vantiez pas si souvent de la stabilité de votre pont. Nous, ainsi que le pont, sommes entre les mains du Tout-Puissant !

Il déposa l'enfant en toute hâte et se leva. « Sûrement, Elaine, tu ne vas pas rejoindre les courbines ? Rhys m'a dit l'autre jour : "Je ne dois pas garder la tête si haute, car l'orgueil allait sûrement tomber." Bien sûr, j'ai le droit d'être fier si quelqu'un l'a fait.

' *Si ?* " murmura Elaine dans sa barbe ; mais il saisit le mot douteux et, arrachant son chapeau, sortit de la maison avec colère.

Un épais manteau de neige couvrait collines et vallées, sur lesquelles les maisons blanchies à la chaux paraissaient grises et crasseuses.

« Ça dégèle vite, lui dit Davy alors qu'ils se rencontraient à la porte, lui avec une pelle sur l'épaule. «J'espère que la pluie s'arrêtera jusqu'à ce que la neige disparaisse. Mais je n'aime pas l'aspect des nuages au nord-ouest.

'Pourquoi pas?' » interrogea vivement William.

Davy hésita. "Eh bien, si la pluie tombe sur la neige fondante, nous aurons de fortes inondations."

« Eh bien, et alors ? » vivement.

"Deed, et je pense toujours au pont quand les inondations arrivent."

'Pouf ! le pont est en sécurité si une centaine d'inondations surviennent. Et il continua, ébouriffé, mais enveloppé dans une vanité obstinée. Il avait alors oublié George Whitfield et son Maître.

Il alla néanmoins jeter un œil au pont et à la rivière, en route vers les nouvelles forges, où son premier fourneau fonctionnait déjà.

« Ah, eh bien, pensa-t-il, l'eau *est* haute ; mais, pouf ! ce n'est pas une inondation.

Vers l'après-midi, une fine pluie commença à tomber et à liquéfier la neige fondante. Alors que les hommes quittaient le travail, Llwyd s'approcha de lui avec un visage anxieux et lui murmura : « Maître, la rivière est désespérément pleine, et si...

William avait l'air d'avoir pu frapper son fidèle moniteur à terre.

Oui, la rivière montait et courait à travers les trois arches avec la rapidité d'un torrent, surchargé de foin et de paille, de broussailles et de moisissures , emportés vers le bas dans son cours, mais ils balayaient bien sous les voûtes audacieuses et tourbillonnaient au loin dans des tourbillons.

« Il ne peut y avoir aucun danger. Ces piliers sont suffisamment solides, marmonna-t-il, comme pour se convaincre lui-même ainsi que Llwyd .

Le crépuscule est tombé et a effacé la scène. En se détournant, il tomba sur Rhys, dont il était heureux de ne pas voir le visage sombre.

Llwyd et Davy étaient également là, avec d'autres observateurs qui avaient aidé à relever le pont.

«Dites à Elaine que je resterai avec Llwyd cette nuit», dit William à Davy. C'était sa première note d'appréhension. Vers minuit, il dit : « Si la pluie cesse, il ne peut y avoir aucun danger.

Mais la pluie n'a pas cessé. Alors que la nuit s'enfuyait et que les heures du matin avançaient, les vents hurlaient et déchiraient comme des démons la vallée de Taff , chassant la pluie battante devant eux dans un ouragan fou, luttant pour la maîtrise aussi bien avec les grands pins verts que les branches nues des ormes et des branches noueuses. chênes.

Peu à peu, à mesure que les eaux clapotis minaient les rochers et les berges escarpées, déjà ameublies par le gel et la fonte des neiges, le long de nombreux ruisseaux de montagne gonflés, le torrent déferlant emportait leurs roseaux, leurs arbustes et leur terre affluents, ainsi que des branches déchirées et des arbres déchirés, qui battaient comme des coups. -des béliers contre les bons piliers de pierre, tenant si solidement leur confiance. Puis, dans un tourbillon, le puissant courant du Taff moqueur faisait pivoter les grands sapins et barrait en croix, une à une, les arches encore ouvertes. Ici, comme dans un filet, les lamentables décombres des landes, des cabanes en ruine et des fermes dévastées, ont été capturées et transformées en un barrage que l'eau trouble ne pouvait ni passer ni emporter. Et s'élevant, s'élevant toujours, s'élevant plus vite que le soleil levant, comme un monstre gigantesque jouant avec des rochers en guise de boules, la rivière irrésistible martelait avec eux contre le parapet et l'enfonçait. Puis, avec un rugissement tumultueux comme un triomphe, et Un fracas assourdissant qui a surpris les dormeurs dans leur lit à plus d'un mile de distance, le pont qui avait été construit pendant des siècles a été emporté dans une ruine irréparable.

Un cri, comme celui d'une horreur mortelle, s'éleva comme un écho des rives bondées. Les trois frères et leurs amis se regardèrent face à face tandis que le coût de la catastrophe les blessait profondément.

Rhys gémit à haute voix.

« Il n'y a jamais eu d'inondation aussi terrible depuis ma naissance ; aucune maçonnerie ne pourrait y résister », s'écria Owen Griffith aux cheveux gris, en s'appuyant sur son bâton pour résister au vent.

Il avait vu les regards sombres jetés sur le malheureux architecte, et s'était interposé pour lui épargner les reproches des langues grossières.

« Gardez cette consolation pour ceux qui n'ont couru aucun risque. Cela ne sauvera pas Cate et les autres de la ruine et de la mendicité, grâce à mon frère fanfaron et à son pont, éclata Rhys ingouvernable.

"Cela pourrait nous *sauver*, moi et vous tous, de la ruine", rétorqua William d'un ton de défi. « J'ai découvert ce qu'une inondation peut faire et contre quoi il faut se prémunir. Avant l'expiration de la durée de notre garantie, j'enjamberai cette rivière avec un pont qu'aucune crue ne pourra emporter. 'Je le ferai.'

Une foule s'était rassemblée. Des voix moqueuses se faisaient entendre à côté de celle de Rhys. Une querelle et un tumulte menaçaient ; Car aussi féroce que la guerre des éléments était la tempête qui faisait rage dans la poitrine des hommes qui avaient été les amis les plus proches.

« Viens, » cria Davy, placide , en liant son bras à celui de William et en regardant autour de lui. «Quand le Seigneur parle, les hommes devraient se taire. Oui, et avant le souffle de ses narines, l'œuvre du meilleur homme s'effondrera, voyez-vous. Et chuchotant quelque chose à son frère appâté de « maison » et « Elaine », il l'entraîna paisiblement.

Il n'avait aucun mot à lui reprocher, bien qu'il ait mis en jeu les économies de sa vie, à égalité avec Rhys, et que sa patience ait fait taire les autres, à ce moment-là et par la suite.

Ni aucun reproche ni aucune raillerie n'ont été adressés à William au coin de son propre feu. La rumeur s'était répandue devant eux avec la nouvelle désastreuse. Le choc avait donc été anticipé. Des bras croisés et des paroles compatissantes l'attendaient seuls. « C'est la volonté de Dieu », dirent la mère et la femme ; 'il est inutile de se rebeller.'

Curieusement, William Edwards était apparemment le moins abattu de tous. En un jour ou deux, il avait retrouvé une grande partie de son élasticité. Il montra un visage courageux envers ses amis et ses ennemis envieux, et affirma qu'aucun homme ne devait renoncer à sa garantie. Il remplacerait le pont détruit par un meilleur.

Il y avait des hommes qui ricanaient ; il y en avait davantage qui sympathisaient , car la reconstruction se ferait à ses propres frais et balayerait tous ses anciens gains. Pourtant, tous ses amis ne l'ont pas abandonné. M. Morris et le vicomte l'ont défendu contre les attaques malveillantes contre des « prétendants non qualifiés ». Personne ne pouvait nier la pression véhémente de la terrible inondation.

Son nouveau plan, un pont à *une seule arche* et d'une portée sans précédent, fut vu et approuvé.

Les ouvriers n'étaient pas loin à chercher. Presque avec l'affaissement des eaux des ouvriers étaient à l'œuvre pour enlever les restes encore debout des anciennes piles, la ténacité de la maçonnerie redonnant un nouvel espoir au constructeur intrépide.

Sur de nouvelles fondations, un autre pont a été construit, le mari de Jonet s'émerveillant des mesures fournies pour la charpente en bois.

« Oui », dit William, dont la fierté et l'assurance augmentaient alors qu'il examinait les magnifiques proportions de son pont, « je défie toute inondation pour l'abattre. Regardez sa largeur et sa hauteur ! N'importe quel volume d'eau pourrait passer sous cette arche ! Oui, en effet, si cela faisait tomber avec lui la moitié d'une forêt. Les piliers étaient l'erreur d'avant, Thomas.

« Un acte, oui ! » approuva l'autre.

La clé de voûte de l'arc avait été posée ; on avait laissé le temps au ciment de durcir ; la charpente en bois de l'arc était en train d'être enlevée au moment où cela fut dit ; il ne manquait que les parapets, et c'est par là que les hommes commençaient.

Un autre jour, le dernier morceau de bois avait disparu. Rhys était descendu au bord de l'eau d'un air maussade, alourdi par sa responsabilité et trop douteux des compétences de son frère pour accorder même du crédit à sa persévérance. Là, il trouva Jonet et Elaine, chacune avec un bébé dans les bras. Quelques badauds regardaient et restaient bouche bée sous les arbres sur les berges escarpées.

Tout à coup, sans autre choc prémonitoire qu'un léger tremblement du pied qui fit fuir les maçons en activité, la clé de voûte s'élança dans les airs comme une boule ; le centre de l'arc semblait s'élever corporellement et se presser vers le haut comme un V inversé, comme poussé par une force surhumaine venant des côtés ; il y eut un rapport faisant état d'une énorme explosion de poudre à canon, d'une pluie aveuglante de poussière et de pierres volantes tourbillonnant dans les airs , un large espace où se trouvait une noble structure cinq minutes auparavant.

Tirez un rideau sur la scène de l'effondrement. Fermez les oreilles aux railleries et aux moqueries, aux mépris et aux épithètes moqueuses, qui assaillent le malheureux architecte partout où il va. Partout, sauf sous son propre toit, où sa femme, sa mère et Davy s'unissaient pour le protéger. Mais seule sa femme peut entrer dans ses sentiments et atténuer son amère humiliation. Là où il est faible, elle est forte, et son simple contact guérit.

SEULE SA FEMME PEUT ENTRER DANS SES SENTIMENTS ET ALLÉGER SON AMER HUMILIATION

Suivons-le dans sa petite chambre privée et trouvons-le à genoux reconnaissant en toute humilité sa dépendance autosuffisante à l'égard de lui-même, sa confiance fière et confiante en son propre talent, son oubli du Seigneur, tout-puissant pour créer et pour détruire, de qui il tirait toute la supériorité mentale qu'il possédait, qui l'avait conduit pas à pas au succès, qui lui avait parlé par la voix d'avertissement de George Whitfield, et avait finalement brisé son cœur obstiné, et, avec les tonnerres de calamité, l'a amené à reconnaître que : « Si l'Éternel ne bâtit la maison, ceux qui la bâtissent travaillent en vain. »

Ce jour-là, il sortit de cette pièce d'une autre manière.

Il fut le premier à avouer que les hanches ou les fondations latérales de son pont n'avaient pas assez de force pour supporter la tension de l'arc haut et expansif qu'il leur avait imposé. Mais il a ajouté : « *S'il vous plaît à Dieu* , je vais encore, *avec son aide*, remplir mon contrat et construire un pont qui tiendra debout, même s'il me laisse sans le sou.

Elaine était fondatrice de son mari dans son humilité et son malheur plus que dans la fierté de sa réussite.

Davy était toujours resté à ses côtés. « Il n'accordait aucune importance à son peu d'argent. William était le bienvenu pour chaque centime, si cela pouvait servir à quelque chose.

D'autres, plus riches que Davy, qui s'était tenu à l'écart de « l'amateur sûr de lui », comme ils l'appelaient, étaient touchés par sa modestie nouvellement développée, non moins que par sa persévérance et sa résolution indomptables (Rhys appelait cela l'obstination) dans le face à des catastrophes qui auraient accablé les hommes les plus faibles. Et ils ont honoré son intégrité. Lorsque ses nouveaux projets furent prêts, les fonds pour « aider » furent également prêts.

Il avait réfléchi et prié sur ces projets. Comme un éclair, il lui vint à l'esprit que, comme l'arc simple était une force dans la maçonnerie, un arc double, c'est-à-dire un cercle, devait avoir une double force, et c'est sur cela qu'il forma son plan pour lier les hanches de son pont. avec des cylindres de tailles décroissantes, pour ne pas rétrécir son envergure de voûte.

Une fois de plus, le lit de la rivière fut dégagé. Mais le dimanche, avant que la pierre du nouveau pont ne soit posée, il convoqua ses ouvriers autour de lui dans le cercle des druides et, debout sur la pierre à bascule, il leur prêcha à partir du texte : « À moins que le Seigneur ne bâtisse le maison, ils travaillent en vain pour la construire », racontant l'histoire de sa conversion soudaine, de l'échec de ses autres ponts en tant qu'instruments providentiels pour le sauver d'une arrogance et d'une autosuffisance démesurées ; et se terminait par une exhortation selon laquelle ils devaient poser chaque pierre comme s'ils la posaient devant le Seigneur, qui seul pouvait décider si l'œuvre de tel ou tel homme était bonne ou mauvaise.

Et ainsi, semaine après semaine, à mesure que le travail avançait, dimanche après dimanche, il prêchait et priait parmi ses hommes sur cet autel druidique, le consacrant de nouveau au Dieu vivant et se consacrant lui-même et sa vie au service du Christ.

De même, lorsque la dernière pierre de couronnement fut en place et que ses ouvriers eurent rassemblé leurs outils pour partir, il s'agenouilla sur le pont et le consacra par une prière, disant à la fin : « Garde ton serviteur des présomptions. péchés. Et sois ta gloire, ô Seigneur.

Ainsi, en 1755, alors que William Edwards n'avait que trente-six ans, il avait achevé sa trinité de ponts sur le terrible Taff . Et c'est là encore aujourd'hui qu'il se dresse, avec la date de sa construction gravée dessus, un pont d'une portée plus large que le Rialto vénitien - un pont percé de chaque côté de trois cylindres creux, s'élevant gracieusement avec l'arc magnifique comme ils diminuent de taille. [16]

Le jour de l'ouverture, outre les paysans, les magnats de trois comtés se sont rassemblés pour voir cette merveille de pont et l'homme indomptable qui l'avait créé, face à des difficultés qui auraient intimidé les hommes les plus faibles.

Alors qu'un à un, des Gallois de renom se penchaient de cheval ou de calèche pour serrer la main de M. Edwards et le félicitaient pour la structure sans égal que son génie avait créée, et on l'entendit dire modestement en réponse : « J'espère, avec la bénédiction de Dieu. , *ce* pont tiendra debout », même Rhys a admis que « Deed, après tout, Willem était un grand homme », et Thomas Williams se tenait à ses côtés, comme s'il désirait partager la gloire de son employeur.

Car M. Morris, l'ami fidèle de William Edwards, cassant là avec cérémonie une bouteille de vin sur le parapet, avait nommé le pont « Pont-y- Pridd » – le pont de la beauté.

LE PONT DE LA BEAUTÉ, 1755.

Et lorsque les acclamations se furent calmées, l'orateur donna comme raison pour ce nom, non seulement la beauté merveilleuse de la structure, ou les nouvelles caractéristiques que le constructeur autodidacte avait introduites dans la construction de ponts, mais aussi le fait qu'à cause de ses échecs, il avait construit un succès incontestable, et à partir de calamités apparentes, il en avait construit un autre, bien qu'invisible, pour enjamber le turbulent fleuve de la vie et le transporter en toute sécurité de ce monde vers un monde meilleur, le magnifique pont de l'humble confiance dans le Créateur Tout-Puissant. et souverain de l'univers.

NOTE DE BAS DE PAGE:

[16] Le plus grand mesure neuf pieds de diamètre.

POST-SCRIPT.

À partir de ce jour, la renommée de William Edwards en tant que constructeur de ponts et de fonderies était assurée. Mais il pouvait voir des défauts dans son Pont de Beauté ; la montée vers le centre était raide et pénible, et bien qu'il fut ensuite appelé à ériger des ponts, non seulement dans le Glamorganshire, mais dans le Carmarthenshire et le Brecknockshire , il n'en construisit plus sur le même modèle.

Son beau pont à trois arches sur le Teify est percé de cylindres creux au-dessus des piliers, ajoutant de la beauté à la force ; mais en cela comme en d'autres, il réduisit la hauteur en se souciant plus de l'utile que du pittoresque.

C'était un homme occupé, travaillant pour sa famille et la communauté six jours par semaine, consacrant le septième au service divin parmi son peuple, services si appréciés qu'en 1756 il fut ordonné prêcheur. Et il n'a jamais été un homme riche, il a donné une grande partie de ses gains aux pauvres qui souffrent. Et bien qu'il ait dû voir des villes s'élever autour des usines sidérurgiques qu'il avait construites et des routes construites pour les relier, donnant du travail à des centaines d'ouvriers, on ne l'a plus jamais entendu se vanter de ses *actes* . Il savait et reconnaissait que le capital des autres hommes avait mis son cerveau et ses mains au travail.

âge avancé, il reposa à l'ombre de l'église d'Eglwysilan et de ses ifs géants, il laissa son fils David, bien entraîné, hériter de sa renommée et de sa faculté de bâtisseur de ponts. Mais il n'a jamais construit de Pont-y- Pridd , et c'est au pont et à la ville de Pontypridd que le nom de William Edwards est principalement associé, même par ceux qui ne reconnaissent jamais en lui un pionnier du progrès, un bienfaiteur du sud du Pays de Galles.

En effet, depuis son époque, pour répondre au trafic croissant, un canal a été creusé depuis Cardiff vers le nord, et le cours même de la rivière Taff s'est détourné, changeant le caractère du quartier que j'ai tenté de décrire tel qu'il était à l'époque de mon héros. Plus récemment, un chemin de fer a été construit pour répondre aux demandes toujours croissantes des maîtres de forges, des propriétaires de mines et autres, changeant encore davantage le visage du pays, désormais hérissé d'usines de fer et d'étain. De plus, un nouveau pont a été construit sur la rivière, un peu plus haut en amont, un pont plus conforme aux exigences modernes, et qui a dans une certaine mesure remplacé le Pont-y- Pridd aigu ; mais le beau vieux pont est toujours debout, un monument pittoresque à la mémoire de son constructeur persévérant et pieux, et un rappel à cette génération autosuffisante, si fière de ses propres grandes actions, que, sans William Edwards et ses ponts et fourneaux, les progrès dans le sud du Pays de Galles auraient pu rester endormis pendant une génération ou plus.

LA FIN.

Milton Keynes UK
Ingram Content Group UK Ltd.
UKHW010836190424
441445UK00004B/249